二十一世纪出版社集团
21st Century Publishing Group
全国百佳出版社

图书在版编目（CIP）数据

灭秦：全 10 册 / 龙人著 . -- 南昌：二十一世纪出版社集团，2017.10

ISBN 978-7-5568-3105-0

Ⅰ. ①灭… Ⅱ. ①龙… Ⅲ. ①长篇历史小说–中国–当代 Ⅳ. ① I247.5

中国版本图书馆 CIP 数据核字 (2017) 第 243764 号

灭秦　　龙 人 著

责任编辑　敖登格日乐
出版发行　二十一世纪出版社集团
（江西省南昌市子安路75号　330025）
www.21cccc.com　cc21@163.net
出 版 人　张秋林
经　　销　新华书店
印　　刷　北京龙跃印务有限公司
版　　次　2018年1月第1版　2018年1月第1次印刷
开　　本　710mm × 1000mm　1/16
印　　张　150
字　　数　1572千
书　　号　ISBN 978-7-5568-3105-0
定　　价　498.00元（全10册）

赣版权登字—04—2017—747

# 目　录

# 第二十一章　烽火秦疆

二世皇帝三年，流云斋斋主项梁听居巢人范增之计，立楚怀王之孙为怀王，建都盱台，项梁自封为武信君。

随后几个月，项梁率部与秦将章邯数度交战，大获全胜之下，渐生轻敌之心，最终在定陶一役战死身亡。

消息传出，怀王惊恐，从盱台来到彭城，作出了一系列的任命，重用了一批并非流云斋所属的人员，项羽不喜，此刻他已登上斋主之位，声势之大，一时无二，岂容他人与之争锋？遂在救援赵国的途中，设计杀了怀王任命的上将军宋义，怀王无奈，就让项羽做了上将军，大权在手，威震楚国，项羽之名，闻传诸侯。

自樊阴列兵会红颜之后，由项羽统领的楚国军队在诸侯中渐成一枝独秀，强大无比，他邀集十余路诸侯军队救援赵国，并在巨鹿一役大破秦军，从此天下群雄，唯他马首是瞻。

与此同时，刘邦率部西进，并与项羽约定，先攻入关中者，为关中王。

于是就在赵高寿辰愈发临近的时日里，大秦王朝的形势已是岌岌可危，战局几乎到了行将崩溃的边缘。刘邦率部十万，强攻武关，此关乃关中门户，一旦突破，咸阳城将无凭可依，双方在此激战数日数夜，始终僵持不下。

而项羽一部屯兵漳河南岸，与章邯统率的四十万大秦军队相峙不下，双方互有攻防，大有毙敌于一役的决战态势，同时也为刘邦西进牵制了敌军大部主力。

军情严峻，战局又是如此紧张，但咸阳城中，却依旧是夜夜笙歌、醉生梦死的景象，胡亥与赵高更是置朝廷安危于不顾，君臣之间钩心斗角，尔虞我诈，企图在七月初二的这一天里抖擞精神，一举压服对方。

咸阳城中，看似平静，却到了一战定生死的紧要关头。只要是明眼人，似乎都已经看到了大秦王朝的末日。

山雨欲来风满楼，这乃此刻咸阳的真实写照。

七月初二，卦书云：大吉，诸事皆宜。

今天又是一个艳阳高照的日子，碧空万里，不见白云，但在寻芳楼中，却有一种异常沉闷的气氛压在韩信的心头，因为他已明白，决定自己命运的时刻到了。

自与纪空手分手之后，他就开始设法通知照月三十六骑离开咸阳。这看上去是一件非常容易的事情，但在此时此地，由于相府内的戒备陡然森严起来，使得韩信只得借重格里的身份，寻了个借口才召来昌吉一见，等到这件事情办妥之后，他现在唯一可做的，便唯有等待。

等待是一件折磨人精神的苦差事，不过幸好这种等待并不漫长，日上三竿之后，赵岳山匆匆赶来，一脸肃然，带他走入了九宫殿中。

九宫殿依然一片阴沉，韩信每次跨入殿中的时候，都觉得自己的心情倍加压抑，仿佛有赵高的地方，这种压力就随时存在着。不过他的镇定功夫已远胜从前，单从外表来看，是难以看破他内心情绪的紧张的。

大厅之上摆了两排暗红色的桌椅，除了格里、赵岳山、乐白等人之外，还有张盈等一干韩信未曾谋面的谋臣将领居坐其中，这些人面色严谨，神情肃穆，都将目光投在了中间那张铺着锦白虎皮的太师椅上，静静地等候着赵高的来临。

殿中闲杂人等各自退去，韩信在赵岳山的示意下，坐到了格里的身边，同时感受到了乐白与张盈充满敌意的目光巡视。

殿中气氛紧张，却静寂异常，整个空间不闻人声，静至落针可闻。

半晌之后，一阵轻轻的咳嗽声从殿后传来，随着一个轻轻的脚步声，赵高终于出现在了众人的视线之下。他的每一步踏出，轻盈中不失沉稳，循规蹈矩，脸上泛出一丝不经意的笑意，风采照人，目光若电，更有几分不可一世的王者傲气。

众人肃然起立，待得赵高坐定，这才纷纷重新入座。

赵高眼芒扫视众人一圈，这才微微一笑，有种说不出来的自信与威风震慑全场，缓缓说道："各位辛苦了。一大早将各位从热被窝里请来，想必各位也知晓了本相的意思。是的，没错，本相邀请各位，的确是为了今天晚上的这场大戏!"说到这里，他顿了一顿，看到众人亢奋的神情，似乎甚为满意，大厅中顿时涌出无限战意和迫人的压力。

他看了韩信一眼，继续说道："除了时信之外，在座的诸位跟随本相拼战多年，深知本相的为人作风，一定会在心中问起这样一个问题：那就是何以本相会在如此大好形势之下，迟迟不对胡亥动手的原因!"

这个原因韩信曾经听格里说过，但赵高的话出，顿时让众人无不大惊："这只因为胡亥本身便是一个武学高手，无论是明枪明刀，还是暗中行刺，都绝非易事，何况还有登龙图的下落始终不明，若无十足的把握，本相不敢妄动。"

赵高所言，绝非危言耸听，由不得众人不信，倒是张盈淡淡一笑道，"但是赵相既然有心要动，当然是有了十分的把握，还请赵相将计划一一道出，让属下们好着手准备。"

"本相忍耐多年，又岂会急于这一时的功夫?"赵高微笑道："对于胡亥其人，本相曾经有过深入的研究，最初以为此人胸无大志，只是一个庸碌无为的酒色之徒，但是只要留心观察，便不难看出他心中暗藏杀机，伺机待动。据本相所知，他暗中培植的势力丝毫不弱，而且也准备在今天晚上与本相一决雌雄!"顿了一顿，随即沉声接着道，"所以今夜一战，已是决战，不容半点闪失!"

他的话中杀气隐现，更有势在必得的决心。当他的眼芒扫到赵岳山的身上时，赵岳山霍然站起。

"本相交代你办的事情是否办妥?"赵高在这个时候问起话来，未免突兀，但是众人心中一凛，知道赵高必有用意。

赵岳山道："事已办妥，凡是在座诸君的家眷亲属共一百二十七人，全被属下接到了一个安全隐秘的所在，保证万无一失。"

此言一出，除韩信和张盈外，众皆失色，他们素知赵高的手段，对这种利用人质进行挟持的行事作风并不惊奇，惊奇的是赵岳山的办事效率，自己前脚一走，竟然后脚就接走了自己的家眷！可见赵岳山对此事早有布置，赵高此时说来，无非是让众人明白自己的处境，有进无退，誓死一拼。

赵高明白自己的话起到了敲山震虎的作用，微微一笑，道："各位不必惊慌，本相此举，只是为各位的家眷着想。试想一旦动起手来，以胡亥的为人，难免不会对各位的府上有所骚扰，唯有将各位的家眷集中一处，加以重兵保护，便可去了各位的后顾之忧。"

他笑了笑，接着道："当然，如果有人敢背叛本相，坏了本相的大计，那么本相说不得也要让他绝子绝孙，香火一脉从此不续！"

众人无不倒吸了一口冷气，心里透凉，仿佛人在千丈悬崖边缘，已无退路可言。不过，他们都对赵高具有无上的信心，倒也不以为意。

张盈道："赵相过虑了，这些人都是追随赵相多年的属下，忠心可鉴，断无二心。"众人纷纷表示附和之意。

韩信看出赵高与张盈一唱一和，旨在提高士气，毕竟对手是大秦皇帝，权柄在手，赵高不得不有所忌惮。

格里首先站起身来道："属下所辖三千暗杀团弟子，已经整装待命，只等赵相一声令下，必当誓死效忠！"

赵高微一点头，乐白等人一一站起，各自表明效忠之心。韩信一一听来，始知这帮人中，既有负责皇宫守卫的带兵尉阎乐，亦有负责城防事务的将军，势力之大，几乎涉及咸阳城的每个角落。

赵高挥手让众人坐下，这才站将起来，踱步来到他们中间。他那形如竹竿却隐带风骨的身形傲立于众人之上，隐有鹤立鸡群的领袖风范，咳嗽一声，缓缓说道："此时此刻，能坐到本相九宫殿中的人，都将是本相非常器重的人才，所以今晚一战是否成功，决定于各位是否能够坚定不移地执行本相发出的每一道指令，你们的忠心毋庸置疑，关键还要看你们临危处变的能力，本相相信你们一定能够完成本相交给你们的每一个使命！”

他虽然细声慢气，但极有条理，首先将相府外围的一切防务一一交代，阎乐及一干将领纷纷领命而去。韩信听得如此周密的布置，不仅为赵高所拥有的压倒性优势而心惊，同时更为赵高缜密的心思而感到可怕。当他的目光每一次不期然地与赵高那犀利的眼芒相对时，他都有一种如坐针毡的感觉。

随着时间一点一点地流逝，殿堂中除了赵高之外，就只剩下了张盈、乐白、格里、赵岳山以及韩信五人，人数虽然减少，但气氛却愈发紧张，因为每一个人都知道，赵高接下来的安排才是整个计划的核心，事情的成败与否，关键还在他们身上。

果不其然，赵高沉吟半晌，这才说道：“你们都是我最为器重的心腹，所谓养兵千日，用在一时，现在就是用到你们的时候了。”他不再自称“本相”，而改用“我”字，言下自有笼络之意，众人无不抬头仰视，凝神屏气，生怕漏过赵高所言的一字一句。

“乐白的亲卫营，着重于整个相府外的警戒，在今晚酉时之前，任何人许进不许出。酉时之后，全面戒严，不许有任何人出入府内，敢有违者，杀无赦！”赵高拍了拍乐白的肩头，下手虽轻，却带出了一种无可匹御的杀气，令人根本不敢存有抗拒之心。

“是！”乐白领命而去。

赵高待乐白的身影消失在殿外之后，这才转头望向格里道：“你的任务，是带领你的战士进驻相府，或明或暗，必须牢牢控制住府内的整个局势。据我所知，在参加龙虎会的百名战者之中，其中不乏有胡亥派出的高手混迹藏身，你着重于他们身上，一旦信号传出，立时实施格杀，不得有误！”

格里接过赵高递出的一张名单，浏览一遍：“何为信号？”

赵高毫不犹豫地道：“掷杯为号！”

格里应声而起。

赵高微微一笑，道："虽然府内的一切局势有利于我，但真正凶险之处，却在登高厅。"

韩信一直沉默不语，直到这时，他才低声发问道："登高厅又在何处?"

赵高看了他一眼，道："登高厅当然也在相府之内，不过在今天晚上，它却是我专门宴请胡亥的所在。为了不引起胡亥的疑心，今夜出入登高厅的人，不仅非富即贵，而且不能私带兵器入内。"

韩信心中暗惊："纪少果然聪明，已经算到了赵高的心思。这么说来，赵高果真是想利用我来行刺胡亥。"他不动声色，静听赵高下文，孰料赵高话锋一转，面对赵岳山道："至于登高厅的布置，相信岳山已安排好了?"

"是，一切尽按赵相吩咐，万事俱备。"赵岳山恭声道。

"很好!"赵高满意地点了点头，与张盈相视一笑，道，"还有一件事情，我想了很久，总是不太踏实，只有有劳你去替我打理一下。"

他称张盈并不直呼其名，而是只用一个"你"字，可见二人的关系不同寻常，韩信看在眼中，微微一怔，却见张盈俏脸微红，目光盯视赵高，似乎有一种说不出的情意。

"赵高与张盈难道是一对情人?如果不是，两人的神情何以会如此暧昧?如若是，以赵高的性情，他又怎容得下张盈风流淫荡的行事作风?"韩信不由大感惑然。

"赵相请讲。"张盈微微低头，避过赵高的眼芒道。

"我想请你替我监视一下后院厨房的那一帮人，神农厨艺，虽然传世十代，家世清白，但是他们终究是外人。俗话语，小心能驶万年船，我可不想在阴沟里面翻船。"赵高此言一出，吓得韩信顿冒冷汗，不由得为纪空手担起心来。

张盈领命道："我一定照办，不过为了预防万一，我可以在酒菜上席之前，命其自尝一筷，以防他们在酒菜中做手脚。"

赵高笑道：“你果然心细如发，好！就照此办理，只要每一件事情都做到毫无漏洞，明年的今天，必定是胡亥的祭日！”

赵岳山与张盈看了韩信一眼，这才在赵高的示意下匆匆离去。偌大一个殿堂中，转眼间便只剩下赵高与韩信二人相对，半晌无声，一时静寂。

在赵高的目光逼视下，韩信心中忐忑，整个人极不自然，好半天才听赵高相问一句：“你在想什么?”

韩信微惊，赶忙答道：“属下所想，只怕有污赵相之耳，是以不敢回答。”

赵高“哦”了一声，颇感兴趣地道：“但说无妨，我不怪罪于你便是。”

韩信这才答道：“属下心想，不知赵相与张军师是什么关系，何以你们二人的神情让属下一直看不分明?”

“哈哈哈……”赵高略怔一怔，蓦然爆发出一阵大笑，半晌之后才戛然而止，注视着韩信道，“我一生从不轻易信人，对你亦不例外。就在这之前，我还一直在对是否对你加以重用表示怀疑，现在我却确信，你应该是一个可以让我信任的人。”

韩信似乎糊涂了，问道：“为什么？难道我心中的想法就能改变你对我的看法吗?”

“是的。你心中所想正是你真实心境的写照，因为但凡心怀叵测之徒，到了这种紧要关头，他只会想到如何隐藏自己，如何伺机一击，而绝对不会想到与他无关的事情。你能看出我与张盈之间的关系，这不仅证明了你观察入微，同时也证明了你对我并无恶意。”赵高缓缓而道，眼中露出欣赏之意。当世之中，像韩信这般杰出的年轻后辈毕竟不多，赵高虽然阅人无数，但对韩信却有一股发自内心的扶植之意。

韩信心中一惊，不由为赵高的推理感到钦服。事实上若非纪空手事先提醒，他或许在心情紧张之下，极有露出马脚的可能。

此刻，韩信等着赵高说出他与张盈之间的关系，平心而论，他的确对此抱有浓厚的兴趣，兴之所致，并非全是作伪，可是赵高并没有接着这个话题聊下去，而是轻品一口香茗道：“你的流星剑式已经具有一定的火候，再辅之以雄浑的内力，当世之中，确实算得上年轻一辈的顶尖人物。但是拥有这些尚且不足以让你名扬天下，一个真正的高手，他还需要具备一往无前的勇气与对胜利的渴望。现在正好有这样一个成名的机会，不知你是否勇于面对？”

他的话平平无奇，却给人精神的振奋，不知不觉地使听者有一种热血沸腾的亢奋。韩信深深地吸了一口气，压下自己激动的情绪，沉声道：“我此次咸阳之行，不求财富，只求功名，能有成名之机，岂容错失？还请赵相吩咐！”

“好！我就喜欢年轻人的这股冲劲！”赵高眼中顿时闪射出异样的光彩，接着道，“我要你在今晚的登高厅上，刺杀胡亥！”

韩信脸显震惊之色，他倒不是为赵高的话而震惊，而是对纪空手的判断能力感到有一种不可思议的害怕。如果让纪空手得知他此时心中的真正想法，不知纪空手脸上会是一种什么样的表情？

“你怕了？”赵高的眼芒如电般射入到韩信的眼眸中，似乎想从中看穿一点不明的玄机。

“不！”韩信断然答道，“我早就在等着这样的机会。”

赵高满意地点了点头，道：“你能如此想，说明你的确是一个难得一见的人才，也证明了我的识人目光并没有错。在我的门下，武功高过你的并非没有，但真正能够完成这次刺杀任务者，恐怕你是唯一的一个！”

韩信很想知道这其中的原因，是以询问道：“为什么？对于赵相来说，我毕竟是一个外人。”

赵高摇头道：“以前是，但从这一刻起，你已是我的亲信。所谓用人不疑，我相信你对我的忠心。”顿了一顿，随即接着道，“世人皆知，胡亥登上皇位，其功在我。但是正因如此，使我功高震主，所以胡亥一登上皇位，他最想除去的人，当然就是我。只是他一直碍于我的实力，迟迟不敢动手，但却暗中培植了不少力量，就等待机会给我致命的一击。”

韩信道：“我听人说，胡亥喜好酒色，从不节制，是一个庸碌无为的昏君，想不到他会有如此心计。”

赵高道：“这才是他聪明的地方，若非如此，我又岂能容他活到今日？不过所幸我终于发现了他的阴谋，今夜一战，犹是未晚。我要让他知道，我赵高既然可以立他，也可以废他，大秦的天下始终只能掌握在我赵高的手上！”

说到这里，他的脸上油然生出一股傲然之气，不失入世阁豪阀的王者风范与一代权相的气势。纵是韩信如此大胆之人，亦在这股威势之下黯然低头，不敢仰视。

良久之后，赵高方才又道：“不过我依然失算了一着，就是胡亥不仅从始皇身上学到了龙御斩，而且功力之高，绝非是一般高手所能匹敌。只要他有剑在手，杀他并非易事。”

韩信问道：“今夜登高厅上，不是不可佩剑吗？”他一问之下，方知所问极为幼稚，不由脸上微红。

赵高看出了他极为不好意思，佯作不知道：“但是他是王者，岂有解剑之理？所以我千思万虑，终于想到了利用龙虎会来对付他！”

韩信已听过纪空手点评赵高阴谋，听到这里，已是全然明白，他有意掩饰自己适才的无知之谈，故作恍然大悟：“赵相莫非是想让我在龙虎会上一举夺魁，然后借机召见，给我刺杀胡亥之机？”

赵高微一点头，道：“是的，唯有如此，你才能带剑进入登高厅，而且不会让胡亥有半点疑心。所以我说，只有你才能助我完成这次刺杀行动！”

韩信这才明白赵高器重自己的原因：一来是因为自己的剑法不错，以有心算无心，或许可以敌过胡亥的龙御斩；二来自己面相极生，胡亥不会对自己过分注意，这样无形中就增加了成功的机率。想通了这些事情之后，他这才知道赵高的心计之深，固然让人害怕，但纪空手料事如神，却又让人佩服得五体投地，若非他深信冥冥之中必有天理，或许会改变自己的主意。

韩信收摄心神，很快进入了自己扮演的杀手角色，问道：“可是龙虎会上高手如云，纵然我能打败所有敌手，想必亦是力竭，又怎能与胡亥一拼？”

赵高微微一笑，道：“这一点你不用担心，我对此事早有安排。我可以保证你出现在登高厅的时候完全拥有你应有的战斗力，而且还有同样的几个攻击手为你策应。”

韩信笑道：“如果真是这样，那么胡亥一定是必死无疑了，我对自己的剑法通常都很有信心！”

赵高也笑了，而且是得意地一笑：“是吗？那就让我们拭目以待！”

张盈与赵岳山并肩出了九宫殿，稍作安排一下，便带领一干手下往后院而来。

膳房不大，却隐于花园一侧的竹林之中，一点不显粗俗之气，唯有隐隐传来的刀剁砧板之声与随之而来的扑鼻香气，构成了厨房独有的氛围。

在赵岳山的布置下，膳房的安全戒备愈发森严，除了少有的几个人可以自由出入外，其他的人各就各位，一片忙碌。

负责膳房守卫的是带刀侍卫莫生，这是一个尽忠职守的典型军人，凭着战功晋升官位，不善言辞，却是个有本事的人物，赵岳山派他负责此地，自然是看重他的实力。是以，他此刻见到赵岳山与张盈之后，恭声行礼，只说了一句话：“莫生给两位请安。”

赵岳山“嗯”了一声，并不还礼，而是摆手道：“免了吧，你忙你的，我带张军师四处走走。”

他踏入膳房之内，第一眼看到的便是一张大大的躺椅，一张茶几，一杯香茗，然后才看到神农那张清癯的脸容。他总有一种错觉，认为神农既然是天下第一名厨，理所当然也是天下第一胖子才对，可是当他见过神农之后，才知道这不过是自己的谬论而已。

“神农先生，我可又来看你来了。”赵岳山素知名人都有自我清高的毛病，是以脸上带笑，举止有礼。

“赵总管不必客气，你一日总要来个数次，又何必在乎多来这一次呢？

你能对赵相如此忠心，难怪赵相会对你如此看重呢!”神农起身相迎，见到张盈时，眼中陡然放光，装出一副好色之徒的模样。

张盈认识的男人无数，又岂会在乎这种目光，咯咯一笑，道：“说得好，赵相看重的人，武功本事尚在其次，关键还要看这个人是否忠心。说到忠心二字，放眼相府之内，唯有总管当居首席。”

赵岳山刚想谦逊几句，忽然醒悟张盈乃是借此讽刺自己，不由狠狠瞪了她一眼，转而问道：“神农先生的厨艺天下闻名，我也不想再加赞美了。只是今夜宴席之上，食客如云，高手无数，若是先生稍有大意，只怕难逃众人的非议。”

神农先生傲然道：“厨艺之道，乃我九世家传，平生不敢自吹，唯有于此道敢夸下海口，这一点但请总管放心。”

赵岳山拍掌笑道：“大师就是大师，所说之话句句与众不同。”他巡视了一眼膳房内的物什，接着道，“一应所需是否都已齐备？从此刻起，相府之内已经封关戒严，不许任何人出入相府，你若欠缺一些材料，说给我听，待我替你跑上一趟吧。”

神农先生道：“不敢劳烦总管，诸事俱备，只等开席，我已经早就安排妥当了。”

张盈任由神农先生与赵岳山二人闲聊，一双俏目却在四处打量，打量半天，始终不见异样，稍觉放下心来。当她来到一排锅灶之前，看着十几道背影背对自己忙个不停时，突然心神一跳，觉得有一股力量吸引着她，循其望去，发现那是一道背影，感觉有点熟悉，可是一时之间，却又想不起来在哪里见过。

她不由留心起来，对她来说，只要是曾经在其记忆中留下印象的东西，一般都不会轻易忘却。

这是一道厚实的背影，在运动的韵律中充满着动感，透过薄薄的衣衫，仿佛可以看到里面蕴含着青春活力的肌肉。不知为什么，当张盈悄然走近时，她的心中竟然泛起情动的涟漪。

这几乎不可能发生的事情，竟然在她的身上蓦然出现，这简直让她有些亢奋不已。自从她那段刻骨铭心的恋情最终遥遥无期后，她便对任何男人都失去了应有的兴趣，甚至不能激起她对情欲的正常需求。虽然她日夜有男人相伴而眠，但她从来不认为这是情缘，更不用说付出感情了，她只将这种男人当作是一种戏弄的对象，玩弄别人，同时也玩弄自己，在醉生梦死中寻求心灵的慰藉。

但在这一刻，她面对这道背影时，竟然产生出一种对异性的渴求，甚至感到了自己身体正悄悄地发生异样的改变。她深深地吸了一口气，收摄心神，终于在与那道背影相距五步时站定。

"我们一定是在哪里见过?"张盈冷然道，其语气冷得有些做作。

这道背影依然不停地翻动着炒勺，聚精会神地对付着锅中的菜肴，仿佛没有听到张盈的问话，倒是神农先生与赵岳山闻声走了过来。

"莫非张军师认得劣徒?"神农心中虽惊，但脸上却不动声色。

"也许。"张盈一双美目凝视着这道背影，等到这道背影转过身来，她微微失望地"哦"了一声，却对此人产生了更浓烈的兴趣。

她可以肯定自己从来没有见过这个男人，如果见过，她就绝对不会放过！她从那张略带油烟的脸上看到了一种满不在乎的气质，似笑非笑，眼带忧郁，虽然算不上俊美，却有一种撩人心扉的男人魅力。隐约之中，她似乎又看到了昔日的恋人，目光在瞬间变得如雾般扑朔迷离。

是的，这人当然就是纪空手，也只有像纪空手这样被补天石异力改造过的男人，才能够吸引住张盈这等欲海娇娃的目光。

"我想这位夫人一定是认错人了。"纪空手微微一笑，他当然知道来者是张盈，但他却不知张盈对他的熟悉感是来自其体内的补天石异力。当日他在船上用补天石异力将张盈的天颜术破去，其补天石异力尚滞留于张盈体内，故此两气相吸，使张盈对他有种特别的感觉。他知道自己的易容术很难被人识破，此刻与其在她的面前刻意掩饰，倒不如坦然相对，毕竟张盈阅人目力十分惊人，如果作伪，定难逃过她的视线。

张盈的俏脸一红，赵岳山故意怒斥道："小子无礼，张军师虽然年纪不小，却仍是未嫁之身，你怎么可以'夫人'相称?"

张盈眼中泛出一丝恨意，一闪即没，冷哼一声：“不知者无罪，我可没有计较，又何必劳烦赵总管操心？喂！你姓什么？叫什么名字？”她这后面的一句话显然是问纪空手，倒把赵岳山晾到了一边。

纪空手不慌不忙地道：“小人姓丁，名纪，师从神农先生已有数年时间了。”他以丁衡之姓为姓，以自己之姓为名，表示不忘丁衡提携之意。

张盈嘴上念叨了一遍，突然发问：“你刚才炒的是一道什么菜？”

“油爆花生。”纪空手道。

“怎么寿宴之上会有这种菜？”张盈微一皱眉道。

“此菜虽然平常，亦是市井常见之物，但要将它做成一道上席菜肴，又岂是容易之事？油爆花生，讲究的是色泽金黄，香酥可口，清脆生香，口感适中。小小的一道菜肴，却有十九道工序，若非厨道中人，又怎知内中艰辛？”纪空手娓娓道来，丝毫不显呆滞，说话举止之中，隐现大厨风范，便是神农听了，亦是连连点头，暗自叹服纪空手的记忆力与悟性。

张盈依然不动声色地道：“油爆花生会有十九道工序，何不说来听听？”她丝毫不觉厌烦，一一相询。

这是她一贯的行事作风。她总认为，一个奸细，往往都注意到一些大的枝节，却会忽略一些微不可察的细节，唯有从细节上入手，才能发现奸细的破绽。但若你从一些大事问起，这些问题几经奸细琢磨，已是天衣无缝，更能自圆其说，你是很难从中找出破绽的。

纪空手微微一笑，胸有成竹地道：“第一道工序，在于选料。虽是一碟花生米，却必须是产自关中沙地的红皮花生，个大心圆，颗颗均匀，这样方能入菜；第二道工序，将选料出来的花生在深寒井水中浸泡一个时辰，然后滤水备用；第三道工序，则是选油……”他一一说来，谈到油温、控火、下锅时机等等事宜，一气呵成，宛如行云流水。说到最后时，他才顿了顿，道：“翻炒时需用滚云勺，这样才能让花生受热均匀，炒至第三十七勺时，起锅离火，滤油装盘，不可有一点停顿时间，否则花生必然焦黑。但若提前起锅，花生便带一丝生味，算不上是炒货上品。”

张盈微微点头，似乎非常满意纪空手的回答，神农见状，一颗心顿时放了下来。

但是张盈正要转身之际，陡然眼芒生寒，厉声问道："你刚才一口气说了三百六十九个字，却气息悠长，不见呆滞，可见内功不弱，以你这样的身手居然安心来做厨子，若无不良居心，又作何解释?"

此话一出，赵岳山与神农俱都失色，张盈身后的一帮随从更是拔刀逼上，形势危急，刻不容缓，大有一触即发之势。"张军师能看出小人的身手，眼力果然高明。不过神农门下，要想找出一个不会武功的人，实在太难，不信请问神农先生。"纪空手镇定自若，不慌不忙地答道。

神农先生赶忙道："这是我家传的内功心法，凡我门下，入门必修，只是为了发扬厨艺，绝无与人争胜之心。"

张盈奇怪道："内功心法难道还与厨艺有关?"

神农先生道："厨艺一道，讲究繁多，若无内力，单是掌锅颠勺便极难掌握，又怎能谈得上厨艺高明呢？此事还请张军师与赵总管明鉴!"

张盈不再说话，所谓隔行如隔山，她对此道一无所知，也就不好乱加妄断，而且她对纪空手确有一种莫名的好感，便抱着"宁可信其有，不可信其无"的态度放过了他。

等到张盈与赵岳山离开膳房，纪空手这才松了一口大气，叫了声："好险!"发现自己的内衣俱已湿透。

"纪少这招意形留神真乃易容的最高境界，如此险中求胜，今夜盗取登龙图，我们必定成功!"神农笑了笑，拍了拍纪空手的肩头道。

"那我们可得好生计划一下才是，今夜的相府，无异于龙潭虎穴，只要我们稍有不慎，恐怕就会全军覆灭!"纪空手目光一闪，显然意识到了任务的艰巨。

"你不必担心，今夜的行动我已经计划好了，赵岳山刚才通知了我，今夜凡是上到登高厅的每一道菜肴，必须要试菜之后方可上席，我们完全可以利用这个机会，摸清厅中的形势，再伺机下手。只要刺杀得了赵高，登龙图便不难到手。"神农看了看四周的动静，悄然说道。他的脸上沉稳无比，似乎对事态的发展已经胸有成竹。

纪空手脸上不见动静，心中却暗吃一惊，与神农敷衍几句，见到守卫前来，各自散开。

时间在等待中一点一点地过去，随着夕阳西下，渐渐消失，暗沉的夜色终于降临。今夜虽无星月，但在相府内已是灯火通明，亮如白昼，处处笙歌响起，车水马龙，热闹一片，以一场寿宴为名的大决战终于徐徐拉开了帷幕。

七月初二，夜，咸阳城中赵高相府。

将近酉时，相府之外的广场上，车马列队而立，足有千驾之多，人声鼎沸，凡是咸阳城中有头有脸的人物全都到来，更有些人知道二世皇帝胡亥要亲来道贺，都想目睹帝君龙颜，无不趋之而来，整个气氛显得异常热闹。

相府内外点起了万盏大红灯笼，灯笼之上写有“寿”字，愈发突出了喜庆的氛围。过道园林都有千姿百态的各色灯饰，更加增添了不少辉煌的气派。

但是热闹之余，却不失有度，在乐白与格里的统领下，暗杀团武士与亲卫营的战士俱已到位，形成了非常严密的戒备态势。胆小之人见之，已是战战兢兢，有心人见之，不免在心中有所揣度，但更多的人却不以为意，认为相府守卫，自当如此，一切尽在情理之中。

由大门而入，宾客虽然鱼贯不绝，但一切接待均是井井有条，丝毫不显乱迹。来宾各按自己的身份，由专人引领，分别进入了一主二辅的三座大厅。

当中一厅面积最小，但设置最为豪华，与两边辅厅相距数十丈远，却高高在上，只可由上俯瞰，辅厅中的人却根本看不到主厅动静，厅上有匾，匾名“登高厅”。既有登高而望之意，又可作“登高一呼，四方响应”之解，由此可看出赵高的狼子野心。

登高厅所设宴席只有寥寥数桌，虽显空旷，但桌与桌之间的间距有度，显示着每一桌宾客身份地位的差别。若非王侯将相一类的人物，只怕是没有资格居坐其中的。

沿登高厅向两边而建的，正是两座辅厅，辅厅面积极大，各设五百席，可容下数千宾客。三厅之间，有一块偌大的空场，搭置木台，成为了龙虎会的演武场。三方宾客俱可在喝酒作乐之余，欣赏到高手之间演绎而出的龙争虎斗。

韩信在台下的一方席上入坐，手抱一枝梅，闭目养神，丝毫不为外界动静所惊扰。他并不担心自己是否能夺得魁首，登上登高厅。因为赵高既然有言在先，想必一切都已安排妥当，他倒是一心想看看纪空手何以能在大庭广众之下，从胡亥的身上盗走登龙图。

他虽然对纪空手一向很有信心，但看到眼前这种场面，不由得为纪空手担起心来，毕竟这是在相府府内，稍有闪失，的确是无路可逃，无处遁迹。

格里瞅了个空暇时间，悄悄来到他的身边，道："你不必紧张，此事虽然事关重大，但若赵相没有把握，他也绝对不会贸然动手。"

他与韩信极是投缘，料其新手上阵，难免紧张，是以特来嘱咐几句，韩信知他心意，微微一笑："多谢将军关心，时某心中有数。"

格里见他神态如常，顿时放下心来，拍拍他的肩道："若想成名，成败在此一举，不动则已，一动必要义无反顾，永不言退。"

"是。"韩信心中一凛，肃然道，这是格里杀人的经验之谈，的确是刺杀精华，韩信怎敢不听？

格里巡视了一下四周的人群，其中不乏有跃跃欲试的战士，陡然间看到东面角落处的一条人影，心中一惊，"咦"了一声道："怎么此君也到了相府？"

韩信循声望去，只见那人一身玄衣打扮，身材健硕有力，怀抱一杆长枪，在夜色映衬下仿若一个幽灵般挺立于那角落中。虽然看不清其面目，但观其轮廓，已有一股袭人的寒意油然而生，令人不寒而栗。

韩信刚要发问，倏觉那人抬头望来，一道如电的寒芒透过虚空，竟与自己的目光在空中相对，虽是一触即分，但是韩信只觉胸口一闷，仿佛感到有一股大力击中胸膛一般。

“此人姓扶，名沧海，乃南海长枪世家的传人。南海长枪世家一向少有人在江湖走动，他今日前来，已经是与长枪世家往日的行事作风大大不同。”格里似乎对江湖逸闻如数家珍，娓娓道来。

“他莫非亦是胡亥的手下？”韩信悄声问道。

“不可能，胡亥安排的高手已全在我们掌握之中，他们也绝对不会来争这份名头，倒是这扶沧海的枪法不弱，若他有心夺魁，只怕对你不利。”格里不由担起心来。

“若是如此，倒也再好不过。”韩信豪气顿生，大有与扶沧海一决高低之意。

格里摇头道：“赵相对你早有安排，岂能再容节外生枝？何况今日相府之内戒备如此森严，此人竟能避过众多耳目，闯入府内，单凭这份胆色与勇气，已足以让人不可妄生小视之心！”

韩信正待说话，忽见扶沧海从人群中走出，大步行来，他的步伐坚定有力，眼芒透出，直逼韩信面门。随着他的人每向前移动一分，带出的压力便随之增强一分，韩信昂首而视，不动声色，心中却感到一座山岳缓缓移来，给人以咄咄逼人的压服之势。

扶沧海走到与韩信相距三尺处方才站定，脸如严霜，眼中神光若电，半晌才道：“我巡视全场武者，今夜的龙虎会上能与我一战者，唯君而已。”

他言下并无太大的恶意，反倒对韩信多了几分推崇的意思。韩信一怔之下，微微笑道：“不敢，扶兄英气勃发，未出手时已气势在先，这等威势，岂是时信所能比肩的？”

“时信？长街击杀乐五六的时信？”扶沧海眼芒一闪，追问一句。

“侥幸得手，怎敢言胜？乐五六死在我的手下，全是轻敌所致，若非如此，只怕死的人就会是我了。”韩信淡然笑道。

扶沧海沉吟半晌方道：“乐五六的身手我早有所耳闻，你过谦了。如果我目力不差，纵是乐五六全力以赴，也未必是你的百招之敌。”他突然间傲然笑道，“幸会，幸会，有强手亲临，总算让扶某不虚此行。”

他说完此话，又悄然退回自己刚才所站的那个角落，来去突兀，潇洒至极，顿让韩信叹服不已。特别是他面对格里这等高手时犹似不见，这份傲气，实是狂得可以。

“看来你与扶沧海必有一战，他指名点你，只怕你难以回避。”格里脸上露出一丝忧郁之色，轻叹一声道。

“难得遇上如此英雄人物，我亦不想错失这个机会。”韩信眼眸中顿闪异彩，战意勃发下，整个人多出了一股必胜的气势。

格里欲劝又止，只得匆匆离去。虽说韩信与扶沧海之战胜负未料，鹿死谁手犹未可知，但两人若是交手，终需百招之后方能罢休，到时即使韩信胜了，也必定已是强弩之末，又怎能再担负起刺杀胡亥的使命？

这种结局绝对不是赵高愿意看到的，所以格里无论如何，都不能让扶沧海与韩信交手。而要扶沧海接受这个建议，通常的办法，只有格里亲自与扶沧海一战，迫他离开相府。

格里的行事作风就像是一阵风，只要主意拿定，立时实行。于是一炷香的时间不到，他已约上了扶沧海，悄然离开人群，来到了花园之中。

扶沧海人到花园，便已看到了花园之中人影幢幢，潜藏了不少高手。他皱了皱眉，却丝毫不惧，缓缓地将长枪取在手中。

格里看出了扶沧海眼中的疑虑，轻笑一声道：“我绝没有以多欺少的意思，之所以约你一战，只是不想让你与时信在今夜交手。”随即打了个手势，竟然指挥属下全部退出了花园。殊不知，这个决定带给他的将是灭顶之灾。

“为什么？”扶沧海没有料到格里会是如此自信，但他更想知道，格里为何要拦阻他与韩信在龙虎会上的争魁之战。

“如果你能胜得了我的霸王钺，过了今夜，你就自然会知道原因。但是现在，我却无可奉告。”格里笑了笑，南海长枪世家虽然名扬天下，但他却丝毫不惧，他完全有击败扶沧海的自信，否则也不会贸然挑战了。

“霸王钺，这是格里的兵器，莫非你就是入世阁中暗杀团统领格里？”

扶沧海倒吸了一口冷气，心中暗惊，他绝对没有料到站在时信身边的将军竟是入世阁的三大高手之一。

“你现在知道，并不算迟，只要你答应离开相府，我留给你的还是一条生路。”格里很满意扶沧海的反应，更不愿贸然与南海长枪世家为敌，所以提出了一个折中的方案。

“不，你错了，你可知道，我来到相府是何目的吗？”扶沧海脸上突然露出了一丝不易察觉的笑意。

格里道：“来参加龙虎会的人，都想夺魁，借此争得一份功名，你难道不是吗？”

“当然不是，南海长枪世家屹立江湖数百年，你可曾听到过有一人身居官位？”扶沧海淡淡一笑，脸上仿佛多出了对功名利禄的厌倦。

“这倒不曾听过。”格里想了想道。

扶沧海道：“我来相府，一是欲会会天下英雄，二来则是为了帮朋友的一个忙。英雄可以不会，但忙却不能不帮，所以我不能走，咱们唯有一战！”

格里眼中闪过一抹诧异之色，道：“你的朋友是谁？”

“你很快就会知道。”扶沧海冷冷一笑，陡然间长枪一振，大声喝道，“就让我的长枪会一会你的霸王钹吧！”

他双腿错步，长枪已然破空，枪锋闪耀虚空，发出嗡嗡之音，一股慑人的杀气顿时弥漫空中。

他初时给格里的印象，虽然狂傲，却不失有礼，听到自己的名号，似有怯意，但这一刻却像变成了另外的一个人般，非常沉着冷静，眼芒射处，无一不是随时可以发动攻击的突破口，根本没有半点轻敌或是怯阵的表现。

他的双手握住枪身，稳定如山，却意态轻闲，随意摆出的架势，如山梁般横亘，的确具有震撼人心的高手风范。

格里心中暗自喝彩一声，不敢大意，将手伸向背后，再伸出时，只见一只大如铁扇的钢钹跃然空中，钹边寒芒尽现，竟是一件可攻可守的杀人利器。

他的眼神变得如刀锋般锐利，洞察着对方长枪逼迫而出的气势走向，而自己的霸王钹却一点一点地伸向虚空……

花园之中静若无声，清风徐来，到了他们相距的空间，仿佛撞上了一面墙，再也渗透不进。如此强横的气势，使得双方都不敢有半点疏忽，更不敢贸然出手。

幽暗的花香覆盖了整个园林，淡香袭人，沁人心脾，但是无论是格里，还是扶沧海，似乎都没有闻到这如处子体香般的幽香，扑鼻而入的，是那股沉沉的肃杀气息。

这是无声的对峙，在如此紧张的气氛中仿佛透出了一个信息，那就是不动则已，一动必是石破天惊！

格里感受着对方迫来的如潮压力，不得不为自己的一时轻敌暗自叫苦。他根本没有想到扶沧海的内力会如此雄浑，一时大意，让对方在气势上压了自己一头，不过他毕竟身经百战，临场经验丰富，而且实力不弱，表面上丝毫看不出落于下风的迹象，却在暗中催逼劲力，企图在对峙中扳回劣势。

他的本意是想速战速决，心系龙虎会和韩信，使得他无心恋战。按他的实力，假若与扶沧海同时拔出兵器，在气势上不分轩轾，他就处于主动，但是到了此刻，他只能气度沉凝，严阵以待，根本没有出手的机会。

他明白自己此刻的处境，不由心中一急："倘若扶沧海一直不动，我岂非便要陪他站上一夜？"

但是扶沧海绝对没有再等待下去的意思，他忽地身子向前微俯，如猎豹般陡然冲前。

人动，枪却未动，就仿佛长枪悬凝空中一般，等到他踏出两步时，劲力陡然从掌中爆发，长枪甫动，如恶龙般飙射而出。

如此怪异的出枪手段，实乃格里生平仅见，但他却知道这样的出枪，借力强大的惯性可以使速度增加逾倍，刻不容缓之际，他唯有架钹格挡。

"当……"的一声，枪钹一触即分，发出一声轻响，但两人同时感到手臂一麻，不由得重新估量对方的实力。

扶沧海回枪退步，枪势更烈，手腕一振之下，长枪化作漫天枪雨，如暴风骤雨般卷向格里的身体。

格里虽处守势，却丝毫不乱心神，指拨霸王钹，竟如风车般全力旋转，一时“砰砰……”之声不绝于耳，顿时化去扶沧海的如潮攻势。

“高手就是高手，临危不乱，不过你再接我这十七式沧海枪法试试!”扶沧海战意勃发，大喝一声，人如狂飙直进。

他占得先机，欲一鼓作气挫败对方，何况面对的又是格里这等高手，一旦让对方转守为攻，自己便难以扳回胜势，是以他一招出手，招招不让，枪势如大江之水，连绵不绝，尽显长枪攻掠的威力。

格里一见之下，心中再也不存侥幸，心知高手交战，只要一旦失势，唯有在严防之下等待对方出现破绽，倘若贸然攻击，往往是画虎不成反类犬，徒增败笔。

于是他全力退防，霸王钹飞旋如风，遮挡得滴水不漏，钹动风生，猎猎直响，卷起花草残枝，愈滚愈大，犹如滚雪球一般，任凭对方的长枪舞动穿越，竟然不散。

扶沧海看得心惊，久攻不下，不由怒喝：“第十七式，沧海怒潮!”话音一落，长枪速度陡然放缓，一点一点地透入虚空，劲力四溢，潮声隐起，犹如海潮怒啸而来。

格里心中一凛，顿觉一股强大无匹的劲气随着枪锋的挺进，成阶梯式的浪潮一级一级不断加强，由四面向自己围杀而来。触目之下，但觉扶沧海在精奥的步法配合下，正围绕着自己做出旋转式的攻击，处处俱是飞旋的人影。

他不由心中一紧，同时暗自窃喜，因为他看出了这是扶沧海竭尽平生所学的一招精华，只要自己能够挡住这绝妙的一杀，胜负已可立判。

他当然有化解此招的办法，事实上他在尽力防守的同时，已经作好了反攻的准备，唯一要做的，就是等待机会。

而现在就是一个机会，以格里的眼力，当然不会放过，是以他突然在这一刻变得异常冷静，双目厉芒绽射，凝注着长枪在每段空间与每个时段里衍生的变化与进度。

"呼……"当扶沧海的长枪如毒蛇吐信般刺破他的劲气防线时，格里再不犹豫，一退之下，就在对方枪势欲尽未尽之时，陡然出手了。

"轰……"爆响惊起，格里提聚的功力蓦然沿着霸王钺飞旋暴射，向四方迸裂。一时间那凝聚的草球散裂开来，疾风袭卷，花草如漫天星雨般飙射开来。

谁也想不到这飞旋的草球也是一种攻击的武器，花草疾射，形如暗器，仿佛形成了千百个攻击点。而最让扶沧海感到心惊的，还不是这些，就在草球爆裂的刹那，他感到在草球的中心有一股凌厉无匹的杀气飞袭而来。

杀气，刀的杀气，格里以霸王钺成名，所以谁也没有想到他也会使刀，而且还是用刀的高手，这才是格里真正致命的一杀！

凛冽的杀气如针刺般直侵肌肤，眉毛倒竖，却不能使扶沧海的眼珠转动一下。他在瞬息之间感受着这突然的一变，并且必须要在最短的时间内作出判断和相应的变化。

刀是弯刀，呈弧形而来，刀气更带着一股强大无匹的回旋之力，任何人面对此刀，都不可能真正做到无动于衷。

扶沧海也不能，不过他幸好也留了一手，所以他并非毫无回旋的余地，因为他的沧海枪法虽然名为十七式，但真正的一式杀招，就隐藏在这第十七式之后。

南海长枪世家能够屹立江湖数百年不倒，这固然与它地处边疆有关，实则是因为每隔数年，这个世家中都会涌现出一位杰出的弟子，对祖传的枪法套路作出精心的改良或者重新设计。每经一人，其枪法的破绽便减少一分，渐渐达到攻守平衡的完美境地。到了上一代人的时候，长枪世家出了个扶三枪，为了检验这套枪法的实用性，竟然现身江湖，公然与当时最负盛名的剑客飞散人决战于吴楚故地。虽然最终无人知道这一战的结果，但扶三枪回来之后，认定枪法攻势有余，防守不足，是以闭关七年，终于创出了这沧海枪法的最后一招——意守沧海！

只因这一招只守不攻，与沧海枪法十七式的全攻精髓格格不入，是以扶家子弟并没有将它纳入沧海枪法之列。但这一招一旦与之配套，攻守有度，浑然天成，又的确是这套枪法的后续之招。

此招创成数十年，今日方在扶沧海的手上展露出来，怪不得连格里这等行家高手都没有预知此事。

“轰……”枪锋破空，终于与弯刀碰撞一起，爆发出一股猛烈的狂风，草树连根拔起，向四方飞泻。

两条人影俱觉浑身一震，身形不由自主地向后跌飞。格里心惊之下，霸王钹陡然出手，发出了一记意想不到的攻招。

钹锋森寒，如圆盘飞旋，呜呜声响，慑人心魄。劲气随着霸王钹运行的轨迹向前罩射，顿时将扶沧海的整个人影笼罩。

扶沧海心惊这陡生的变化，再也无力作出应变之招，他不得不承认，自己低估了格里的实力，根本就没有想到格里竟能在身体失控的情况下犹能施出这厉害的杀招。

高手之争，虚实变幻莫测，一切全靠预判能力来抢占先机。扶沧海没有算到格里的弯刀，但他有意守沧海应急；可是他又没有算到格里除了弯刀之外，真正的杀人兵器是霸王钹，这一次，他似乎死定了。

格里也是这样认为的，所以他身体向后跌飞，气血翻涌的同时，脸上已经露出了一丝笑意，他相信扶沧海绝对逃不过自己这致命的一击。

# 第二十二章　天下五豪

格里离去之后，韩信依然席地而坐，冷冷地注视着来来去去的人影。偶尔从人群中走过一群王族公卿家的贵妇艳女，传出阵阵娇笑，但他却是视若无睹。

他已无心注意这些美女的艳色，若换作一年前的他，怎么也要凑上去搭讪几句，或是挤入人群浑水摸鱼，但时至今日，他已觉得这些举止都是无聊之人所做的无聊之事。因为此刻在他的心中，已有了凤影。

也许人生讲究缘分二字，他总觉得，能在茫茫人海中遇上凤影，这是上天的安排。虽然他们相处的时间只有短短数日，但他已将凤影当作了自己的知己，今生今世，再也不愿与她分离。

这是他的初恋，也是他第一次将一个女人牵挂心间，割舍不下。当他接受凤五的命令前来咸阳时，他不仅是为了蚁战中昭示的一线天机，更多的则是为了凤影。他想担负起一个男人的责任，不想让自己心爱的女人为他而感到羞愧，是以无论如何，他都要轰轰烈烈地活上一回。

思及凤影，他的嘴角不经意间露出了一丝甜甜的笑意。当他将思绪重新放回到今夜的行动上时，却突然发现，扶沧海竟然不见了。

他心惊之下，蓦然想到了格里临走时的神情。毫无疑问，为了让他在进入登高厅之前保存实力，格里将会不择手段地阻止他与扶沧海交战，是以扶沧海的失踪必定与格里有关。

他喜欢扶沧海，更喜欢这个人的风骨与傲气，他觉得这个人像极了纪空手，而纪空手是他最可信赖的朋友。

所以他站了起来，想去找格里，让他放弃截杀扶沧海的行动。可是他的人刚走出两步，人群中顿时骚动起来。

门官以悠长而响亮的声音唱喏道："知音亭五音先生驾到！"

韩信往大门处望去，首先入目的是一位面容清癯的老者，剑眉入鬓，英气勃发，带出一股不相适宜的恬淡。止步时长袍曳地，行动时衣袂飘飘，不经意间的一举一动，无不透出落寂出尘的悠闲意态，偶然间寒芒一闪，才尽现王者风范。

"此人能够跻身五大豪阀之列，岂是侥幸所致？唉……此生若能如他这般活得潇洒，也就不枉来世一遭了。"韩信惊见之下，由衷地在心里赞叹道。关于五音先生与知音亭的传说，他已听了太多太多，在他的心中，早已将五音先生当作了世外高人，每每思及，感慨良多，想不到今日终于得见尊容，不由得也随着人流向前涌出几步。

五音先生固然对他有莫大的诱惑力，但韩信却是以迫不及待的心情期盼着红颜的出现。他真的想看一看能让纪空手钟情的女子究竟是何等模样，更想知道在红颜与凤影之间，到底是谁更胜一筹。

不知为什么，每当他遇上纪空手时，心中已多出了比较的心理。他不得不承认，随着这一年来经过的太多事情，他在自信心方面已有了大大的增强，他已不再是一年前的韩信，更不是一味顺从的韩信，他希望自己终有一日能够与纪空手并驾齐驱，甚至超越对方，成为真正的强者！

这是一直横亘于韩信心中的一大心病，一个不能向外人道知的心病。纪空手的整个人就像一座大山般压迫着他，令韩信有一种郁郁不得其志的感觉，所以如何超越纪空手，便成了韩信最想解决的一个关键问题。

当他的眼芒越过五音先生厚实的背影，向其身后望去时，蓦觉心神一跳，因为就在这一瞥之中，绝色的红颜终于出现在他的视野之中。

他不得不承认，无论他用如何挑剔的目光去看待红颜，红颜都是那种可以让人心醉的女人：雍容华贵而不失真趣，美丽惊艳却又随和可亲。虽然他深爱凤影，但他始终觉得，凤影之美未必就能盖过红颜，或许这两个女人的美丽本是不同类型，根本就没有可比性。是以，"各领风骚"一词更能恰如其分地说明她们身上所具有的美丽风情。

“连他所爱的女子都是这般出色，莫非上天注定他始终要压我一头？”韩信的头脑一热，莫名间对纪空手生出一丝难言的妒意。正当他为自己的心绪感到震惊时，登高厅门前，鼓乐声喧天而起，赵高已率门下一帮弟子，步下台阶，正按江湖规矩相迎五音先生。

这两人都是名动天下的江湖豪阀，在场的众人平素久仰得紧，却少有人识得这二人的真面。今日这二人竟然同时现身，顿时引起了满场的轰动，万千目光汇聚一处，使得赵高与五音先生顿处焦点的中心。

两人见得这等场面，不以为意，只是寒暄几句，把臂而行，似乎早已习惯了这种受人注目的场面。

“五音先生不问江湖世事已久，却为了赵某的寿辰而不远千里奔赴咸阳，这份情义实在让赵某感动不已。”赵高显然对知音亭的人也有所忌惮，因为他是为数不多知道知音亭背景的人之一，是以不得不小心提防，出言相试。

“赵相所言，倒让五音惭愧不已，此次咸阳之行，五音固然有为赵相拜寿之意，实则还有一件更为重要的事情要做，这才动了出游江湖的心思。”五音先生淡淡一笑道。

“哦？能让五音先生动心的事情，在这个世上已是不多，这倒让赵某有了好奇之心，倘若先生不吝赐教，赵某愿意洗耳恭听！”赵高故作惊讶，实则是想逼着五音先生表明立场。对他来说，今夜一战若有知音亭的人介入，自己虽然占有地利与人数上的优势，但胜负殊是难料，这不得不让他谨慎从事。五音先生岂有不知赵高心意之理？不过他的心中早有打算，根本不想介入到胡亥与赵高的权力之争，是以微笑道：“此事终是未成，不提也罢，所以今夜五音前来，是专为赵相拜寿而来，并无他意，对于这一点赵相大可放心。”

赵高闻言不禁大喜，他深知知音亭与大秦王室的关系，生怕值此非常时期，知音亭人介入此事，现在五音先生表明中立，作壁上观，顿时让赵高尽去忧虑。

他绝不担心五音先生会出尔反尔，自食其言，因为在江湖中，人人尽知五音先生一言九鼎，从不食言。当日江湖之上人人传言玄铁龟上记载玄奇秘学之事，一经五音先生出言释疑，谣言即止，可见其信誉卓著，堪可信任。

两人分主宾入座，登高厅上，分三面开席，每面当前设有一席，席位豪华，红毯铺地，尽显尊崇地位。每席之后另设六席，则是次要人物安坐之地。

赵高与五音先生分坐主宾首席，余人皆对号入座，场面丝毫不乱。席间正对龙虎会擂台，台上动静，一目了然，显然是经过精心准备。

赵高心病既去，心情顿时大好，望向五音先生身后的红颜道："这一定是世侄女了，果然是名门之后，大家闺秀。"

红颜微微一笑，上前见礼道："世伯过誉了，红颜这厢见过世伯。"

赵高笑道："可惜赵某并无子嗣，否则见得世侄女这般人才，又怎能让她错失赵家，真正是一大憾事。"

五音先生道："这是赵相抬爱小女之言，岂能当真？何况赵相纵有子嗣，以你一人之下，万人之上的身份地位，又岂是我等山野之人可以高攀的？"他借机喻志，表明自己两不相帮的立场。

赵高心道："只要你不介入其中，我已是千谢万谢了，又岂会无事生非来惹上你？"他淡淡一笑，顺着五音先生的话题道："先生说笑了，世侄女眼高于顶，听说连项羽这等人物尚不足以入她的法眼，也不知哪位俊彦有这样的齐天之福。"

五音先生道："说到项羽，自项梁死后，流云斋一脉在他的统领之下，已成了楚国一支最重要的力量，时刻威胁着大秦王朝的存亡。以赵相的见识，怎能任由楚人如此猖狂，而不竭力将敌之气焰消于无形呢？"

他的口吻渐显尖锐，谈到时事，已经掩饰不住他对大秦王朝的那一丝眷恋之情，并对赵高不顾大局、争权夺利的做法感到由衷的憎厌。赵高微微一愕，沉吟半晌道："先生所言甚是，的确让人深思不已，但是你只知其一而不知有其二，造成今日之天下乱势并非是赵某不殚思竭虑，或是居高位而不理政务，实在是因赵某有难言的苦衷，不足为外人道也。"

他有意无意间，将目光瞟在当中空着的首席之上，五音先生心领神会，知道他的苦衷在于胡亥，只是没有言明罢了。

“其实天下乱势，早在先王在世时已有征兆，只是到了此刻，矛盾激发，才使局面难以控制。”赵高察言观色，明白五音先生对胡亥已是失望至极，丝毫无襄助之心，不由如数家珍般数落起胡亥在位的种种不是，“皇上虽受我大力匡扶而登位，但是却小肚鸡肠，疑神疑鬼，不足以与之谋天下大事，而且优柔寡断，思前虑后，致使贻误战机，让陈胜于陈地称王，若非我力荐章邯东征，只怕大秦此刻已是易手他人了。”

“如此说来，平定陈胜匪患，功劳全在赵相一人身上了？”五音先生情知赵高所言属实，却忍受不了赵高的骄狂，是以话中带刺。

赵高顿时收敛了自己的嚣张气焰，肃容道：“不敢，赵某只是据实而说。数月前，章邯曾经大败项梁于定陶，倘若听我一计，乘胜追击，此刻哪还有楚国存世？又哪里轮得上项羽称雄？孰料皇上却想当然尔，急令章邯挥师北上，征剿余赵匪患，这才让楚军得以喘息，养息休整，形成如今这般声势。”

五音先生虽然身处巴蜀，却心忧天下，自然对近来的时事了若指掌。他不得不承认，如果战局真的按赵高预想的发展，的确可以起到一锤定音的效果，而事实却令人大为失望，由此他也更对胡亥失去了信心，恨不得一走了之，甩袖不管。

只是思及先祖遗训，使得他不得不做出最后的努力，希望通过这一点努力，能使大秦王朝能够延续下去。虽然他也知道，这一切或许只是自己的一厢情愿，抑或只是一场徒劳，但他已是义无反顾。

他默然无语，看出了今夜相府的肃杀氛围，他打定主意，一旦双方争杀起来，他意在登龙图，不在胡亥，自然做到两不相帮，互不侵害。只要他带走了登龙图，纵然赵高杀了胡亥，也不敢毫无顾忌地开国称王，必然会立始皇长子扶苏之子子婴为君，使得大秦王朝得以延续。

他对胡亥殊无好感，照他自己的想法，似这等暴君诛杀千次亦不解恨，倒不如废之而另立新君，或许还能解救万民于水火，只是碍于自己有先祖遗训，是以不能亲自动手。

赵高又怎知他是这副心思，只要让知音亭人作壁上观，他已是很满意了，当然也不再要求五音先生相助自己。事实上他作出了非常精心的准备，纵然是知音亭人相帮胡亥，他也完全能够控制整个局面，只是所冒风险太大，倒不如现在这般稳操胜券。

五音先生沉吟半晌方道：“据我所知，这章邯乃是赵相门人，又是入世阁弟子，他怎敢置赵相的手令而不顾，却听令于皇上的旨意？”

赵高苦笑一声，道：“赵某虽在万人之上，毕竟还居一人之下，又怎敢越俎代庖，替皇上指挥？何况章邯虽然出自我门下，却深受皇上的恩宠，翅膀硬了，也就不把我放在眼里了。”他说到最后，眼中寒芒陡现，竟生杀意。

五音先生微微一笑，明白其中利害关系，道：“原来如此，外人不知，还以为赵相一人把持朝政，风光得紧，孰料内中还有这般艰辛。”

“这点艰辛倒也算不了什么，赵某官居相位，最感棘手的还在于君臣猜忌，一旦种下此祸，政务不通，军令不行，最是祸国殃民。赵某有时想起，也欲归山退隐，不为这些俗务烦心，但每每念及先王对己的恩宠，惶惶之余，怎敢不鞠躬尽瘁？唉，看来做人真难！”他的眉间不停地颤动，显然触及真情，情不自抑，完全是一副忧国忧民的忠臣神态。

“那按赵相所见，此时天下已呈乱局，该当如何应付才是？”五音先生眼露睿光，虽是讨教的口吻，其实旨在印证自己的见解而已。

赵高身体微震，道：“假若皇上恩准，由我指挥大军，我将挥师攻楚，搏其一地，可安天下。须知天下匪患无数，皆以楚马首是瞻，擒贼先擒王，讲的便是这个道理。”

他见五音先生微微点头，显是同意自己的观点，不由得谈兴大发：“所谓楚国军队，其实主要是项梁、项羽统领的流云斋子弟。这些人虽然武艺不错，但缺乏最基本的作战知识，假若三军应命，可以一击溃之。”

“可是自匪乱以来，项羽一师，从来没败，这又作何解释？”五音先生摇了摇头，说出了自己的疑问。

“项羽此人，只是匹夫之勇，不足为惧，虽然作战屡次不败，也许只是运气使然，用不着夸大其词，大惊小怪。”赵高一脸不屑之色，缓缓而道。

五音先生表面不动声色，却知赵高虽然贵为五大豪阀，可统一门一派之势力，却远不是能指挥十万大军作战的帅才。他所看到的东西往往是事物的表面，流于形式，却根本就没有看到问题的实质。因为一个人能够交战数十次而从来不败，这绝不是“运气使然”可以概括的。赵高如此敷衍了事，显然对此毫无见识，比及他争权夺利的手腕本事，真可谓一个在天，一个在地。

话不投机，半句嫌多，五音先生话锋一转，道：“赵相阅人无数，可识得刘邦此人?”

赵高沉吟半晌才说道：“据说此人来自于泗水沛县，以一名亭长之职，在沛县起事，被乱民视为赤帝转世，使其不到一年时间，便拥兵十万，已是楚国中唯一可以与项羽抗衡的人物。他此次兵至武关，虽说已成大气候，但老夫认为他对大秦的威胁还不及项羽。”

“你休要小看这小小亭长，他能在众多诸侯中出人头地，必有其过人之处，纵是项羽亦不敢小视于他，还有其背景十分神秘。也正是如此，不由得让我对此人产生了浓厚的兴趣。”五音先生的眼神中流露出一丝兴奋的色彩，似乎预见到了一些什么东西，却又不敢确定。

赵高看看天色，已近酉时，可是胡亥依然未至，不由心下着急，递了个眼色，让张盈出外巡视一下，然后才静下心来听着五音先生慢慢分析：“能在乱世之中出人头地的，除了要有过人的本领与超凡的智慧外，必须还要倚仗一定的势力才能立足于群雄之间，进而争霸天下。项羽便是这样的一类人物，可刘邦出身低微，只凭着七帮会盟的一点实力，如今却能与项羽并驾齐驱，这不得不让我心生好奇。于是我在经过了周密的调查之后，发现了一个奇怪的问题，就是每当刘邦遇到了不可化解的凶兆时，总有一股神秘的力量会适时出现，替他逢凶化吉，而且不是杀人灭口，便是不着痕迹。这说明了在他的背后同样有一股很大的势力在支持着他，而这股势力之大，当属武林五大豪门之一。”

五音先生的话仿若一颗石子，击破了一潭静水，顿让赵高感到有一种可怕无形的力量正向自己一步一步紧迫而来。

“依先生之见，刘邦背后当会是哪股势力?”赵高惊问道。

“我也不知。”五音先生淡淡一笑，“反正不会是我知音亭。”

赵高霍然醒悟：“在问天楼与听香榭中，二者必居其一，倘若他与项羽的流云斋联手，只怕其意不仅是争霸天下，更有一统武林之嫌!”

格里的确有这个自信，因为他给这一招取了个名字，就叫“有去无回”。

飞旋的钺体，森寒的钺锋，无边无际的杀气，构成了一幅诡异的图画，可以让任何人为之胆寒。

扶沧海显然为对方这一杀招感到心惊，他算漏了敌人的招式，当然要付出应有的代价，而这种代价，往往就会是自己的生命!

“呼……”眼见霸王钺仅距扶沧海只有七尺距离时，突然从这段虚空中流星般划出一柄飞刀。

飞刀七寸，疾若流星，灿若焰火，准确无比地截住飞钺。

格里大吃一惊，而便在此时，他只觉一缕寒意狂袭而至，在他几乎来不及反应之时已袭入三尺之中，仓促之中，格里横移。他快，但身后袭来的刀更快，在其横移五尺之时，只觉腰间一凉，一般沉沉的痛感袭遍了全身。

“呀……”疼痛传遍全身之时，格里禁不住发出一声沉沉的惨号。也便是在此刻，他看到了身后偷袭的凶手，但他死也想不到身后偷袭的人竟然是他自己。

具体地说应该是一个面容打扮与自己一摸一样的人，两人对立就像是在照镜子一样。直至此刻，格里突然明白了什么，望了扶沧海一眼，又望了望与自己面对的偷袭者，眼里闪出绝望而恐惧的光，颤声问道：“你，你是谁?”

偷袭者眼中闪过一丝怜惜，淡漠地吸了口气，冷冷地吐出三个字：“纪空手。”

格里眼里闪过一丝惨淡而无奈的神采，嘴角边竟泛起了一丝凄凉的笑容，英雄末路的笑，而后，魁伟的身体如山般倒下……

赵高所言如果都是事实的话，那么这实在是太恐怖了。以五大豪阀的实力，只要有任何两门联手，都足以翻云覆雨，改变江湖的历史。

听香榭与知音亭一样，数十年来少有人走动江湖，是以名声虽在，却如传说中的故事存在于人们的脑海，随着时间的流逝而渐渐被人淡忘。

如果当今五大豪门中有一大势力与流云斋联手，那么最大的可能性就是卫三公子的问天楼，但是卫、楚乃世仇宿敌，其深仇大恨不易消弥，纵然在利益之上暂时苟合，只怕亦非长久之计。

赵高沉吟半晌，终是没有确切的答案，只能将目光投注在五音先生的脸上。

“依我看来，无论是听香榭，还是问天楼，都不可能与项羽的流云斋联手争霸天下。”五音先生缓缓分析道，“如果五大豪门之间真的能够相互兼容，江湖早已一统，又何来这四分五裂？”

赵高顿时释然，松了一口气道：“可是如果刘邦背后确有五大豪阀的人支持，那岂非与流云斋联手无异？”

“非也！”五音先生淡淡笑道，“我可以断定，项羽绝对不知道刘邦的真实背景，而刘邦依附在项羽军中，也只是权宜之计，时势一到，自然会翻脸成敌！”

“这么说来，刘邦在暗，项羽在明，这刘邦岂非更为可怕？”赵高似有所悟地道。

“行军打仗，项羽远胜刘邦，但说到知人善任，礼贤下士，深谋远虑，谋略算人，项羽似又差了一节。据我所知，刘邦自起兵以来，借七帮势力，门下已有众多奇人异士，又收各方谋士，吸纳各路英豪为己用，比之项羽，他虽只拥兵十万，但各个都是精兵良将，以一当十，其勇锐不可当。是以赵相对于武关一战，千万不要轻敌。”五音先生出于对大秦王朝的存亡着想，不由又委婉地劝谏赵高，希望他能以大局为重，放弃个人恩怨问题。

赵高沉吟半晌，轻叹一声：“我又何尝不想立时带兵东进，拒敌于武关之外？只是箭在弦上，不得不发！”

五音先生闻言，知道赵高心意已决，只得不再说话。从内心来说，无论是赵高占到上风，还是胡亥把握局势，都对他没有利害关系，他只希望双方在动手之前，纪空手能够成功盗得登龙图，令赵高有所忌惮，这样一来他也就算对得起先祖遗训了，只要自己这方不插手双方之争，相信任谁也不敢与之公然为敌。

他的目光在厅中众人的脸上搜寻良久，却始终看不出何人才是纪空手所扮。他已算定，纪空手唯一能接近胡亥的地方，只有登高厅。以他的眼力，只要纪空手在，他就不会看不出来。

易容术自西周以来，已经开始流传于江湖，到春秋战国时期，已盛行一时，在制作工艺与化装技巧上有了质的提高。丁衡既有盗神之名，那对易容术当然也就了解得非常透彻，是以他所拥有的易容绝技，已经具有了非常高深的水平。

但无论是多么精湛的易容术，它所能产生的效果最多只能是仿真逼真，而绝对不能达到完美无缺的地步。再说以五音先生这等行家，只要用心，是不可能被纪空手蒙蔽过去的。

“我能看出来，赵高必定也能看出破绽，纪空手肯定想到了这一点，所以他不会这么快出现在众人眼前。”五音先生寻思着纪空手的心思，差点哑然失笑，不经意地看了看身边的红颜，却见她的脸上虽是笑意盈盈，却还是掩饰不了她对纪空手的牵挂之情。

“女儿大了，有自己的心思了。”五音先生微微一笑，在心中念叨着。他中年丧妻，未再续弦，把红颜当作掌上明珠般抚养成人，算是了却自己对爱妻的一番相思之情。他之所以多年绝足江湖，固然与他淡泊的心性有关，但更多的却是为了思妻育女的赎罪心态。

他少年仗剑江湖，快意恩仇，敢作敢为，博得了响亮的名声，并娶得当时武林第一美人——南海长枪世家的扶海棠为妻，次年即得一女。面对美满姻缘，又是英雄美人的绝配，按理说五音先生应该知足，可是他抱着争霸江湖的雄心壮志，足迹遍布大江南北，依然不懈拼搏。直到终有一日爱妻病故，他痛心之余，方才醒悟自己亏欠爱妻实在太多，面壁七日之后，遂将雄心收敛，归隐林泉，把自己对亡妻的一腔挚爱全部倾注在爱女的身上，再也不问江湖俗事。

此次咸阳之行，若非碍于先祖遗训，五音先生绝不会出川半步。后来又得知纪空手人在咸阳路上，心系半子之情，也想见识一下，遂率众北上。照理说他未说动胡亥随他入川，已是尽了心力，可以撒手不管了，但他既要纪空手出手盗图，倘若有失，必生祸患，于是他不得不前来为纪空手保驾护航。这样一来，纵然纪空手失手，大不了他与赵高、胡亥扯破脸皮，也可拼个全身而退。

想到纪空手，他嘴角处不由自主地泛出了一丝笑意，仿佛又看到了从前的自己。这是一位武学奇才，机缘巧合已是一奇，见识机断亦是不凡，难得的是他重情重义，真正具有男儿本色，只有这样的男人，才配得上他知音亭的小公主。

就在此时，门官悠长响亮的唱喏又起："接驾！"

赵相府内鼓乐声喧天而起，满场之人纷纷下跪迎驾！赵高与五音先生率众迎出，但见在数百名御前卫士的开道下，红毯铺地，香花遍散，大秦二世皇帝胡亥在一帮高手环卫之下步入相府大门。

韩信人在高处，虽俯跪却不碍视线，只见昂首阔步而来的胡亥年约三旬，身材适度，并无酒色掏空之虚态，皮肤白皙，脸容苍白，看似软弱无力，但眼芒神光慑人，自有一股不凡气概。

"王者就是王者。"韩信心中惊道，他只看了一眼，已为胡亥身上透发出来的傲视天下的霸气所震慑。毕竟这是他第一次看到九五之尊的君王，难免心中有些惊慌。

不过这种惊慌一闪即没，他终于看到了一个事实，胡亥真的是一个高手，一个绝不弱于五大豪阀的超级高手。赵高并非不想将他取而代之，而是面对胡亥，赵高实在是没有必胜的把握。

只有这样，才是合理的解释，才能说明赵高何以会花费如此气力来布下这么一个宏大的杀局。思及此处，夜风虽凉，但韩信的脊梁处已有冷汗渗出。

“如果纪空手出手，无论是明是暗，都绝对逃不过胡亥的眼睛，那么是不是这就意味着他一动手，就必然死定?”韩信发现了一件很要命的事情，作为生死与共的朋友，他不由自主地为纪空手担心，但更要命的是，他明知纪空手出手必死，却根本找不到他的人来通知他。

胡亥在众人簇拥之下入厅坐定后，众人才纷纷依次依序入座，辅厅两边虽然又恢复了先前的热闹，但音量明显小了许多。

一阵肃静之后，胡亥按例向赵高说了一番歌功颂德的套话，在赵高连连谢恩之下，寿宴终于在一片看似平静而正常的氛围中开始了。

与此同时，广场木台上两名武者直面相对，拉开了龙虎会夺魁之战的帷幕。

纪空手与扶沧海便在众目睽睽之下出了花园。花园外的一些属从见了大是诧异，刚才明明看见格里与扶沧海剑拔弩张，转眼又见两人毫发无损地走出来，都在心中暗叫奇哉怪也。

他们一入广场，便见擂台之上已有人厮斗一处，杀声响起，随着四周阵阵喝彩声，使得场上的气氛愈发浓烈。纪空手微一皱眉，已经感受到了金戈交击带出的肃杀之意。

擂台上厮斗的两人都是年轻人，一时气盛，不避锋芒，是以抢在最先出场。不过这两人既然敢来赴会，手底下也真还有几手硬功夫，一来一往，杀气四溢。

扶沧海与他相距七尺，不敢太过靠近，只能收敛气息，收气传音道：“这两人都是江湖上新近崛起的剑客，功力相当，只怕有好一阵厮杀，你趁这空暇寻到韩信后，咱们按计划行事。”

纪空手微一点头，抬头望去，却见韩信亦抬眼向这边望来，见得扶沧海竟然无事，脸上不免生出疑惑。

纪空手双手背负，绕场而行，一路碰到数人，神色都是极为恭敬。他明白这些人都是格里布下的暗杀团战士，亦不理会，走得几步，却见赵岳山迎面而来。

"将军刚才去了何处？可让我一阵好找。"赵岳山神色颇为紧张，靠过头来低声道。

纪空手对格里的声音早已练得很熟，倒也不显破绽，压低嗓门道："莫非情况有变？"

"赵相吩咐，为了争取时间，夺魁之战必须尽早结束，否则皇上一旦临时变卦，提前辞行，于大计有所不利。"赵岳山脸色一沉道。

"这恐怕是赵相多疑罢了，皇上既然有心一战，怎会临阵而逃？"纪空手装得极是老练。

"不怕一万，只怕万一。我们这些做属下的，只管听命就是，用不着说三道四。"赵岳山叮嘱几句，径自去了，行色匆匆，似乎事务繁忙。

纪空手寻思道："时间提前，正合我意。只是这数十人中无一不是想在龙虎会上大出风头的高手，怎么才能让他们不下场一争高下呢？"他却不知在这数十人中，既有胡亥安插的人，亦有赵高相应派出的高手，各怀鬼胎，无意夺魁，真正有心一试身手者，不过寥寥十余人而已。

他灵机一动，挥手叫来几名属下，将命令传达下去。他既然想不出妙法，于是干脆不想，将事情交给属下，甩手不管，这倒也不失为不是办法的办法。

等到他靠到韩信身边时，韩信已经恢复常态，淡淡笑道："适才怎么不见将军？"

纪空手道："我既有心让你夺魁，怎能容你的对手活命？当然是诱杀扶沧海，为你去一大敌。"

"扶沧海不是好好地站在那里吗？"韩信似有不解地道。

"他还活着，那么我岂能还站在这里？"纪空手嘻嘻一笑，还复原本嗓音道，"因为我不是将军，真正的将军此刻只怕已在黄泉路上了。"

韩信大吃一惊，根本就没有想到眼前的"格里"竟是纪空手所扮，更没有想到纪、扶二人联手，竟然敢在相府之内斩杀格里。此招虽然凶险，却也着实精妙，纪空手装扮成格里混入登高厅，不仅胆大，而且确是神来之笔。

他好不容易稳住心神，装作不经意地看了看四周，这才微微笑道：“纪少就是纪少，敢做别人不敢做的事情，这就是你的风格。”

“所以我们三人联手，一定可以稳操胜券。”纪空手充满自信地一笑。

“我可以相信他吗?”韩信看了扶沧海一眼。自他从凤舞山庄出来之后，便已养成了从不轻易信人的习惯，而纪空手则是一个例外。

“你可以像相信我一样去信任他，因为我把你们都当成兄弟。”纪空手眼中一亮，眸子里已是一片温情。

韩信笑了笑，不再说话，转头望向场中，第一对武者已分出胜负，败者下场，胜者则昂首接受众人的欢呼。不过随着另一名武者的上场，一番厮杀重新拉开帷幕。

“我应该怎么做?”韩信将视线重新落到了纪空手的脸上。

“你将在最后的时候出场，对手就是扶沧海。你们最终的结果应该是势均力敌，打成平手，只有这样，我们才可以保证三人同时进入登高厅!”纪空手觉得韩信的目光有些怪异，却没有放在心上，他将这种怪异理解为大战之前的紧张，是以毫无保留地说出了计划。

“然后呢?”韩信问道。

“然后我们就可以看到一场真正的大戏。”纪空手笑了，笑得很灿烂，韩信虽然看不到纪空手那张被人皮罩住的脸，却还是感觉到了这股笑意。

而此刻与他们相距不远的登高厅外，已设三层重兵防守，三步一岗，五步一哨，气氛空前紧张。这些侍卫既有相府亲卫，亦有胡亥带来的御卫，人人都是身手不凡的高手，他们同时接到了一条命令：未经宣召，任何人不得入厅一步，违者杀无赦！是以在登高厅外的十丈距离内，根本不见一个游动的人影。

厅外的形势如此紧张，厅内的气氛却热闹得很，一副君臣言欢的场面，不知情的人还道是今夜咸阳歌舞狂欢，谁又能料到在这背后潜藏的是暗流涌动的杀机?

大厅之内，三副首席各成犄角之势，由胡亥、赵高、五音先生三人落座，各方随从沿着各自主人居于后席，笼统算来，不过四五十人，但无疑都是各方精英。

赵高携张盈、赵岳山以及府中一帮高手坐于主席，而五音先生亲率知音亭精英位列下首席位，坐在上首的则是胡亥，在他的身后，除了内廷十八铁卫之外，还有御卫统领郎子车与三名不知名的剑手列队而立。三方实力雄厚，鹿死谁手，犹未可知。

在一番照例庆酒贺寿之后，胡亥轻咳一声，转头望向五音先生道："先生此番前来咸阳，距上次入宫，已有十余载了，按理本王当亲自设宴款待，只是苦于公务繁忙，一直抽不出时间来安排，今日正好在此相遇，本王借花献佛，权当为先生接风洗尘。"

五音先生淡淡一笑，道："不敢有劳大王。"

胡亥意在拉拢，兼或混淆赵高视听，是以一脸亲切地道："你我之间，何必客气？算来你亦是皇亲国戚，用不着如此生分。"

五音先生道："这既是做臣子应有的本分，也是五音恬淡的心性所致。就好像此次咸阳之行，明知不可为而为之，实非本意，是以勉强不得，不如归去。今夜为赵相祝寿之后，亦是五音离开咸阳之时。"

胡亥微一皱眉，听出了五音先生话中的幽怨，心中暗暗生气："你这般小看于我，莫非认定我斗不过赵高？真是岂有此理！若非看你是诚心为我着想，单凭你对我这轻侮之罪，非得重重办你不可！"

他请五音先生前来，原是希望借祝寿之名，得一强援，然后合二人之力扳倒赵高，谁知五音先生审时度势，认为赵高此时权势太大，不可硬撼，反而力劝胡亥急流勇退，两人话不投机，联手之事只能作罢。

但胡亥并没有因为五音先生的袖手旁观而动摇扳倒赵高的决心，反而利用五音先生的影响，吸引了赵高的注意力，加快了自己行动的步伐。他始终认为，自己毕竟是一国之君，一旦在寿宴之上将赵高制服，相府群龙无首，余党不足为虑，自己完全可以利用大王的权势与手腕控制整个局势。

他之所以对五音先生百般容忍，以亲情关系大示笼络，还有一个重要的原因，那就是企图用知音亭来压服赵高的入世阁。他虽然急切想扳倒赵高，但并非有勇无谋，早已看出赵高的可怕之处绝非因其乃大秦相国，而是因为赵高乃武林五大豪阀之一，门下高手如云，一旦对抗交锋，自己根本没有必胜的把握。如果自己能在寿宴之上挑起知音亭与入世阁的争雄之心，那么鹬蚌相争，渔翁得利，自己就可以轻而易举地控制全局。

这实在是一个如意算盘，因为他看穿世情，文无第一，武无第二，五音先生心性再怎么淡泊，也不可能甘心让知音亭位列入世阁之下，是以这更是为声名而战，容不得两方有半点谦让。

“先生何必要急着走呢？本王近日一直寻思，近一年来，天下大乱，匪患无数，其根源究竟在何处？是因为政律不严，还是吏治不清？抑或是捐税苛刻、行赋太重？”胡亥问出一连串的问题，事涉民生大计，令人深思，便是五音先生与赵高也将目光凝视在胡亥的脸上，以为其人已有解决之道。

“非也。”胡亥摇了摇头道，“这些也许是问题的所在，却绝非问题的根本。行军打仗，讲究一个‘武’字，武风盛行，却又不能自律，是导致乱民匪患四起的基本原因。本王虽在内宫，却熟知朝野，自始皇之前，天下武林已有五阀之分，整个江湖一分为五，各自霸据一方，致使江湖不能一统，形成乱世格局。所谓江湖乱，天下乱，江湖不能一统，天下便永无宁日。”

他的话虽然有失偏颇，但听在五音先生与赵高耳中，却是新鲜刺激。他们都是五大豪阀之一，在内心深处，无不有一统江湖的梦想，是以胡亥之言，确能打动他们的心扉。

五音先生与赵高相视一眼，同声问道：“那又当如何？”

胡亥微微一笑，道：“要想天下不乱，当然只有先定江湖，而江湖要定，必须首先结束五阀之分的格局，形成一统的江湖！”

五音先生闻其音，知其意，已明胡亥用心，淡然一笑，沉默不语。

赵高道：“五阀之分，由来已久，岂能说合就合？就算五音先生的知音亭与我联手，先不说其他三阀是否答应，便是两门之中，推谁为首，就是天大的难题。更何况纵是赵某有心承让，只怕门下弟子也未必答应。”

他对这些事情显然思来已久，是以一经说起，便口若悬河，并非是他丝毫不察胡亥的离间之情，只是他对武林霸主之位渴望已久，但有一线机会，便欲争取得之。

“本王却有了一个主意，既不伤和气，又可立时实行，不知二位是否有这个兴趣？”胡亥笑道。

赵高看了一眼五音先生，道：“请大王赐教！”

胡亥的目光在人群中巡视了一圈，道：“本王之意，是想设立一个封号，为‘天下第一高手’，能得此号者，可以在大秦国土之上征调兵马、粮草，所有郡县官吏，皆任其调度，以成全其一统江湖之志，并檄令天下，留名青史！”

此言一出，全场皆惊，胡亥此举的确可谓前无古人，乃独创之举。众人无不心血沸腾，不可自抑，纵是如赵高、五音先生，亦是怦然心动。

如果事情真如胡亥所言，那么这“天下第一高手”无异于是除大秦国君之外的又一个皇帝，不仅可以一统江湖，而且权势之大，前所未有，端的诱人至极。

赵高语带颤音道：“此话当真？”

“本王乃一国之君，岂有戏言？”胡亥眼见赵高堕入计中，心中暗笑，脸上却佯怒道。

“微臣一时失言，真是该死！”赵高连忙说道，“只是要想获此称号者，不知是哪几位？”

胡亥微微一笑，道：“当然唯有五大豪阀，方有资格一争高低。若是如外面擂台上的那般角色，只怕给这天下第一高手提鞋也不配。”

“哈哈哈……”赵高陡然间大笑三声，脸色一沉，“大王无非是想让臣与五音先生较量一场，两虎相争，岂有不伤之理，而大王便可坐收渔翁之利了。”

他脸现嘲弄之色，刚才的那番表情显然是戏弄胡亥而来，胡亥勃然大怒，正要拍案而起，忽然似想到了什么，强行压下怒火，冷哼一声：“赵相莫非认为本王所言有什么不妥吗？”

赵高已存鱼死网破之心，当下再不掩饰自己的狂态，投以冷笑道：“大王太过聪明了，所以总是看低了我们这些做臣子的。你也不仔细想想，若是臣与五音先生真的信了你的话，又怎能名列五大豪阀，可笑！真是可笑！”

胡亥脸色未变，反而息气屏声道：“这么说来，赵相是想借武林豪阀之名，欲与本王较量一番啰？”

大厅中顿时寂然无声，全场的目光都投向了赵高，似乎皆在等待着他的回答，空气紧张得仿佛在这一刻间凝固。

目光聚集的中心，是赵高那一张瘦削嶙峋的脸，没有一丝的表情，就像是挺立于悬崖之上的孤石，怡然无惧地等待着一场暴风骤雨的来临。

只有那冷如寒芒的眼光，一点一点地在大厅的虚空中移动，眸子如深海无底，深邃而广阔，让人无法捉摸。

动静之间，肃然生出一股猎猎杀气，使得每一个人都感受到了一股强烈的震撼，就连呼吸都在这一刻中停止。

“呼……”就在这时，一阵如雷般的掌声与叫好声从大厅之外轰然响起，顿时转移了众人的目光。五音先生抬头一看，原来是扶沧海已经胜了一场。

他心中暗道：“龙虎会总算接近尾声了，而登高厅中的决战却刚刚开始！”

扶沧海是倒数第三个走上擂台的，在他的身后，一个是雪域剑客阿方卓，另一个才是韩信。

对于阿方卓此人，扶沧海只闻其名，从未谋面，是以当一个冷如饿狼的少年站到他的面前时，他颇显几分诧异。

狼是自然界中一种凶猛的兽类，生性好斗，善于忍耐，冷血无情。一个人如果被人认为是一头狼的话，通常不是说他的相貌，而是暗指他的气质，是以阿方卓的出场让扶沧海感到了一种莫名的寒意。

而更让扶沧海心惊的是阿方卓那小小的眼睛，小得眯成了一条缝似的，却在这缝中暴闪出一道冷冷的寒芒，就像是来自地狱的无常，夜半三更站到你的床前死盯着你一般，让人浑身直起鸡皮疙瘩。

但是扶沧海绝对没有想到，阿方卓对他刚才一战表现出来的战斗力更是心惊。当他站到扶沧海面前两丈之距时，他必须收摄心神，全神贯注，才不至于被扶沧海的气势所乘。

谁拥有了扶沧海这样的敌人，想必都不会觉得轻松，至少阿方卓是这样认为的。

是以他紧了紧手中的剑，缓缓地道："南海长枪世家在武林中一向大大有名，沧海十七式更是枪中一绝，我早有心见识，只恨路途太远，今日幸会，还望不吝赐教。"

他很少一次开口说这么多话，据说他与人对话，能用三个字表达意思的，从来不用第四个字，但是此刻却不然，他始终觉得，有时候面对值得尊敬的对手或是比较可怕的对手，说话也是一种调节心理的方式。

"希望我不会令你失望。"扶沧海微微一笑，他的话不多，却爱笑。越是遭遇强敌，他越是笑得开心，因为他也需要以笑来放松自己的神经。

这绝对是一场势均力敌的决战，虽然枪剑未动，但两者对峙的空间已然涌出太重的杀气，令人有一种如临大敌般的紧张。

"你太客气了，希望不会让人失望的应该是我。我原以为自己的剑法已经很不错了，所以一听到这龙虎会的消息，便从关外不远千里赶来，一心想夺得魁首大出一番风头，孰料竟然遇到了你，我就知道今日只怕难遂心愿。"阿方卓依然冷冷地道。

"彼此彼此吧，对我来说，有你这样的对手也并不是一件轻松的事情。"扶沧海还是在笑，但他的心里却毫不轻松。

四周酒席上的宾客中不知是谁叫骂了一句，显是等得不耐烦了。扶沧海目若冷电，转头而望，就在这时，他蓦地感到了身后的空气正急剧地流动……

杀气，只有真正的杀气才能打破这僵持之局。扶沧海心惊之下，这才知道阿方卓的人不仅冷，而且其手中的剑更冷，用近乎偷袭的方式企图抢得先机。

扶沧海转念之间，不由为阿方卓出剑的速度感到震撼。他明明看到阿方卓的剑锋还在鞘内，只偏个头的功夫，其剑不仅已经出鞘，而且剑锋划过两丈虚空，竟然危及自己的肋部。

全场一阵惊呼，扶沧海却心静如水，冷漠得可怕，用周身的感官去触及剑锋在空气中运行的轨迹。

这才是高手的风范，临危不惧，不乱阵脚，许多人说起容易，但要做到这等境界，谈何容易？而扶沧海却做到了。

阿方卓心中一凛，望着扶沧海不动如山的身形，他不由得为扶沧海的镇定功夫感到惊服，同时也正是因为扶沧海的不动，使得他蓦生一种恐惧的感觉。

高手相争，只争一线，这一线往往是指气势的先机。扶沧海人既不动，当然无迹可寻，阿方卓面对的是一个毫无破绽的背影。

“呼……”他陡然加力，劲气从剑锋中逼出，飙射出一道尺许长的青芒，吞吐跳跃，力罩四方。他既已出手，便无退路，唯有毫不犹豫地全力出击。

眼见剑芒逼至扶沧海身体的三尺处，扶沧海这才动了，身形未动长枪先动，枪锋闪跃，蓦地跳向虚空，如恶龙般笼罩剑芒。

“轰……”一声爆炸性的巨响，震彻全场，强大的气劲向四方飞泻，空气为之一滞。

扶沧海的身子借力倒射，落在七尺之外，由于他处于守势，在气势上并不凶狠，是以在阿方卓的全力一击下，只能顺势而退，但是阿方卓人如饿狼，手中的剑锋更如饿狼的利牙，凶狠无比，招招进逼。

“呼……”扶沧海来不及细想，让过剑锋，枪身一横，改枪为棍，势如千军万马般横扫一片，阿方卓唯有退却，一跳已在丈外。

“你的应变能力果真不差！”阿方卓由衷地赞了一句，丝毫不为自己偷袭的行为感到羞耻。在他看来，战就是搏命，只要打倒对方，可以不择手段，若是非要讲究出手光明正大，就是迂腐之谈，虽然这是武道中人所不耻的行为，但他却认为这是愚蠢，至少可笑。

扶沧海笑了笑道：“若是差了一点，只怕我已无法站在这里与你说话了。”却并未指责对方的暗袭。在他看来，能够制敌的手段，才是有用的手段，有时候暗袭也是一种好方法，就像纪空手的飞刀一般。

阿方卓诧异地看了扶沧海一眼，为他的毫不动气而感到一丝惊惧。他原以为对手遭受了自己的暗袭后必然心生怒意，伺机反攻，但扶沧海依然不动，神情悠闲得仿若闲庭信步。

“你这般自信，是否已有了必胜的把握?”阿方卓本想问上一句，但最终却没有开口，他忽然觉得这种问话太幼稚了些，与其相问，倒不如一试，是以他剑身一横，重新出手。

剑已出手，横亘虚空，看似不动，其实却是以常人不易察觉的速度一点一点地划向虚空。他的剑式虽然缓慢，就像是天边缓缓蠕动的乌云，但每向虚空伸出一寸，剑锋溢出的压力便增强一分，气势如虹。

扶沧海脸色一变，终于在心中感到了一丝可怕的压力。他从来没有看到过有这么可怕的剑法，在动静对比之间，有一种莫名其妙的感觉。

事实上阿方卓的剑身一出，他就感到了一股慑人的寒意，很冷很冷，冷得就像是面对一座庞大兀立的雪峰。他仿佛听到了一种非常古怪的声音，有些像雪崩之前的裂动，当他用自己的气机去感受这种心兆时，甚至有一种人在雪峰之前的感觉。

这就是阿方卓剑式中的大雪崩定式，也是他剑式中的精华所在。他生于雪域，目睹过无数气势恢宏的雪崩奇景，用之于剑，已有了这种自然界奇观的神韵。

当剑锋完全延伸至虚空的极限时，随着剑身而绕的气旋突然急剧地转动，先是发出嗡嗡之声，如采花的蜂虫，不过半晌功夫，竟然发出了隆隆声音，仿若雨前的隐雷。

满场之人无不讶异，便是登高厅中的一帮人物，也为这一剑之威而吸引，浑然忘却了紧张的形势。

纪空手心下一沉，与韩信对视一眼，脸上隐现担忧之色，情不自禁地向台前迈了一步。

唯有扶沧海，依然如故，手握丈二长枪，一动不动。

他无法先行动作，面对对方如此强悍的气势，他仿佛陷入到了一个无底的旋涡，身不由己，只能以静制动，这是他此刻唯一可做的事情。

然后他的目光讯速地将这势如雪崩的剑锋笼罩，追寻着剑势将要爆发的瞬间。他无法抵挡阿方卓这惊人的一剑，是以也就根本没有要挡的动机。他忽然记起了人在雪崩之下犹能逃生的技巧，不由心下一动。

在不可抗拒的大雪崩前，人唯一能够生存下去的办法，不是去努力挣扎，亦不是去拼命对抗，而是毫不犹豫地逃跑，有多远逃多远，有多快逃多快，只有这样，才有可能出现一线生机。扶沧海不准备逃，却要闪避，闪避那如大雪崩般的气势锋端，这无疑是可行之策。

就在这一刻间，阿方卓的剑势突然无声，如暴风雨之前的死寂，就在众人都为这静态所迷惑时，“轰……”地一响，剑锋一振，幻化万千剑影，如雪块冰凌般飞奔而来。

剑如崩溃的流雪，剑如急卷的狂风……

但在扶沧海的眼中，剑依然是剑，一把杀气飞泻的有芒之剑。

有芒就有气势的锋端，而扶沧海要避的，就是这锋端处的剑芒。是以他不得不动，他只觉得自己此刻有些无奈的心态，但正是这种无奈的心态，却激发了他胸中奔涌不息的豪情，使得他的神经与战意迅速绷至极限。

他人在动，心却静如止水，将感官的机能尽数逼发出来，去感受这股如洪袭卷的剑势。他的每一个动作都是恰到好处，身形起落，总是穿越于剑势的空隙，虚空中的任何异动，似乎都在他的掌握之中。

夜空无星，亦无月，却有缓缓飘移的暗云，还有那缓缓流过的清风，动与静结合一处，其实都在扶沧海的心中。

终于等到对方稍缓的一刻，虽然短暂，却已足够，扶沧海没有放过，手腕一振，长枪飙射而出。

他似乎已经完全不能驾驭自己的枪锋，一切都是跟着灵异的感觉在走。他枪一出，连他自己都无法想象这是一招具有如何爆炸力的枪锋，抑或这根本不是枪，而是火，一团熊熊燃烧的烈焰，释放出巨大的能量，足可将冰山融化。

没有人可以形容这一枪的速度，就像没有人可以形容阿方卓的那一剑一样，两件兵器都在这苍茫虚空中进入了速度的极限，然后便听到一声惊天巨响，剑与枪终于交击在一处。

“轰……”劲风飞扬，吹得众人无不皱眉，更生出一种莫名的恐惧。

扶沧海却笑了，如释重负般地笑了，他几乎是在生死悬于一线间寻到了大雪崩定式的破绽，奋力一搏，竟然一锤定音。

他没有想到，阿方卓的大雪崩定式只有一招，并无后招，所以他赢了；阿方卓却没有想到扶沧海竟然破去了自己引为自傲的绝招，是以，他输了，而且是黯然退场。

望着傲立于场上的扶沧海，纪空手不由得微微一笑，他相信扶沧海的实力，所以让扶沧海与韩信在最终的决战中会师，这在他的预料之中。只要这两人再经历一场精心动魄的表演赛，那么他们三人同时登上登高厅便是一个不争的事实。

思及此处，他看了一眼站在身边的韩信，心中忽然生出一种陌生的感觉。他自以为自己已经非常了解韩信这个人了，无论是个性，还是行事作风，都无一不知，但在此刻韩信的脸上，他却看不到任何的表情。

“也许他是太紧张了！”纪空手心中想到，轻轻地拍了一下韩信的肩，笑道：“该轮到你出场了。”

韩信面无表情地点了点头，并没有看纪空手一眼，而是大步向前，朝擂台走去。

观看了扶沧海与阿方卓惊人的一战，韩信不由得对扶沧海又多了一层认识。不知为什么，他的心中突然冒出一个可怕的念头：“如果需要决出胜负的话，在我和他之间，究竟谁会更胜一筹？”

想到这里，连他自己也吓了一跳，不明白自己何以会有这样的念头。

# 第二十三章　君诡臣诈

赵高终于说话了。

“臣不敢，想来是大王误会了臣的意思，是以才会有此发问。”他沉吟半晌，见韩信还未出场，觉得还是应该按计划行事，只得松一口气，选择了暂时退让。

他此言一出，厅中剑拔弩张的气氛顿时消散一空，便是胡亥也在心中松了一口大气。他也不想与赵高太早翻脸，因为他也在等一个人，一个可以决定今夜胜负之人。

他能利用赵高从兄长扶苏手中夺得皇位，就已经证明了他不是一个简单的人；他能在赵高的余威之下坐稳王位，等到今日，这就更能说明他的城府之深，已非常人能及。是以，他闻言微微一笑，佯装糊涂道：“本王为想出这个主意，费了不少心血，想不到赵相竟然持反对意见，这可出乎本王意料，不过既是赵相反对，本王就不再坚持了，此事从此作罢吧!”

赵高心中有些诧异，在他的印象中，胡亥纵然退避，其口气也绝不会如此软弱。何况他们之间决战在即，气势为先，任何一个细节都有可能影响到双方的士气，胡亥绝对不会意识不到这一点。

合理的解释就是胡亥一定还有非同小可的杀手锏，这才会显得如此自信。只有有所倚仗，他才可以拥有这般闲适自若的风度。

这让赵高感到了一丝惊惧，一种渡河之人未知河水深浅的那种恐惧。他千算万算，深谋远虑，自认为自己的每一个计划都已是算无遗漏，那么胡亥的自信又会从何而来?

目前敌我力量的对比，至少是以三搏一，而且以赵高的目力，已经看出了胡亥所携的高手并非太多，除了跟随他身后的几位侍卫有放手一搏的实力之外，其他的人根本微不足道，不是他手下这班训练有素的入世阁弟子的对手。

即使这样，为了防患于未然，赵高甚至还严令登高厅十丈之外严禁闲人出入，除了送菜的厨子之外，便是如格里这般亲信，未经宣召，亦是不敢妄入，是以赵高才会对胡亥表现出来的自信感到一种莫名的困惑。

想到这里，赵高心中一动，扫视了一眼站在厅门处的那名厨子，那名厨子正是神农门下后生无。他双手肃立，在几名入世阁弟子的看护下，正在品尝一道入席的菜肴。

赵高为了防范胡亥派人在酒菜中做手脚，是以借保护皇上安全之名，特意要膳房中的每一个厨子都跟菜上厅，持银筷以试毒性。后生无上的这道大菜名为“八仙过海”，乃是取八种海鲜精心烹制的一道汤菜，汤未至而香气淡淡袭来，使厅中的每一个人都口中生津，大起食欲，可见厨艺之精，颇具功底。

“臣听闻大王要光临舍下，特意从上庸请来名厨神农，专门烹调今夜的膳食。这还是微臣数次与大王聊天之时听大王谈及，谨记于心，借今日微臣寿宴一偿心愿。”赵高笑了笑道，为了让胡亥光临相府，他的确是煞费苦心，只是此举不是为了表白自己的忠心，更像是圈套中的诱饵。

胡亥道：“赵相如此有心，可见是本王少有的忠直之臣，难得有今日这般大喜的日子，本王要好生奖赏于你。”

“微臣不敢。为大王尽忠竭力，乃是我们这些做臣子的本分，只要大王大开尊口，吃得尽兴，便是对微臣最大的赏赐。”赵高之所以这般说话，是因为胡亥自开席以来，尚未动筷开食，虽然每道菜肴都有神农弟子亲口试菜，可是仍不足以尽去赵高的疑心。

“好，本王便依赵相所言。各位宾客，请端起酒杯，让我们共贺赵相一杯!”他心中暗自一笑，毫不犹豫地端杯便饮，众人纷纷仿效，大厅之上顿时一片热闹。

赵高这才放宽心来，看了看张盈与席后的几名随从，见他们浅尝即止，更是一笑。当下下得席来，接受宾客的道贺。

五音先生见得君臣之间化干戈为玉帛，稍稍放下心来。他也知道这种平静只是暂时的假象，真正的决战迟早会在这种平静之后彻底爆发。可是纪空手迟迟还未出现，这让他不免有些忧心忡忡，对于纪空手来说，盗图的机会只有一个，那就是在决战爆发的那一刻！只有在那个时候，赵高的心神才会完全受战事的干扰，而不在登龙图上；也只有在纪空手得手之后，他才能寻机名正言顺地率众离去，跳出这场君臣相争的是非圈。

红颜悄然贴近五音先生的席间，低声问道："爹，你看纪大哥这时候还不现身，会不会有什么意外发生?"她心系情郎的安危，是以眉间见愁，始终不展。

"我想不会，以纪空手的功夫和见识，都是一流的境界，你应该相信他，完全用不着为他担心。"五音先生心中虽然也有一丝疑惑，却不动声色，好言劝慰道。

"可是他虽然身手不错，毕竟身在相府这等龙潭虎穴般的险地，若是有个三长两短，女儿只怕也不想活了。"她语带幽怨，话出虽不经意，却透露了她对纪空手的一番真情，等到觉得不妥时，可惜已是迟了。一抹红晕飞上俏脸，女儿羞态，煞是好看。

五音先生岂有不知女儿的心思之理，思及此事的确风险太大，不免有了几分后悔。但是要让他一点不顾大秦王朝的安危，甩袖而去，他又不能做到。而盗取登龙图一事，除了纪空手之外，再没有第二个合适的人选，这不免让他为难得很。

"你大可放心，爹阅人无数，如果连这一点也看不清楚，岂不是白在江湖上混了这么多年?我相信纪空手迟迟不出，自然有他的道理。"五音先生斜眼看了看擂台上的扶沧海，此刻扶沧海正与阿方卓战得激烈。他既已现身，那么纪空手必然就在左近，这一切都在计划之中，是以五音先生不再烦心。

"但愿如此。"红颜轻叹一声，坐回原地，只是心早已不在登高厅中。

五音先生看了看远在三丈外的胡亥，见他一脸微笑，专情于眼前的美食佳酿，不觉心中一动：“看他这般悠闲的神态，莫非他真有必胜的把握？”当下端酒一杯，下得席来。

他人到七尺之外，胡亥似乎才有所察觉，微微一愣，抬起头来，五音先生心中更惊：“看他模样，竟然对厅中形势视而不见，心不在焉，一副心有所属之态，难道说他对赵高的决战并不是安排在登高厅中，抑或他还有另外对付赵高的杀手锏不成？”

他近前之后，行了君臣之礼，这才站到胡亥席前，用一种只有两人才可听到的声调说道：“大王今夜前来，势必是想与赵高摊牌了？”

“是的，还有那句老话，如果本王能得先生相助，实是感激不尽。”胡亥微微一笑，眸子中充满期盼之情。无论他胸中是否有数，毕竟有五音先生的知音亭相助，胜过于任何杀手锏的效力。没有人敢轻视这支敢与当今四家豪阀争霸江湖的庞大势力，纵是胡亥与赵高亦不例外。

“五音绝不想加入这种君臣之争的旋涡，是以只能说声抱歉。五音此来，原想是劝双方罢手，不管谁胜谁负，最终都会使我大秦王朝大伤元气，这是我所不愿看到的事情。只有在你们双方都觉得此战已是不可避免的时候，我才会死了这条心，自行离去。”五音先生话语虽轻，但目光坚定，眉间显得有几分焦虑。

“先生认为，此战可以避免吗？”胡亥笑了，似有几分调侃的神情。

“明知不可为而为之，这虽然是愚夫所为，但也正是大丈夫的行事作风。”五音先生对胡亥的表情丝毫不以为意，昂然说道。

“可惜，实在可惜。”胡亥摇了摇头，不知是因为没有得到知音亭的强助而惋惜，还是为五音先生的豪气而叹息。他的眼芒缓缓从人群中划过，目光中带出一种亢奋的激情，似乎预见到这一战的激烈与残酷。

“大王因何而叹息？是为了五音，还是赵相，抑或是大王自己？”五音先生目视胡亥形如儿戏的态度，心中不由有些气愤。他之所以不想插手此事，无非是因为胡亥的行事作风与昏君无异于，纵有先祖遗训，他也不想助纣为虐。

“先生生气了?”胡亥诧异地看了一眼五音先生，“如果先生认为本王刚才的那一番话是意在挑起知音亭与入世阁两大豪阀之争的话，那就错了，证明先生对本王的了解还不够深刻。本王绝无利用先生之意，只是想借机让赵高低估于我，本王才有可乘之机。”

“我相信大王对我知音亭殊无恶意。”五音先生淡淡一笑，“以大王的心机，绝不会如此太着痕迹地挑起我与赵相之间的矛盾，你策划扳倒赵相已非数月数日，若是真的有心如此，也绝不会在大庭广众之下这般说来，所以我根本没有将之放在心上。只是你若认为这样做可以让赵相小视于你，将注意力有所转移，那么大王才真的错了，至少说明你对赵高其人还未研究透彻。”

“哦，这倒让本王来了兴趣，依你之言，莫非赵高竟成了一个不可战胜的神话?”胡亥又笑了，他自问这几年来对赵高的研究十分仔细，凡是有关赵高的任何消息，他都派人四下搜集，然后加以研究，从中找寻对付赵高确切的办法。若非如此，他也不敢今夜前来相府与赵高为权力而战。

“他也许不是一个不可战胜的神话，但对任何一个敌人来说，他就像是一座永远不倒的大山。不仅高不可攀，而且深不可测，否则他也不能立足于这五阀争霸的乱世，更不可能走上他今日登顶的权势巅峰。”五音先生觉得自己还有最后一点义务要尽，至于胡亥能否听得进去，他已并不在乎，只求对得住自己的心便行，是以一字一句地道，“昔日始皇登基，若无赵高，只怕难以从吕不韦手中夺回皇权；回想大王登位之时，若无赵高，只怕大王也难以登上这万人觊觎的宝座。如果一个人可以将天下都玩弄于股掌之间，这样的人难道还不可怕吗?”

他的每一句话都是事实，如鲠在喉，不吐不快，只求能引起胡亥的重视，收起决战之心，只要胡亥答应与他出走，以图东山再起，相信凭他的实力，赵高未必敢轻举妄动，而且赵高也不敢自立为王，唯有另立新君，使得大秦王朝的血统得以延续。

可是他失望了，对他来说，这绝对是此时此刻可以采取的上上之选，可是他还是错了，错就错在他还不了解一个人对权势的疯狂追求达到了何种可怕的地步。身为一国之君的胡亥，已经尝到了一呼百应、万人之上的甜头，他又怎会轻言放弃？就算他能放弃自己得到的荣华富贵，他的心也不可能放弃自己曾经得到的满足与荣耀。

井底之蛙的故事，已经流传了很久，它的寓意相信很多人都已知道，但是它还有另外的一层寓意，只怕所知的人就未必多了，五音先生也许就是其中之一。

有人把井底之蛙这个寓言形象地比作一个热衷于权势之人。说的是一个人在没有得到权势之前，他就好比是这只井底之蛙，所见所闻，只有方寸之大，自然满足于眼前的平淡。可是当他跳过了这方寸之地，得到了权势之后，他宁可死在井外，也不愿活着回到井里。这只因为他已看到了井外的诱惑，其心态再也不能回复到过去的平淡。

而胡亥无疑就是这一类人，是以他根本就没有理会五音先生的这番好意，而是忽然觉得眼前的五音先生既然不助自己，反而喋喋不休地打击着自己的信心，真是可恶至极，当下冷哼一声："赵高也许可怕，但本王却无惧于他，今夜一战，我已势在必得，先生请回吧！"

五音先生眼见话不投机，多说无益，只得轻叹一声："你一定会为今夜的决定而后悔的！"说罢径自回席。

而赵高人在厅中穿梭，眼光却始终不离二人的动作与表情。直到五音先生黯然离开胡亥，他才松了一口气，想到堂堂的一国之君最终如同瓮中之鳖任由自己摆布，得意之下，不由得呵呵笑出声来。

在这一刻间，无疑是他最得意的时刻。他出身于市井之中，凭一人之力，苦心学艺，终成正果，年方三十便登上武林五大豪阀之位，后出于对政治高度的敏锐与对天下大势的分析，步入政界，与权相吕不韦敌对数年，终于襄助始皇嬴政夺回大权，成为大秦王朝一统天下之后的第一权臣。随后他更在胡亥与扶苏的王位之争中显示出了他惊人的智慧与过人的手段，让本无登位之名的胡亥坐上了二世皇帝的宝座。

当这一切本不可能发生的事情在他手中一一变成事实之后，基于个人的私欲，他对权势的追求愈发膨胀，渐渐对自己所拥有的一切已感到不满足。在他的心中，更希望自己能够在目前一人之下、万人之上的地位上更进一层，成为君临天下的赵氏皇帝。有了这种想法之后，他开始策划起今夜将要进行的一场决斗。

这绝对是一场货真价实的决战，胜者为王，败者为寇，这是自有人类历史以来就昭示的一个不变的真理，赵高绝对不会忘记，是以他用尽了一切的脑汁与力量，就为了今夜的这场决战。

也许五音先生的出现是一个意外，但在赵高的眼中，这既是势在必行的一战，那么纵是前面横亘着一座大山，他也必须要逾越它，绝不容许有任何东西阻挡他前进的步伐！何况五音先生既已答应了他保持中立，他没有理由再去为此而感到烦心。

是以这一刻的赵高的确是踌躇满志，意气风发。他已经看到了人生的目标，距此也就一步之遥，他甚至相信大秦的天下将在一夜之间有所改变，变成他赵氏之天下！

他变得几乎有些迫不及待了，心里不免有几分埋怨："格里在干什么？怎么到了这个时候还没有把事情搞定？只要时信一入登高厅，那么这场决战就可以爆发了。"

他期待着这一刻的到来，就像是洞房中等待郎君归来的新娘，有一种从未有过的亢奋，这的确是一个值得期待的时刻！

无论韩信还是扶沧海，他们的相貌也许并不出众，放在人海之中，或许并不能吸引别人的眼球，可是当他们走上擂台的那一刹那，自然而然地成为了众人瞩目的焦点，就像是一块美玉，只要给它一点光芒，就会无比灿烂。

纪空手人在台下，就已经感受到了这两人凌驾于众人之上的那种独具一格的气质，他丝毫不起一丝嫉妒之心，反而为朋友的这种表现感到高兴。他始终认为，朋友就是朋友，它的重要性也许远胜自己本身，朋友有这种照人的风采，他也没有理由不高兴。

是以他带着一种理性的目光去看待两人的战前对峙，高手相争，争的就是这股气势。韩信与扶沧海无疑都是高手，气度沉凝，不动声色，隐隐然已有大师风范。

两人对峙了不过半盏热茶的工夫，扶沧海忽地微微向前一个俯冲，脚步移动之下，仿若一头寻到猎物弱点的猎豹，双目神光大射，长枪振出。

他必须主动出击，这也许是无奈之下作出的一个决定，却是势在必行。因为他已看出韩信的站位极佳，人也非常冷静，就像是一座不动的冰山，随时随地张放着它的压力，渐渐地控制了整个场上的局势。

这虽属无奈之举，但枪自扶沧海的手心而出，寒芒毕现，风声顿起，幻化枪影无数，笼罩了八方范围。

虚空为之一暗，枪却如跃空而起的苍龙，看似速度奇缓，实则快逾电芒，这一动一静之间产生出对比的效果，奇妙至极，若非人在局中，确是难以言喻。

韩信心中一惊，始知扶沧海的长枪凌厉无匹，远非自己所见的那般平和。只有当他面对面地与之相峙时，这才真正懂得了南海长枪世家得以久享盛名的原因。

扶沧海的枪法沉稳中不失轻灵，动中有静，气势更是独具一格。枪锋一出，风雷隐起，他的整个出手干净利落，几乎毫无破绽可寻。纵是有些微弱点，但在他的神速之下，却能掩饰。

韩信依然不动，但屏气凝神，整个身心已经悉数投入，关注着这一枪运行的轨迹。

长枪漫空，在空中变化了不止四次，然后才以迅雷不及掩耳之势挑向了韩信握剑的手。

纪空手由衷地暗赞一声，他已看出扶沧海枪势中的每一个变化，不但可以迷惑敌人的判断，而且随着自身的变化而急剧加速，使得自己的气势在不断变化中渐臻完美的一刻，从而发挥出数以倍计的功效。

他不由在欣喜之余，多了一分担心，他担心韩信是否能对抗这惊人的一枪！

他感觉到了这一年来韩信在气质上的变化，也感觉到了韩信在性格上的一点改变，但他还从来没有看到过韩信的剑法，虽然他相信以赵高的眼力，绝不会有看错人的事情发生，不过任谁见到扶沧海这风雷隐起的一枪，都不由得会为韩信捏上一把冷汗。

他之所以这么担心，还在于扶沧海的这一枪的厉害之处，是旨在韩信握剑的手腕。看来，扶沧海并不想让韩信从容拔剑来对付自己。

这无疑是极富战略性的打法，只凭这一枪，扶沧海已足可跻身江湖一流高手的行列。

同时全场的人都觉得韩信的表现实在是过于托大，面对扶沧海的枪锋，谁若不动，无异于送死！

但纪空手却并不这么认为，他很快就明白过来，韩信之所以选择不动，实是冷静的表现。因为扶沧海的枪锋所向变化之快，变化之多，都是有的放矢，只有等到他的变化穷尽之时，这才是韩信出手的最佳时机。

“锵……”金属之音蓦然响起，就在枪锋逼近三尺之距时，韩信脚步一滑，身形向后急退，腰间奇异般地扭动数下，一枝梅的寒芒脱鞘而出。

一团耀人眼目的异芒闪射虚空，就像是雨过天晴之后天边的那道亮丽彩虹。

扶沧海顿感手中的枪异常沉重，一股慑人的压力逼至，如缓缓移动的山岳，几乎让人窒息。

但这并没有让扶沧海停步不前，反而激发了他心中的战意，虽然耳边响起纪空手的嘱咐，心中也明白这只是一场掩人耳目的表演，但面对韩信这般强手，他实在忍受不了对武道的痴爱，依然全力以赴。

韩信亦有同感，也想知道自己的流星剑式在高手相争中是否有用，是以剑锋既出，攻势顿时如潮而涌。

“当……”剑枪交击一处，惊人的爆响震彻全场，引得众人的耳膜发出嗡嗡之响。两人一合即分，速度之快，若非余音犹在，还道是二人尚未交手。

但就只一个回合，顿让二人手臂发麻，心中生出惺惺相惜之感。他们同时都意识到了对手对武道的领悟有着非凡的造诣，而且在攻防之道上的心得几近大师级的水平，是以心中都不敢小视对方。

韩信一分之后，迅即踏前一步，剑锋一绞，带着一股回旋之力裹住枪锋，企图锁住长枪的来路。

全场众人无不动容，如此反应，如此剑法，确是世所罕有，而更惊人的是，剑锋带出的气旋不仅有声，更似有形，虽然不现，但每一个人似乎都清晰地感觉到了它的存在。

以这种方式当然锁不死扶沧海神鬼莫测的长枪，但已足可减缓对方愈来愈烈的气势。双方的速度都是奇快，兼而用上了妙至毫巅的技巧，外行人看得花哨，明眼人更是喝彩声起，大声叫好。

登高厅中的众人无不纷纷隔窗而望，目光全部被场中的较量所吸引。大家都有一个同感，龙虎会之名，直到此刻，方才名符其实，这一战压轴大戏才算得上是真正的龙争虎斗。

“那人是谁?”赵高微一皱眉，问道，他入阁拜相多年，涉及官场，对江湖中人已是生疏不少，是以才有此问。

“这两人会是谁？何以本王从来不曾听人说起?”胡亥也在同时发问。为了对付赵高，他曾经搜罗了不少高手，但在此刻，看到韩信与扶沧海时，他顿有失之交臂的惋惜之感。

厅中各人无不心惊，能博得胡亥与赵高同时关注的人物，这本身就是不同寻常的事情，由此可见这二人的确有非凡的实力。

但问声才起，场中两人已在瞬息之间攻守了十余招，扶沧海的夺命枪如苍龙出海，枪出声起，好似掀起阵阵涛声，与韩信的一枝梅带出的有若幻象的光华交织一起，确有五彩缤纷之感。

“能将长枪使得如此出神入化者，除了南海长枪世家之外，还会有谁?”五音先生淡淡一笑，转头看了赵高一眼，最后才将目光锁定在胡亥略显诧异的脸上，“至于这使剑之人，其名虽不得知，但从他的剑法来看，当属冥雪宗。”

“这两人莫非是赵相专门为龙虎会请来的高手?”胡亥心中有心笼络二人，却又疑是赵高事先安排的人手，淡然一笑，有心相试。

“非也。”赵高心中有鬼，忙道，“微臣之所以召开龙虎会，意在追寻天下真正的精英，并非事先有知。在微臣看来，真正的武道高手，永远是可遇而不可求，一切尽在随缘。”

“说得是。”五音先生拍手道，“若是赵相事先得知有如此精英现身，只怕就不会让他们在大庭广众之下一试身手，显露形迹，而是尽心结纳，收归己用了。”他有心为赵高圆谎，是因为他也希望胡亥能出言相召，让这二人同上登高厅来。

“知我者先生也。”赵高哈哈一笑，虽然他不知五音先生何以会相帮自己，但只要韩信能上得厅来，其余都可不计。

“既是如此，本王有心赏赐他们，便让他们上厅一叙。”胡亥迟疑片刻，在赵高的这一笑中尽去疑心，终于发出了宣召的旨意。

赵高心中一喜，脸上却丝毫不露，望向张盈道：“大王有令，张军师可去办理！”

张盈应喏一声，站到门口，双手一摆：“二位停手，大王传下令来，着时信与扶沧海入厅晋见！”

此声一出，全场轰动，许多人都以艳羡之色投视场中二人，纪空手更是深吸了一口气，压下心中激动的情绪。

他明白，真正的战斗这才开始，这虽是一条通往成功之路，但更是一条密布荆棘的生死之路，步步临渊，危机重重，稍有一步走失，便是全军尽灭的不归路。

纪空手领着韩信与扶沧海终于站到了登高厅的门口。

在经历了一番口舌之后，在五音先生与赵高的鼓动下，胡亥下旨，让韩信与扶沧海携带兵器上厅，因为他也想看看，这两人的武功是否值得他许下荣华富贵来收归己用。

纪空手的心思却并没有放在这上面，他心中清楚，武功达到了一定的境界后，有无兵器并不重要，重要的是要有一种平和的心态，而且他的注意力全部放在这些十丈之外的守卫上，因为他知道，由这些人构筑的十丈空间是否固若金汤才是自己整个计划的关键。

在登高厅中的人，无论是胡亥，还是赵高，他们都明白一点，就是他们之间的君臣之战最好是在小范围内进行，让战事局限于登高厅中，一旦战事蔓延出这个范围，局势一乱，任何一方都很难控制局面。而咸阳之外，刘邦的义军若是得到消息，趁乱而入，极易形成鹬蚌相斗，渔翁得利的格局。对于这一点，胡亥和赵高显然达到了共识，是以他们同时命令手下，要将登高厅与全场隔离，构成真空地带，以防厅中有任何消息走漏。

而纪空手也希望看到这一点，只有这样，他才能在盗图之后，寻机全身而退。所以当他巡视一番，确定这条防线毫无疏漏时，他的心情顿时轻松了不少。

“臣格里携时信、扶沧海求见!”纪空手与韩信、扶沧海相视一笑，做了个轻松的手势，这才学做格里的嗓音大声道。

“进来吧!”厅中传来一个声音，纪空手让韩信、扶沧海二人先入，自己略低下头，紧跟在二人之后，鱼贯而入。

行至厅中，三人跪伏见礼，得到胡亥准许，这才退坐在靠门处的一张空席上。

纪空手人在韩信与扶沧海之后，偷眼一瞥，已将厅中形势一眼看尽。他的目光在红颜的俏脸上停留片刻，见得佳人眉间带愁，知其心系自己，不免情动，再看五音先生，却见他的脸上突然露出一丝不经意的笑容，显然识穿了自己的行迹。

纪空手不由在心中暗道：“这可奇了，我杀格里取而代之，这事唯有扶沧海与韩信得知，五音先生又是怎么看出破绽的?”他自问自己的易容绝技有了一定的火候，百思之下，却想不出五音先生何以能认出格里竟是自己假冒的。

他却不知，五音先生之所以能认出他来，是因为五音先生入厅之后，已经细察一遍，发现纪空手未在厅中，便对每一个随后入厅的人多加留意。他识人的法宝，其实是观察此人的眼神，当纪空手看到红颜之时，虽然不动声色，但眼中自有一丝柔情淡淡而出，以五音先生的敏锐目力，岂会错过，是以自然便认出了纪空手。

随着三人同入，登高厅中的气氛刹那间又热闹紧张起来，胡亥赐坐赐酒，好言嘉奖了几句，突然话锋一转，望向赵高道："今夜乃赵相寿辰之日，单是饮酒聊天，岂不单调？以赵相的作风，应该还有节目以娱嘉宾吧？"

赵高笑道："大王真是猜透了微臣的心思。"当下站起身来宣告道，"传令下去，歌舞表演现在开始！"

他话音一落，笙歌声起，乐声悠悠，刚才还是生死相搏的擂台上，早已是红毯铺地，花香四溢，上百位妖艳歌姬身着轻衫，媚骨尽露，随着靡靡之音的节拍，载歌载舞起来，顿时吸引了众多男人的目光，便是身为女子，看到这等勾魂的艳舞，呼吸亦是急促了许多。

纪空手心中一动："赵高果真是老谋深算，以歌舞之声来掩盖厅中动静，纵然待会儿有厮杀声传来，厅外之人亦难听分明。更重要的一点是由于这是艳舞表演，但凡是正常的男人，很难不将自己的注意力放在其上，自然就对歌舞之外的事情少有留心了。"

但胡亥显然意不在此，对场中艳舞视若无睹，确实与传闻中的他有大相径庭之处。他望向赵高道："这歌舞固然是好，却不足以让人尽兴，而眼前就有两位年轻才俊，本王倒想看看今日的武林中对于武道境界的追求是否更进了一步。"

赵高一听，心中暗道："这可是你自寻死路！"当下却装着糊涂道："大王之意，莫非是想在这大厅里看看时信与扶沧海的比武？"

"正是此意！"胡亥微微一笑，"不过两位侠士势均力敌，胜负难分，再行比斗已是不妥，倒不如由你我君臣各出一人，分别与之一战，博个彩头，不知意下如何？"

赵高心中盘算，若是以韩信一人行刺胡亥，未必能够奏效，此刻听得胡亥之言，心中顿时一喜，只要己方再出一人，与韩信假装厮斗，一旦瞅准机会，两人联手，同时发难，必可置胡亥于死地。思及此处，当下应诺答应。

“昔日齐威王在世，常与宗族诸公子驰射赌胜为乐，齐相田忌马力不及，屡次败于威王。后采纳孙膑之计，以千金一棚之赌赢了齐威王，更为齐国赢得了孙膑这等军事大家，传颂一时，引为佳话。”胡亥引经据典，说起数百年前的历史，令得众人面面相觑，谁也不知他葫芦里究竟卖的是什么药。他却自顾接着道：“今日本王有心仿效，不如与赵相各出千金，以作彩头，但凡胜者，不仅可以博得千金，而且本王还会封他为内廷带兵卫，另赏良田百顷。”

他有心结纳韩信与扶沧海，是以出手大方，引得众人无不色变。无论是入世阁弟子还是胡亥带来的贴身近卫，更是蠢蠢欲动，无不垂涎这莫大的富贵。

赵高却丝毫不以为意，他本是醉翁之意不在酒，又岂在乎这区区千金？他心中算计着以何人与韩信联手为最佳，思及再三，觉得唯有张盈出马，才能有更大的把握。

但胡亥似乎看穿了赵高的心思，转头望向五音先生道：“既然这是赌局，当然要分出胜负，而评定胜负之人，唯有先生才是最合适的人选，想必先生不会推辞吧？”

“既蒙大王看重，五音唯有勉为其难了。”五音先生答得极为干脆，事实上胡亥此举亦正中他下怀，岂有不应之理？

张盈在赵高的暗示下站将起来，扇柄轻摇，嫣然一笑：“难得今日是赵相的喜寿之日，小女子无以为报，学得几手三脚猫的功夫，倒想向这位时世兄讨教。”

她的人妩媚至极，语声软糯，绵意多情，似有不容他人抗拒之力，偏偏五音先生另有用心，淡淡一笑，道：“张军师的美人扇自是武林一绝，倘若真心赐教，确实能让这位时兄弟受益匪浅。不过我来咸阳虽是未久，却听说了关于张军师的一些传闻，是以为了安全起见，还是请张军师与这位扶兄弟过招吧。”

“这难道会有区别吗？”张盈咯咯一笑，目光如水般掠过五音先生的脸颊，似乎想寻找到问题的答案。

“如果这是一场生死之战，当然没有区别，但若只是一场娱人耳目的赌局，却又另当别论。”五音先生毫不理会张盈火辣的目光，站将起来道，“我既蒙大王看重作为公证人，当然希望这场赌局能公平竞争下去，却不想看到有人借机寻仇，败了大家的兴致。”

“这可奇了，我与这位时兄弟有何仇怨？先生何以会如此看我？”张盈笑意犹在，脸上的肌肉却僵硬了不少，赵高亦有莫名其妙之感，但他更关心张盈能不能与韩信对阵而联手，寻机刺杀胡亥，是以不想让五音先生节外生枝，刚要说话圆场，却听五音先生道：“我听闻时兄弟曾经当街杀了乐五六，想必张军师不会不知吧？”

此言一出，无论是张盈还是赵高俱皆色变，赵高的心中顿生一股酸溜溜的感觉。张盈的脸上更是一寒，若非说话之人乃五音先生，只怕她会当场发作。

她与乐白的关系，知者不少，以她的淫荡之名，加上一个乐白，亦无非是她上百位入幕之宾的其中一个，根本不值得她为此事动气。但她暗恋赵高已久，淫荡之举，亦是报复赵高对己无动于衷的一种手段，此刻五音先生当着赵高提及此事，岂有不让她恼怒之理？

而令她更着恼的是，她与乐白无非是相互利用的关系，而五音先生所指，竟说她乃是想为情郎之侄报仇，以挑战为名寻机杀掉韩信。事实上她之所以出战，的确是为了杀人，不过并非韩信，而是胡亥。

五音先生当然洞察其中阴谋，是以绝不能让韩信卷入到这场君臣相争的旋涡之中，这也是纪空手事先再三嘱咐的。他以退为进，确实收到了立竿见影之效。

“五音先生也许有些误会了，但一时半会却又难以说清，既然这样，张军师不妨就向南海长枪世家的扶兄弟请教吧。”赵高不敢得罪五音先生，却又不愿在张盈的艳史上多加纠缠，是以大手一挥，示意张盈狠下杀手。

对他来说，如果能够趁机杀了扶沧海，也未尝不是一件好事。毕竟扶沧海实力太强，又来得突然，在其身份不明的情况下，宁可错杀，也不能放过！这历来是赵高的行事风格，何况韩信若能与胡亥带来的高手对阵，趁机下手杀之，至少可以除掉对方的一员生力军。算来算去，赵高认为这亦算是一个不坏的结局。

张盈还复了自己的万种风情，向扶沧海横斜一眼，款款笑道："南海长枪世家历来是武林望族，能蒙扶公子赐教，小女子荣幸得很。"说毕纤腰一扭，人如凌波虚渡般站到厅中，只距扶沧海一丈之距，美人扇摇，香风沁人，满厅之中竟然不见一丝杀气。

她这一动，但凡是习武之人，无不骇然，其速之快，确如一阵香风，先闻其香，再见其人，裙裾未见翩扬，人已凌空而至，可见其轻功之高，已达到了骇人听闻的地步。

她能以区区一个红粉之躯跻身于入世阁三大高手之列，且素有"军师"之称，这本事就说明了她的实力。扶沧海一愣之下，终于看清了她那不老的芳容。

如果不是事先得知张盈的年龄已是年轻不再，恐怕扶沧海还真会以为眼前的女子只是一位初识闺房之乐的少妇。她的那双大眼睛又黑又亮，眼波传情，如梦如幻，确能勾魂摄魄，娇艳的俏脸上泛出胭脂般的红晕，恰如桃花艳丽，如丝的细眉似弯月斜挂，一笑一颦，发出迫人的光彩，道不尽万千风情。

扶沧海心头一震，暗道："听说武林中有一种香销红唇的媚术，在不知不觉中蚀人心智，让人莫名之下黯然销魂，莫非张盈擅长此术不成?"当下屏气凝神，不敢大意，人在场中，手已紧握长枪，眼芒更是不敢与之对视。

张盈媚眼如丝，将扶沧海的一切举止尽收眼底。对她来说，只有在男人面前，她才能充分地展示出身为女人的自信。她是至美的，美中带有成熟女人固有的风韵。当她将香销红唇的媚术发挥至极致时，她相信没有人可以抵挡得了她媚骨的柔情。

柔情亦能杀人，如丝如缕，将你缠绕至死，但熟知张盈的人都知道，柔情并不可怕，可怕的是她手中的那把折扇——绣有美女图案的美人扇。

扇柄轻摇，随着雪白柔荑的摆动，恰如那翻飞的蝴蝶，给人以绝美的动感。但在扶沧海的眼中，却丝毫没有半刻的轻松，反而在扇面的幅度摇摆下，感到了一股淡若无形，却沉重如山的压力。

在销魂之中杀人，这种情形，确是惊人。纪空手人在局外，却依然感受到张盈眉间隐藏的杀气，他蓦然在心中跳出四个字来：红颜杀手！这词用在张盈身上，真是恰如其分。

扶沧海已有冷汗冒出，不知为什么，他忽然觉得自己失去了以往的必胜信心，只觉得自己的心好沉好沉，沉得连脚步也难以移动。他不得不承认，张盈的确是他今生所遇的最强对手。

他几疑自己产生了一种错觉，因为他忽然感到了这大厅之上竟然有风，不是扇舞而动的清风，而是风起云涌的猎猎之风。

也许这不是风，更确切地说，这是一种杀气，如风的杀气！当张盈每一次摆动扇面之时，这股杀气便增强一分，是以这风起，只因这扇舞。折扇能有杀气溢出，只因为这是张盈的美人扇。

但张盈的厉害之处绝不仅仅如此，就在扶沧海全神抗衡着她缓缓迫来的杀气之时，张盈却开口了。

"扶公子不愧是世家子弟，家教严谨，讲究非礼勿视，但正是如此，你不觉得这般做人太辛苦了吗?"张盈的声音本来就带有一种惑人的磁性，一旦贯注媚术，更添魔性，仿若来自于云天之外的靡靡之音，让人昏昏然几欲睡去。

扶沧海强抑心神，深深地吸了一口气，道："张军师的香销红唇确是非同小可，扶某自问定力不够，只有得罪了!"他已经看到如果自己仍然与之对峙下去，失败只是迟早的事情，是以再不犹豫，突然退后半步，长枪振出。

纪空手顿时松了口气，他人在局外，明白破解张盈媚术之道，就在于抢先出手，唯有如此，才可使自身浑然与武道相融，不受媚术诱惑。

这虽然是一个明眼人都可知道的道理，但要在张盈的动人风情下作出出枪的决定，却需要莫大的勇气，至少不能有怜香惜玉之心。

但扶沧海做到了这一点，是以他的长枪终于艰难地振出虚空。

枪，一杆丈二长枪，破空而出，仿若天边那道亮丽的彩虹，虚空之中似乎有了些微的波动，当这波动的幅度愈来愈大时，于是随枪锋而来的，是那肃杀无限的风。

或许这不是风，而是枪锋逼出的气势锋端，因为纵是冬至那一日的风，亦比不上这风的凄寒。

随风而来的，是枪影，万千枪影密如网眼，从四面八方向张盈罩来，疯涨的气势逼得众人无不后退数步。

扶沧海的长枪极快，快得如电芒闪耀，但是有人比他的动作更快，只快一线，却已足够，这人当然就是张盈。

当扶沧海的长枪杀到半空时，张盈的美人扇突然一收，“锵……”的一声，卖弄风情的折扇竟然发出了金属般的脆音。

扇是铜扇，一收之后，变作打穴点穴的判官笔之类的兵器，这才是美人扇的真正面目。

扇如流云而来，快若惊电残虹，一收一点之间，有一种说不出的优雅和诗意，但是扶沧海却心中一惊，认出了这是张盈的逍遥八式。

以张盈曼妙的身形，确似神仙般飘逸，慑人心神的是她的扇路变化之快，变化之多，更是神出鬼没。她的每一次出手都有夺命的可能，但在每个人的眼中，你看不到杀气，只能领略到那种生机盎然的春意，甚至于有一种美的陶醉。

这是一种难以形容的意境，更是一种莫名其中的心境，谈笑间已是杀心生起，或许这更能说明张盈此刻的形迹。

“叮……”一声脆响，扶沧海的长枪终于与张盈的扇柄交击一起。

流云散去，杀气四溢，这一切闲适的幻象尽灭，虚空中还复长枪与美人扇交击的真迹。

张盈骤然而退，退而又进，进退之间仿若弄潮的高手，人在浪峰之上，却不为浪峰淹没。她的举止轻松而优雅，攻守之间，犹如信手拈花，柔中带有极强的韧性，步伐间丝毫没有拖泥带水的痕迹，若行云流水般流畅至极，给人以美的享受。

扶沧海的眉间一紧，脸上却露出少有的惊骇。

让人惊骇的是张盈开合有度的美人扇，实无法想象一个人的轻功步法竟会如此神奇，一旦与逍遥八式结合，产生出沛然不可御之的奇效。可是扶沧海并不畏惧，反之他遇强愈强，这更加激起了他心中潜藏已久的战意。

数招交击之后，扶沧海的杀意更浓，浓得如一坛烈酒。在他的眼中，不再有美女，只有敌人！他唯一要做的，就是毫不留情地将之击败，甚至毁灭！

枪锋一闪，划过一道美丽而生动的弧迹，没有风啸，没有声吟，只有扶沧海的脚步轻踏之声，配合着长枪前进的速度，充盈着一股无法宣泄的生机。

张盈却突然止步，一动不动，但她的眼神更亮，也更锋锐，洞察着长枪运行虚空的每一道轨迹。她似乎胸有成竹，又像是伺机而动，眼睛一眨不眨，看着扶沧海的长枪进入到她的三尺范围……

这确是险极的一招，亦是必然的一招。枪乃百兵之长，攻防范围几达数丈，张盈若欲用一尺折扇取胜，不出险招近身相搏似不可能，所谓艺高人胆大，张盈瞅准时机，决定行险一试。

一动一静之间，场上的局势真可谓凶险到了极处，任何人的心都不由往下一沉，似乎看到了即将分出胜负的一刻！

全场静若落针可闻，呼吸俱无，只有长枪破空之声如风雷般隐隐传来，气势之强，足可让人窒息。

扶沧海的枪一出手，已是义无反顾，他相信自己的枪法，是以枪既出手，从不回头，但是这一次，他显然有些自信过头了。他怎么也没有料到张盈竟会以静制动，而且冷静得就像一座不动的冰山，给人以压迫之感。

等到枪锋挤入张盈布下的气劲中时，他的心一下子揪得好紧好紧，紧得如紧绷的弓弦，已经达到了伸缩的极限。

他的长枪出手，从来例无虚发，他甚至感到了自己的枪锋已经逼入了张盈的衣裳与肌肤，却万万没有想到，枪锋尽处，竟是一片虚无。

足以夺命的一枪落空，这让扶沧海不敢相信，却又无法不相信，因为这已是一个不争的事实。

张盈就是张盈，她的目力惊人，是以将扶沧海长枪的轨迹掌握得十分清楚，同时也看到了唯一可以利用的一处空隙。当枪锋挤入时，她以曼妙绝伦的步法微微一错，让枪锋从自己的腋下穿过。

唯有如此，她才可以制约住长枪的威力，同时发挥出短扇的攻击力。她的步法极快，手上更是不慢，短扇一合，柄点扶沧海的手腕要穴。

扶沧海的长枪击空，心中一凛，便感到一股沉重的力道透过虚空逼射而来，他已无法变招，甚至于无法再握长枪。无论是谁面对张盈的这惊人一击，似乎都只有弃枪一途。

“呼……”扶沧海也不例外，唯有弃枪，不过他的反应极快，手上一沉一抬，竟是先弃后取，就在短扇击来的刹那，让过短扇，却又重新接过枪身，双手互旋，反向短扇急压而去。

“哗啦啦……”张盈没有想到扶沧海还有如此一招，脚步一错，已然退开，同时短扇一开，如孔雀展翅般划下几道气劲，企图缓阻长枪的跟进。

这依然是不胜不败之局，两人相隔一丈，再度对峙，但在双方的心中，都不由得重新估量起自己的对手来。

赵高看在眼中，心里不免诧异。在他看来，张盈既然出马，扶沧海的败亡只是时间问题，根本不足为虑，但到了此刻，他却为张盈担起心来，甚至有了让张盈罢手的冲动。

他一生未娶，孤独一人数十年，行事之怪引起世人无数猜疑，甚至是亲如张盈者，也对他丝毫不能理解。但他却知道，无论张盈是多么淫荡，在他的心中，她还是那位纯情的小师妹，还是他一生中唯一的至爱，他之所以不敢娶她，只因为他有难言的苦衷。

这似乎是一种变态的心理，却是赵高心中的真实写照。他相信张盈也是深爱着他的，只是因为得不到他的爱，才产生了一种报复的心理，成为人尽可夫的荡妇。

这是一个爱情悲剧，一个可笑的悲剧，相爱的人不能结合一起，又何必当初相识相爱？看来人生的苦难的确是无法预料的。

但赵高并没有让张盈罢手，也不能让她放弃这场决战。在此时此刻，任何一种退缩都是不允许的，这既是一场你死我活的斗争，就不允许有任何仁慈的表现存在。

静，实在是静，全场之内一片沉寂，但如风起云涌般的压力充斥着整个登高厅，大厅内每一寸空间仿佛都透散着死亡的气息。

无论是胡亥、五音先生、赵高这等武学名家，还是纪空手、韩信这等江湖新人，都感心中十分沉重，似乎皆预测到了一种可怕的先兆。在他们的眼中，这种平静并非是一种平和，而是暴风雨来临之前的征兆。平静过后，必将是惊天动地的爆发。

美人扇依旧轻摇，长枪却仿佛悬凝空中，动与不动，已不重要，重要的是它们是杀人的凶器，不仅戾气重重，而且气机张扬，甚至于张盈的长袖无风自动，不断鼓涌。

扶沧海的眼中有一丝诧异，似乎为张盈这无匹的劲气而心惊，但他却怡然不惧。对他来说，张盈也许是一个神话，一旦将这个神话打破，她也就不再是一个传奇。

他静立如孤崖之上的苍松，浑身散发着浓烈的肃杀之气，目光如炬，寒芒笼罩四方，使得他本身就如同是悬凝空中的长枪，朴实无华，却有着慑人心魄的锋锐。

张盈感到扶沧海的目光终于迎向了自己的眼芒，心惊之下，已然懂得香销红唇魅力不再，根本不能在战意昂扬的扶沧海身上起到任何作用。无奈之下，她收起了自己这套媚术，而是一心贯注于自己本身的修为，真正地凭实力去抗衡扶沧海即将出手的这惊天一枪。

她收起了小视之心，也就收起了必胜的自信，脸上依然笑靥如花，一副悠然闲散的慵懒，但她的心中却如弓弦紧绷，劲气贯注，耳目充盈，感受着空气中如云涌般的气势锋端。

“真是后生可畏！十年不入江湖，便已不知江湖是非，老了，真的老了!”张盈似乎有些伤感，又似乎是在叹息，仿佛在这一刻间，她真的老了十岁。

“你未曾败，何必叹息?”扶沧海淡然一笑，话语中多了一份同情。

“想当年小女子孤身一人，面对吕相门下五大高手合围，扇舞轻摇，谈笑杀人，是何等的潇洒?何等的威风?想不到今日却奈何不了你这样一个江湖后辈，真不知是我老了，还是你们这些年轻人太厉害了些。”张盈笑得极为苦涩，再不复先前的那般妩媚。

“我不知道，也许是张军师体恤晚辈，是以不忍下手，手下留情吧。”扶沧海劝慰道，他心中很是诧异，不明白张盈的态度何以会转变得如此之快，这让他感到有些莫名其妙。

“是吗?”张盈轻叹一声，低下头去。

就在众人都以为这场决战无法进行下去之时，蓦地机栝一响，数枚钢针陡然从扇柄处飙射而出，带着凌厉的呼啸，袭杀向丈外的扶沧海。

这才是张盈真正的杀招，而且是非常有效的一招!这一招不仅突然有力，而且更充分显示了张盈的心计以及她对人性深刻的理解。是以在如此短暂的距离之内，扶沧海似乎是难以活命了。

在别人的眼中，张盈除了香销红唇，就只有逍遥八式，谁也没有想到在美人扇的扇柄处还设有发射暗器的机关。但饶是如此，倘若是与高手对敌，她的这一手未必就能偷袭得手，是以她为了做到万无一失，故意示弱，显出女儿家软弱的一面，不仅博得扶沧海的同情，更吸引了他的注意力，趁其不备之下，骤然发难。

“呀……”场上众人无一不惊，甚至有人惊叫起来，纪空手更是上前一步，正要出手救援。

“呼……”就在这紧要关头，张盈的目光突然被一道枪影所笼罩。

这是一道似乎充满异力的枪影，只是一道枪影，却没有人可以形容它的速度，就像是穿越苍穹的流星，看到了它在虚空中飞行的轨迹，却不知道它的刀锋最终将落向何处。

张盈心惊，更生一种莫名的恐惧。她千算万算，也没有算到扶沧海竟是枪中套枪。

双影枪出，带出一道巨大的吸力和滋滋直响的电流，突然横向虚空，钢针去势更快，却无一不失去准头，向磁杆枪身飞扑而去。

张盈眼见不妙，唯有向后飞退。她的反应不谓不快，但扶沧海将磁枪射出的同时早已将手中的长枪与其接上，直向张盈逼去。

“呀……”一声惨呼，没有妩媚，只有惊惧，却如一把利刃，割入了赵高的心窝。他第一时间向外射出，看着张盈如断线风筝般向后跌飞的娇躯，他的心已碎，双手一揽，已将张盈搂入怀中。

“小师妹。”赵高大吼一声，声音凄厉而悲凉，仿若一只受伤的野狼在嗥叫，任何人都听出了他声音中的惶恐与关切，更听出了他对张盈发自内心的那番情意。

一个是人尽可夫的荡妇，一个是武林大派的豪阀，在他们的身上，难道竟会有一段缠绵绯恻的故事？

谁也不知道这个答案，但每一个人都清晰地看见在赵高那枯瘦的脸上竟有一滴泪水缓缓流下。

# 第二十四章　意守沧海

张盈的俏脸已是苍白无力，一缕赫然醒目的血丝渗出，仿若雪中的梅花，在这一刻间，她的脸上好生纯情，就像是山谷中的兰花。一双无力的眼神痴痴地望着赵高终于激动的脸，喃喃道：“我已经……好久……没有……听到你……你……这么叫……叫我了。”

“只要你愿意听，我以后一直都这样叫你，小师妹。”赵高的眼中湿润如潮，声音却轻柔至极，就像是安慰着渐入梦乡的女孩，谁也想不到，冷若冰霜的赵高竟然也有柔情的一面。

他本是武学大行家，一眼就看出张盈伤在心脉，这是一处无可救治的伤痛，是以他才会如此悲痛欲绝。

“我……我……好欢喜，好欢喜……只要……能死在……你……你的怀中，我……也……也可以……瞑目了。”张盈努力地说着心中的每一句话，虽然在大庭广众之下，却似两人相对的情话，赵高轻轻地拍着她的肩头，牙齿紧咬嘴唇，血丝渗出，可见其忍受了何等巨大的悲痛。

“你……你……不怪……怪我任性吧？我……本不……想……如……此，可是……我……恨你……你的……无……情……”张盈喘了一口大气，突然挣扎了一下，大声吼道，“我……好……恨！”

“你应该恨我的，但是我绝非无情，在我的心中，你永远是我的小师妹，我最可爱的小师妹！”赵高凄然一笑，笑中似有几分无奈。

张盈深深地看了他一眼，道：“你……是在……安慰……我，不过……我……还是……很喜……欢……”她的头突然一低，张嘴咬住了赵高的手指。

众人大惊之下，却见赵高丝毫不动，任由张盈咬得咯咯直响，他的眉头都未皱一下，因为他的心已麻木，整个人已麻木，看着张盈如此痛苦的表情，他的心真的好沉好痛。

张盈终于气喘吁吁地松开了嘴，道："我……恨……你!"说完这句话，她的脸上终于流出了两行热泪。

赵高一直未动，良久才俯下头，贴住张盈的耳朵说了一句话，张盈陡然一惊，抓住赵高的手道："是……是……是……真的……吗?!"

"不错!"赵高毫无表情地点点头。

他怀中的张盈闻言回头望向扶沧海，露出凄惨的笑脸："你是如何破去我的天颜术的?"

扶沧海目无表情地望着张盈："也许，张小姐的天颜术对天下所有男儿都具有无比的诱惑力，但唯独对我南海世家的沧海心法毫无作用。当年，家祖为创一招守式——意守沧海，尽将家族中的心法加以篡改，故此我南海世家的子弟只要将沧海心法练到五成，便可达到像一代圣僧般古井不波的无上禅境。"

扶沧海语音刚落，大厅之上蓦然传出张盈的一阵大笑，这笑中既有悲愤，亦有安慰，带着十分复杂的心绪，感染了场中的每一个人，只是这笑声渐去渐远，终至无声。突然间张盈的头往下一沉，一代妖媚，就此辞世。

看着赵高如山岩不动的背影，无论是五音先生、韩信，还是纪空手、扶沧海，他们都感到了一种可怕的预兆，相信悲愤之下的赵高一旦出手，必定疯狂，便是强悍如扶沧海者，都禁不住后退了一大步，以防赵高暴怒之下的突袭。

就在赵高接住张盈的刹那，胡亥有过出手的冲动，但不知为什么，面对赵高的背影，他还是选择了放弃。他并不是一个喜欢冲动的人，所以他也不想冒险，更何况他对今夜的一战已有必胜的信心，是以他不在乎让赵高多活上一个时辰。

他同时认为，赵高既然能够名列五大豪阀，其身手自然不弱，虽然他对自己的龙御斩颇有信心，但面对赵高这等强手，实是没有多大把握。

大厅中顿时肃然，赵高席后的入世阁弟子已是紧握剑柄，随时准备出击，一股剑拔弩张的紧张态势笼罩全场，大有山雨欲来风满楼之势。

赵高抱着张盈的尸体终于缓缓站起，毫无表情地看了一眼扶沧海，冷冷地说了一句："你赢了这场赌局。"然后缓缓地回到了自己的席间。

众人无不惊诧于赵高的冷静，经历了这种莫大的悲痛之后，竟然能在短时间内恢复常态，可见赵高的心理素质稳定得实在有些不可思议，就连胡亥也在暗自庆幸自己刚才没有趁机下手，否则鹿死谁手，真的尚是未知之数。

"高手相争，难免有意外发生，还望赵相能够节哀顺变。"五音先生没有料到赵高对张盈的情感如斯深厚，想到自己亡故的爱妻，心中一痛，不免劝慰了一句。

"多谢先生关心，我没事。"赵高笑了笑，虽然掩饰不了他眉间的悲痛，但眼芒如电，冷峻无比，"张盈虽然输了一局，但我与大王之间的赌约似乎还没有结束，便请先生宣布下一场赌战的开始吧!"

在他原有的计划中，他是希望由张盈与韩信双双出马，大获全场，这样一来，既打击了对手的士气，也鼓舞了自己的军心，可以说未战已占据了主动。但张盈的死显然出乎他的意料之外，同时他更希望以下一场胜利来掩饰自己的悲痛之情。

他绝对是一个很有大局观的人，理智对待每一件事情，从来不会因为自己感情的冲动而误了大计，这一点从他扳倒权相吕不韦的事件中就可见一斑。

当时的吕不韦，比之今日的赵高有过之而无不及，大权在握，呼风唤雨，威风八面，声势一时无二，可谓是大秦王朝中最著名的一代权相。赵高虽是入世阁豪阀，但毫无政治地位，更无权势，只是受始皇嬴政之托，忍辱负重，苦心经营，历时九年才终将吕不韦扳倒。单从这一点来看，他确实有超乎常人的惊人忍耐力。

拥有如此惊人忍耐力的枭雄，当然不会因为至爱的失去而引起他方寸大乱，否则他就不是赵高了。他只会将自己的伤感全部深埋心底，然后将注意力全部放在今夜这场关键之战上。

也许在他的心里，他甚至并非如外人想象的那么悲伤。有时候他在想，或许张盈的死，也是一种解脱，更是他们之间至真感情的一种升华。只要她活着，他与她之间都只有饱受这份毫无结果的感情煎熬，彼此痛苦，与其如此，倒不如人鬼两世，殊途同归，这至少也是一种凄美的结局。

胡亥没有说话，只是看了一眼赵高，然后回头指了指立在身后的一名剑手。这名剑手名为阳子峰，乃是胡亥近来搜罗的精英，其剑术之高，已可列入大家一流。胡亥今次之所以带他前来，就是想在厅上比武时灭灭群雄的威风。

阳子峰年已三十五六，成名较早，极为自负，早有争霸江湖之心，只因势单力薄，不能遂愿，这才投入胡亥门下，希望有所作为。这时见胡亥点名要自己出战，当下大踏几步，如山岳般稳立厅中。

阳子峰已经长时间地注视着韩信这个对手。打一开始，他就知道自己将与此人对决，是以关注着这位对手的一举一动。不可否认，当韩信出现在他的眼中时，面对这个整整小了自己一代的年轻人，他丝毫不敢有任何小视之心。

他之所以有这种感觉，是因为韩信的冷静，对于一个老江湖来说，多年的飘泊生涯让他结识了太多的人，其中不乏有少年老成者，但要找出像韩信这般冷静的人物，实在是凤毛麟角，更是一种奢望。

韩信的冷静，就像是一潭沉积千年的深渊，不起一丝波澜，又像是一窖寒冰，冷得让人心寒。他的身形配合着他的表情，不动一丝声色，根本就让人猜不透他心中所想，更不知道他的下一步行动会是什么。

这的确是一个可怕的对手，阳子峰的直觉就是如此，但这仅仅只是开始，事实上当韩信与他面对面时，他才真正领略到韩信的厉害之处。

无风的大厅上，突然起风，风来自于韩信的身上。他的人往前一站，杀气溢出，顿时打破了虚空的平静，渐成了风。

风冷，渐疾，韩信只缓缓地向前移动了一步，阳子峰便感到了一股如山压力迫来，使得呼吸都几乎不畅，心也为之绷紧，他的脸色不由有了几分难看。显然，他的气势无法与韩信抗衡，初时不显败迹，时间一长，他根本没有胜算。

他只有起动步伐，利用移动来增强自己的气势。这虽然在明眼人的眼中他似输了一筹，但总比一败涂地被人击溃要好受得多。

这是一种耻辱，一种深重却无奈的耻辱，但阳子峰不得不强行忍受。

阳子峰久历江湖，深知暂时的受挫并不可怕，关键是在最后的一击中占到上风。只有这样，才能成为胜者；也只有这样，才能一雪别人强加给你的耻辱。

是以他的步伐连续移动，在移动中将手近在了自己的剑柄上。要想突破对方如此冷寒的气势，他唯有抢先出手，在运动中寻找对方的破绽。

他无疑是用剑的高手，脚步一滑之下，剑势已迅速充盈至极限，“锵……”的一声，他以最快捷的方式拔剑，剑出虚空，就像是初一的上弦之月，光芒四射，隐带弧迹。

韩信的脸部表情坚毅而刚烈，眼神深邃而坚决，对方剑出的刹那，他的眼中寒芒一闪，就像是那遥不可及的星空。

阳子峰没有想到韩信在自己拔剑之后犹能从容自如，看着对方悠然而不变的表情，他的心禁不住为之震撼、感动，甚至多了一丝恐怖，因为他还读懂了韩信眼中涌动着膨胀的杀气与肃杀无限的生机。

韩信依然屹立着，静静地站在阳子峰的面前，像是一座横亘于天地之间的大山，有着连绵不绝、不可逾越的气势，真正做到了不动如山的武道玄境。

每一个人都清晰地感应到了这一点，都在渴望看到韩信惊人的出手。没有人会不相信，韩信的出手不是惊天动地的一击。

此季已是夏天，一个盛夏的夜晚，放在往日，虽然有风，却掩不去热浪的肆虐，但在今夜的登高厅中，没有一丝炎热，只有那无尽的寒凉。

韩信的一枝梅终于出手了，就在阳子峰出剑的刹那出手了，他的剑路简单而平凡，但若非身在局中，谁又能知道这一剑真正的精妙之处？

阳子峰此刻就在剑锋之下，他当然看到了对方这一剑的威力所在。韩信的这一剑本就是化繁为简，劲力扩张，以一种扇形的平面来控制着他们相对的空间。

没有人可以感受到这种怪异的感觉，而阳子峰却体会深刻。他自问自己的剑一向不慢，剑锋一出，他的人迅速跟进，可是他却感到虚空中多了数十层阻力极大的气墙，正一点一点地消蚀着他的剑速。

他惊骇之下，陡然发力，剑锋再进数寸，便听得“叮……”的一声，韩信的一枝梅从一个玄奥莫测的角度而来，从平面处的裂缝中射出，正好对上了他的剑锋。

风起若狂，气劲飞泻，场中的人顿有窒息之感。双剑竟然在万分之一的机率下一触即分，如电光火石般撞出绚烂的火花。

阳子峰只觉手臂一麻，倒退了数步，韩信并没有低估对手，一分之下，攻势滞住片刻，迅即重组，流星剑式如惊涛骇浪般重重掩杀而出。

他绝不想给阳子峰任何喘息的机会，不为赵高，只为自己。他已经深刻地认识到，对敌人的仁慈，就是对自己的残忍！对待敌人，就要如冬日冰雪般肃杀无情。

胡亥丝毫不为阳子峰的险境而担心，他始终认为，技不如人，就该死！这没有什么大不了的。他倒是对韩信生出浓厚的兴趣，因为迄今为止，他还没有看到韩信的脸上出现过任何表情。

即使是在阳子峰发出惊人的反击之后，面对汹涌如潮的攻势，韩信依然不畏不惧，反而更显从容自若地挥洒剑意，仿若拈花般优雅，剑意盎然，让人心醉。

阳子峰心中的惊骇已是无法用言语来表达，他终于发现，韩信的剑法之所以可怕，不在于快，亦不在于猛、烈，而是控制对方的剑势：他总是能够在刻不容缓之际挤入自己剑势的缝隙之中，使得自己本是如行云流水般的攻势变得断断续续。

这就好比是一个弹琴的高手，兴致所至，本是如痴如醉，偏偏遇上一个捣蛋的小孩，总在身边乱打乱敲，引得琴音也跟着跑调。阳子峰此刻的心境，并不比这位琴道高手好得了多少，一股压抑之情无法宣泄，难受至极，无法言表。

就在此刻，韩信的一枝梅又在万分之一的机率中寻准了阳子峰的剑芒中心，一触即分，两人相互错位。

这似乎是一件很正常的事情，在高手相争中，灵活的步伐也是一个重要的组成部分。在步伐的频繁移动中，身位的互换亦是再平常不过，但阳子峰却觉得有些诧异，不为别的，只因为韩信的这一次移形换位并非纯出自然，而似刻意为之。

有意与无意之间，是很难区分的，这更多的只是一种感觉，一种判断，也许韩信要的就是阳子峰去判断这种感觉的真伪，只有这样，他才会心神略分。

是以就在两人身形错位的刹那，刀风便已将阳子峰的整个身形笼罩。

韩信本用剑，怎会有刀？可是他若无刀，那么他的手上拿着的又是什么？

他的手上当然多了一把刀，一把长七寸、宽如指的飞刀，这种飞刀来自于樊哙。无论是纪空手，还是韩信，他们都从樊哙的手中学得了这套飞刀绝技，是以他们的身上都有这种飞刀。

韩信的这一刀出现得极为突然，不仅如此，更是决定生死的一刀，是以他不遗余力，劲力提聚，陡然之间手腕一振，飞刀以最快之速飙射而出！

阳子峰吃了一惊，却已不能用剑做任何形式的格挡。原来，当他身形一错间，握剑的右手已在身体的另一侧，而飞刀射来的方向却是左侧，他左手空空如也，除非以空手格挡，或是空手夺白刃，否则他很难逃过韩信这一刀的袭杀。

“叮……”但阳子峰并不慌乱，反而屈指一弹，正对刀锋的去处。他的指力确实惊人，不仅破去了这要命的一刀，同时身形借势一纵，去势更快。

“呼……”韩信绝对不会让阳子峰就此逃逸，他飞刀不中，身体顺势一旋，一枝梅竟幻化为万千剑影，紧紧地锁住阳子峰的身形。

韩信的这一连串攻击，如行云流水般顺畅，每一个动作都充满爆炸性的力道，显示了非常高超的水平，看得全场众人无不心旌神摇。但阳子峰并非弱手，虽然处于下风，可是谈到胜负，只怕还早。

阳子峰退开之后，“唰唰唰……”三声剑啸，在自己身后连布三道气墙，缓解了对方咄咄逼人的如潮压力，然后他转过身来，劈出了竭尽全力的一剑。

剑如刀劈，这的确是有违武学常理，但经阳子峰施展而出，不仅有剑的灵巧，亦有刀的沉稳有力，更有刀那夜战八方的豪气。

韩信的眼中第一次露出了诧异之色，他不得不为阳子峰独特的剑法而感到惊惧。一招之中，有攻有守，这已是很难得的事了，竟然用剑刺改为刀劈，这就更令人有不可思议之感。韩信几乎清晰地感觉到这一剑中那一往无回、霸烈至极的气势，双剑终于撞击一处。

“轰……”强烈的劲气撞击交融，形成一个巨大的旋涡，向四方扩散，两条人影乍合又分，手腕振动，数丈之内尽是森森寒芒。

阳子峰的剑快，便连赵高、五音先生这等江湖豪阀也非常欣赏这种不失刀道的快剑。俗语有云，欲速则不达。但这用在阳子峰的剑上，却全不是这么回事。他的剑一旦攻势形成，即如狂风骤雨，从四面八方向韩信掩杀而至。

“嘶……”韩信的剑势一顿，劲力爆发，以快制快，面对阳子峰如山洪般迸发的攻击，他没有选择退避，也没有全力防守，而是针锋相对。

他之所以采用这样的战术，乃是源自他对流星剑式的自信，更是对自己体内雄浑无匹的玄阴之气的一种肯定。他相信自己已经具备了一流高手的实力，是以逾越每一道横亘于眼前的障碍，已经成为了他步入顶尖高手行列之前的必修课，他需要这种与高手实战的经验。

“叮叮叮……”阳子峰这才真正领略到韩信剑术的可怕，虽然每一次他都能以极快的速度挡开韩信的剑，但是他的气血都因每一次的格挡而翻涌，更感受到一股无形的压力正缓缓地包围着自己，控制着自己的行动范围。

胡亥眉头微皱，似乎预见到了未来。他的心里不由自主地涌出一股沉闷之感，并不是为了阳子峰，而是他作为一个旁观者，竟然寻不到韩信剑法中的一些规律。

赵高亦有同感。他们都看出韩信的剑术来自于流星剑式，但它的内涵却因此而延伸，不仅突破了流星剑式原有的套路，而且有所超越，加入了韩信本身对武道的领悟。这种突破与超越，难能可贵，纵然在赵高、胡亥这等武学大家的眼中，也是可遇而不可求的事情。

韩信的每一剑划出，都带有一定的随意性与不可预见性，似乎是任意挥洒，犹如天马行空，无迹可寻，但他的剑锋每每会出现在最具威胁性的角度，给人以最强烈的震撼，这使得他的每一剑都带有超强的侵略性，更有化腐朽为神奇的魔力。

纪空手将这一切看在眼中，又惊又喜。韩信的武功的确大有精进，对武道的领悟也达到了一个很高的层次，给人以脱胎换骨的感觉。他不仅拥有天下无双的补天石异力，更有名传江湖的流星剑式在手，使得他体内的潜能本身就有浑厚的底蕴，一旦爆发，纵是如纪空手者也看出了韩信的潜力无限。

"接我这一剑试试!"韩信虽然占到上风，但要想在顷刻之间奠定胜局，殊为不易。是以轻喝一声，剑锋一变，犹如一条在雨泥中奋起的灵蛇，飙射而出，更在虚空中扭曲变化成一种怪异的幻痕。

"叮叮……当当……"阳子峰大惊之下，一连用了数剑方才挡开韩信这玄奥精妙的一击，同时整个人后退了三步。

"哧……"韩信的剑尖一弹，震出嗡嗡之音，颤出千百道剑锋，沿着阳子峰的剑身滑下，刺向其握剑的手腕。

阳子峰惊骇之下，面临着两种选择：一种是弃剑，然后退回认输，这种方式虽然狼狈，却不失为活命的方法；另外一种就是再行险着，利用自己雄浑的指力再度弹开剑锋。这种方式不仅需要自信，更需要勇气，毕竟空手夺白刃的功夫不是人人都十分精通，况且对手还是一个用剑的高手。

对阳子峰来说，其实答案早在心中。他只有一个选择，那就是行险一搏！一个剑客的声名与荣誉，远比他自己的生命更为重要！

韩信进，阳子峰退，一进一退，都在极短的时间内同时完成。

当韩信的剑锋如电芒闪至时，阳子峰只感到一股极大的威力从剑身上传来，仿若电流穿越般震得手臂发麻。他的心中却不惊不惧，而是将全身劲力运聚于另外一只手的指尖，伺机而发，并用自己锋锐般的目光紧紧地锁住韩信的剑锋，洞察着它在虚空中随时可能出现的破绽。

“呀……”韩信对阳子峰如此冷静的表现感到了一丝惊讶，低吼一声，剑锋滑下之时，竟发出风雷之声。剑身与剑身磨擦发出的怪音，更让全场众人有种毛骨悚然之感。

一枝梅强行滑下，速度之快，令人心寒！阳子峰眼看着剑锋就要触及自己的手腕，握剑的手陡然回缩，同时指力弹出，迎向剑锋。

毋庸置疑，阳子峰的目力与判断力的确有其惊人之处，单是这运指一弹的时机，便拿捏得恰到好处，早一分则剑锋未至，指剑不能相触；迟一分则有断腕之虞。关键之处在于他陡然回收劲力，强压于己剑之上的一枝梅纵然收势及时，亦会随着惯性作必然的缓冲，以至于出现一个瞬息间的失控，而这个时机，就是阳子峰克敌制胜的最佳机会。

他的指力一出，空气竟似乎在这刹那间如炸开的山石般四分五裂，气流乱涌，向四周扩散……仿佛这天地间涌动的不是使万物复苏的生机，而是足以毁天灭地的肃杀之气。

韩信惊骇，却并没慌乱，他或许没有想到阳子峰会有如此反败为胜的一招，或许也没有想到阳子峰会有这般厉害，当其手指划破虚空带出的万千劲流如针芒冲击着自己的肌肤时，他甚至不敢相信这是已成强弩之末的阳子峰所为。虽然这一切都在他的意料之外，可是他并不慌乱，因为他手上除了有剑之外，还有刀，那一把例无虚发的飞刀！

“呼……”飞刀绝不是用来握在手上的，既是飞刀，当然会飞，而且是快如电芒般地脱手而出，无比准确地对准了那暴涌劲力的手指。

没有人可以形容这一刀的速度，就像没有人可以真正说出流星的来去行踪一般。

但每一个人都看到了这一刀飞行虚空的辉煌，一种令人心生悸动的辉煌，包括阳子峰。

阳子峰看到这一刀的时候，他没有想，也不敢想，完全是出于本能地收指疾退。他不敢不退，却没有想到在这一刀的攻击之下，任何退避只是一种徒劳的行为。他只感到手指一寒，然后便闻到了一股血腥味，最后才感到自己的心中一阵冰凉。

他做梦也没有想到，飞刀一出的时候，韩信的一枝梅竟然借着惯性俯冲，配合着飞刀攻出了一记绝杀。飞刀削断了他的手指，一枝梅的剑芒却透入了他的心窝，刀与剑之间，似乎都充满着无处不在的杀机。

“你的表现实在不错，可惜，你遇上的对手是我。”韩信的人缓缓移到了三尺之外，刀已不在，剑已入鞘，他的整个人又回复了先前的冰冷。

阳子峰苦涩地笑了笑，已是无话可说，也再也无法开口，他只觉得心中的痛已渐渐远去，思维中的故事也渐渐消没。当他最初踏入江湖之时，在每次搏杀之后，总在心中问着自己：“我将会以何种方式死去?”现在他终于知道了答案，那就是死在别人的刀剑之下！

其实这是个很简单的答案，人在江湖之上，不是杀人，就是被杀，物竞天择，适者生存，唯有强者，最终才能引领风骚。

阳子峰用生命来得到这个答案，这样的代价实在是太大了。

“这依然是一个未分胜负的赌局。”赵高看了一眼胡亥，冷然一笑。

“是的，对你我来说，的确如此。”胡亥没有因为阳子峰的死而感到一丝不快，而是以非常欣赏的目光凝视着已经退下的韩信与扶沧海，笑眯眯地道：“但对他们来说，却是这场赌局的胜者，他们完全可以得到属于他们的一切。”

赵高眼芒一寒，没有说话，只是缓缓地端起了席上的酒杯……

他的动作非常悠然雅致，有一种淡淡的闲适之意，可是站在他身后的几名入世阁弟子以及韩信，他们的心都同时一紧。

他们之所以感到紧张，是因为他们都知道赵高此举并非是无意识做出的一个饮酒的姿势，而是一个信号，一个动手的信号。

也许赵高还想再等下去，但是张盈的死显然激发了他心中的战意，令他的杀机大涨，达到了忍无可忍的地步。张盈的意外之死虽然是因扶沧海而造成的，但赵高却将这一切归罪于胡亥的头上，他必须要让胡亥付出应有的代价。

当他端起酒杯的刹那，任何人都感觉到了他身上散发出来的慑人杀气，大厅中的气氛顿时冷到了极点，有一种暴风雨将至的前兆。

“哈哈哈……”一阵不合时宜的轻笑响起，打破了这厅中的沉寂。胡亥看了看桌间的菜肴，突然发问：“神农厨艺，天下一绝，不知赵相这是第几次尝试高人的手艺?”

赵高微微一怔，他想不到胡亥会在这个时候说起这么一个无聊的话题，淡淡一笑：“微臣对厨艺一道并不十分喜好，神农其人，亦是听大王说起，这才慕名相请，是以对他的厨艺尚是头一遭品尝。”

“怪不得，怪不得。”胡亥故作恍然大悟状，道，“本王是说今夜的席间似乎少了一道名菜，何况今夜既有龙虎会，此菜更是少不得！想必这压轴大菜还未端上来，赵相何不派人催上一催?”

赵高缓缓地放下酒杯，沉吟片刻，正要派人去请，蓦地厅外有人沉声答道：“小人神农已恭候多时，未蒙宣召，不敢进来。”

他的话一响起，厅中众人无不吃惊，赵高更是骇然。厅外重兵防范，神农借上菜之名靠近登高厅，似还不算太难，但厅中高手如云，竟然没有一人感觉到他的存在，这至少说明这神农本身就已是大师级高手了。

这不得不让赵高心生疑窦，甚至相信胡亥的话并非无心，而是有意。他缓缓地看了身后的入世阁弟子一眼，示意他们小心提防，同时暗暗提气，准备一搏。

就在这时，更可怕的事情终于发生了！赵高微一提气，却发现自己的内力竟然空空如也，整个人竟在这一刻间浑然无力。

一丝冷汗顿时从赵高的鼻翼两侧渗出，他千算万算，终于还是没有算到胡亥竟会处心积虑地利用神农在酒菜中下毒。

他的头脑迅速转动，很快便明白了胡亥的整个用心所在。

——神农是胡亥手中一颗重要的棋子。胡亥相信以自己的实力，绝不可能在赵高的对抗中占到上风，是以他一开始就没有想过要用武力来扳倒赵高，而是采取下毒这种不战而屈人之兵的手段，以最小的代价获取最大的利益。

——这虽然是上上之策，但要让赵高相信一个外人，实是一件十分困难的事情，于是胡亥总是在赵高面前不经意地提起神农。赵高为了在自己的寿宴之上诱来胡亥，不得已之下也只好将神农请来做整个寿宴的主厨。

——但是要想在不知不觉中让在座的高手们中毒后不能立时发现，就必须采用一种毒性极慢且具有实效的毒药，而这种毒药又不会马上发作，是以胡亥一直故意拖延时间，甚至用几场精彩的决斗来分散众人的注意力。

这个计划实在精彩，它的精彩之处就在于赵高想到了这一点，却最终还是落入了圈套之中。

他不仅安排了每一道菜上席之前必须试菜这道工序，而且一直注意到胡亥是否品尝酒菜这个环节，现在想来，神农手下的那些弟子并不知情，所以就成了神农下毒的替死鬼。相比之下，若能兵不见血地击杀一大劲敌，死掉几个手下又算得了什么？

赵高深深地吸了一口气，力求保持自己心态的稳定。他不能慌，也不能自乱阵脚，在这种生死关头，任何一点失态都有可能造成不可挽回的败局。

他现在最想知道的是，在这登高厅中，除了自己这一方人之外，知音亭的人是否中毒？胡亥一方的人是否也中了毒？这厅中是否有人并未中毒？他一定要知道这个答案！因为他知道，现在唯一的生机，就在厅内的人，而为了严锁厅中的消息，没有他的命令，任何人都不可能靠近登高厅的。

此刻他有种作茧自缚的感觉。

但他已没有时间后悔，当他的眼芒缓缓向众人的脸上扫过时，这些人脸上的表情都已告诉了他，包括胡亥在内，厅中的每一个人都无一幸免，遭受了这种不明毒药的困扰。

而为了不让他起疑，胡亥竟然不惜以苦肉计来迷惑他，其心思之缜密，的确使整个计划达到了天衣无缝的地步。

大厅的门轻轻被推开，然后便传出一阵轻轻的脚步声，一个清癯的老者稳稳当当地端了一盘大菜走进厅来，人未至而香气已至，只是再也勾不起众人半点食欲。

每一个人都明白自己此刻的处境，是以无不将目光投注在此人的身上。因为大家的心里都十分有数，来人必是神农！而神农无疑是下毒的元凶，许多人甚至在心中忐忑不安地问道："这是什么毒？为何它只会废掉功力却对身体毫无大碍？"他们更清楚一点，武功既废，他们只能任人摆布，任何反抗都是徒劳，甚至是自取其辱！

"小人神农，叩见大王、赵相。"神农终于在厅中站定，缓缓地环视了众人一圈，这才恭恭敬敬地道。

他的言语毕恭毕敬，但脸上丝毫不见恭敬的表情，更没有一点跪拜的意思。他的眼神中有一丝得意的笑意，仿佛很满意自己眼前的这盘大菜一般。

"免礼吧！"胡亥也忍不住笑了。他不得不笑，眼看着一块压在心头的大石就要搬去，他的整个人轻松了不少。

"本王曾经吃过你亲手烹制的一道大菜，食之如逢甘霖，始终念念不忘，今日赵相的五十寿宴之上，怎么竟然不见了呢？"胡亥并不急着要神农解自己所中之毒，而是与神农对起话来。看到横行一世的赵高终于落进了自己的圈套，他有一种猫捉老鼠的快感。

"小人当然不敢忘记，其实这道大菜已在小人手上。"神农笑了笑道。

"那你就献给赵相品尝一下吧，顺便告诉他这道菜的名称，本王觉得用在今夜的寿宴之上，倒是极为贴切。"胡亥看了一眼赵高不动声色的表情，倒是非常佩服赵高居然在这种情况下还能镇定自若，端的有豪阀风范。

神农道："谨遵大王旨意。"他将大菜上到赵高的席上，微微一笑，道，"此菜名叫'龙虎斗'，乃大王专为赵相寿宴钦点，请赵相品尝。"

"多谢！"赵高淡淡一笑，反而伸出筷来尝试一口，赞道，"味道鲜美，端的是名不虚传。"

他的表现如此镇定，似乎胸有成竹一般，胡亥与神农对视一眼，心中都觉得有几分诧异。

"赵相可知这道菜名何以会称之为'龙虎斗'吗？"胡亥笑道。

"微臣不知，正想请教。"赵高试着运了几次真力，丝毫不见动静，心下着急，脸上却不动声色，只想拖延时间，静观其变。

"其实这菜原名不叫'龙虎斗'，而是'风华绝代'，只是因为今日乃你我君臣相斗，是以才改名如此，不过是应景贴题而已。"胡亥觉得自己的心情实在是好，忍不住继续道，"本王之所以在五音先生力劝之下坚持不离咸阳，并非是本王不识好歹，而是本王早有安排，必能稳操胜券。只是害得五音先生亦受中毒之苦，本王实在有些不好意思，待本王与赵相的恩怨一了，必当奉上解药，得罪莫怪。"

"不必客气。"五音先生淡淡笑道，"五音自问久历江湖，又懂药理，却在不知不觉中中了神农之毒，倒想请教神农先生，你所用何药？何以会有如此隐秘的药性？"

神农看了胡亥一眼，得到后者默许，这才微笑道："神农既以'神农'为姓，当然对药理亦有研究，只是雕虫小技，不足以登大雅之堂，是以先生不曾听闻。这药配制简单，不说也罢，倒是这药理有些与众不同，恐怕先生才会因此而奇怪了。"

"这药理有何不同，倒想请教。"五音先生知他在卖关子，是以追问一句。

"这药无色无味，入喉之后，须有两个时辰的发作时间。等到时辰一到，它可以化解人的功力，渗入经脉之后，任是武功多强的高手，也与常人无异。若要将此症状尽除，非得用我秘制的独门解药百味七草才行，是以先生不必担心。”神农矜持地一笑。

“可是这位时兄弟与扶兄弟他们都是后入大厅的，虽然也尝了一些酒菜，可并未有两个时辰，何以他们也有中毒之兆?”五音先生似有不解。

“这只因为我在后面的几道菜中加重了药效。以我的药入菜，先淡后重，原是只想隐瞒先生与赵相这等武学大高手的，凭他们几人的功力，无异于牛嚼牡丹，又怎识得出菜中有药?”神农不慌不忙地道，他的神态从容，眉间渐生骄狂之气，入厅已久，竟似忘了为胡亥解毒。

胡亥皱了皱眉，道:“神农，你是否忘了一件事情?”他不得不出言提醒。

“小人可不敢忘，解药在此，这便奉上。”神农赶紧从怀中取出一颗药丸，双手捧上，“请大王服用。”

胡亥微微一笑，不疑有它，一口吞服:“今日一战，你当立首功，本王一定会重重赏赐于你。”他的话一完，整个人已经霍然站立，双袖一拂，确有王者霸气。

他自登基以来，一直受赵高挟持，不能扬眉吐气，直至今日，他才算真正享受到了帝王那傲视天下的豪情。

这两年来，他过着花天酒地的日子，不问政事，不出内廷，沉湎于美人红唇之中，其实暗中一直培植着自己的势力，企图有朝一日，将赵高扳倒，成为真正的王中之王。此刻眼见抱负就要实现，不由大声狂笑宣泄。

大厅之中，尽是他毫不掩饰的笑声，其中充满了骄横、霸气，以及势不可挡的自信，众人无不将目光注视于他，凝视着他近乎疯狂的表情。

半晌之后，胡亥才恢复常态，却听得有人冷笑一声:“大王高兴得实在太早了，难道你就不想想，大王服下的未必就是解药，也许是一种更毒的药物也不一定啊?”

此声一出，全场皆惊，胡亥更是以一种不可思议的表情注视着这说话之人。

说话者当然是神农，全场之人，似乎唯他才有这种资格说这样的话。

如此惊人的一变，便是想像力再丰富的人，也绝对想不到神农竟会背叛胡亥，但赵高心中一喜，因为他知道，转机来了。

胡亥的脸上顿时出现了一种从大喜到大悲的愕然表情，几乎怀疑是自己的听觉出现了问题。他沉默了片刻，终于问道："你说什么?"

他不敢相信自己精心设下的一枚棋子竟然会在如此关键时刻反戈一击，也不相信父皇多年前给他的一根救命稻草竟是一条反噬的毒蛇，是以他不得不问一句，就像是溺水之人抓住了一根浮萍一般。

"大王没听清吗？那么实在不好意思，对于大逆不道的话，我只想说一遍。"神农淡淡一笑，似乎根本就没有将胡亥放在眼中。

"为什么？你为什么要这样做?"胡亥突然间像是没了底气一般，颓然坐下，嘴上喃喃道，他真的没有心理准备来承受这种直上直下的气势落差。

"不为什么，我只想对我自己这十年来浪费的光阴作一个补偿。"神农似有所思，仿佛又记起了这十年来承受的太多寂寞，他觉得这是一段痛苦的回忆，但是——回忆虽然痛苦，却值得，因为他终于等到了自己一直梦寐以求的东西——那就是权力！

"你想补偿什么，我可以给你，我可以让你封侯拜相，我可以给你一生的荣华富贵，我还可以给你……"胡亥显得气息急促，他不想让本已到手的胜利就这样白白流失，更不想让自己的命运受人摆布，他急切地说着一些诱人的承诺，却似乎忘记了一点，这一切都已迟了！从神农说出那一句话的时候就已迟了，此刻神农脸上的表情明显地说明了这一点。

"其实你什么都不想给我，你只是把我当作一条狗，一条替你卖命的忠实的猎狗，你能恩赐给我的，只有一根食之无味、弃之可惜的狗骨头。"神农的脸上露出不屑的神情，淡淡一笑，"十年了，我已经想得很清楚，求天求地求人，不如求己！只要我得到你手中的登龙图，何愁这天下不姓神农?"

他缓缓地在厅中踱步，双手背负，昂首以对，浑身上下不由自主地多出了一丝霸气，望着大厅之上的这些人，在他们中间，既有贵为帝王的胡亥，又有名动江湖的豪阀，而此刻他们的命运却全部都在他一人掌握之中，真是让他感到快意至极，简直让他几疑南柯一梦。

胡亥这才相信神农是真的背叛了自己，悲愤之下，他的心态已很难平静。他相信神农让他吞服的一定是剧毒之药，因为在这一刻间，他感到自己的胸口闷得厉害，更有一股钻心的绞痛在折磨着他本已紧绷的神经。

“咳……”他忍不住咳了一声，手掌一捂，摊开来竟是一口血痰。他的脸色是那么苍白，缓缓地从怀中取出一方锦帕，轻轻地擦拭干净，然后扔在地上，平静地道：“你很想得到登龙图吗?”

“是的，对它我是势在必得!”神农狰狞地一笑，“只要有了它，称霸天下便指日可待，相信在座的诸位与我一定都有同样的兴趣。”

“可是你错了。”胡亥几乎是挣扎着说了一句，“你绝对得不到它，我来之前，已将它藏在了一个非常隐秘的地方，面对今夜如此严峻的形势，我不得不留一手。”

人之将死，其言也善，这是胡亥说的最后一句话，由不得神农不信。他大惊之下，飞身纵步过去，却已迟了，堂堂的大秦二世皇帝竟然头颈一低，就此而去，这是无人可以猜到的结局。

神农几乎疯狂，将胡亥的身体寻遍，甚至于每一个角落都不放过，却始终没有找到登龙图，这实在是出乎他的意料之外。

他之所以背叛胡亥，胆敢背负弑君之罪，就是为了这天下至宝登龙图。如果得不到它，那么他的十年努力便都是白费了。

他已经算定了以胡亥多疑的性格，绝对会将登龙图携带身上。正因如此，他才敢牺牲自己精心培植的门下弟子，才敢背叛胡亥，作此最后一搏。一旦登龙图下落不明，那么他多年的梦想顿成泡影，他真的不知道自己应该怎么办才好。

“不会的，不会的……”当神农仔细地在胡亥身上搜寻了第三遍后，他的整个人近乎绝望了。他千算万算，自以为已是万无一失，想不到最终还是棋差一着，遭到了胡亥无情的戏弄。

他缓缓地站将起来，眼中射出疯狂的杀意，这种失落感使得他本已紧绷的神经彻底崩溃，他根本接受不了这种得而复失的沉重打击。

他本可以在得到登龙图之后再加害胡亥的，可是他太相信自己的直觉，也太迫不及待了，最终他却作茧自缚，什么也没有得到。

这难道就是人们常说的报应？

“哪里走？”神农突然大喝一声，人已飞起，如大鸟般向门口扑落。他抬头间，正好看到了一名入世阁弟子悄悄离座，欲向门口逃去。

那人一见行踪暴露，加快脚步。他本是入世阁中难得的好手，只是此刻内力尽废，根本跑不过神农的轻功。

却见神农人在半空之中，拳劲已出。他的五味拳本属霸烈一道，此刻盛怒之下，更是威力十足，一拳下去，击中那人脑部，顿时头骨俱裂，血浆横流，大厅之中一片惨然。

“谁敢擅离席间，此人便是榜样！”神农号叫一声，整个人变得几近丧心病狂，犹如一头乱咬人的疯狗一般。

谁也想不到事情的发展竟是这般一波三折，如此充满戏剧化的色彩，但是厅中的每个人都觉得事态倘若照此发展下去，必将是人人自危的局面，因为谁也猜不出疯狂的神农将会如何对待他们。

“你冷静一下，也许我们可以想出办法来帮你找到登龙图。”五音先生望着来回在大厅中踱步的神农，看他一脸怒容，极是躁动不安，是以出言稳定住他的情绪。

“先生何以教我？”神农大喜道，人已疾步上前，满脸尽是乞求之色，他希望五首先生可以告诉他一个满意的答案。

“你想听吗？”五音先生微微一笑。

“当然。”神农凑近一步，颇显急切。

就在此刻，神农近乎疯狂的神经突然一紧，竟似多了一种感觉，一种实实在在的感觉。这种感觉就像是心中陡然被一座大山压伏，沉闷得骇人，便是空气也仿佛在这一刻停止了流动。

然后他便感到了一种无匹的压力以闪电般的速度飞迫而至，这种感觉和压力的产生，其实只因为虚空中突然多出了一只手。

只有一只手，却充满了力感，充满了幻象，当它出现在虚空中时，神农只感觉到它由小变大，几乎塞满了自己所有的视线。

这几乎是不可能发生的事情，却奇迹般地发生了，神农着实吃了一惊，也使他昏沉的头脑猛地打了个激灵，似乎清醒了不少。

神农既然下药施毒，那么大厅之上的人就应该是无一幸免，怎么五音先生还能使出如此精妙绝伦的一掌？难道其内力压根就没有遭废？

他唯有退，而且是飞退，当他正以为自己已经脱出五音先生掌势控制的范围时，他却感到自己的背上一寒，一记沉重的敲击击在自己背部要穴之上，顿时让他动弹不得。

他做梦也没有想到，杀机竟然来自于自己的身后，除了五音先生没有中毒之外，这大厅之中竟然还有人没有中毒。

他的心猛地一沉，仿佛坠入了无底的深渊。直到此刻，他才惊觉，自己其实一开始就陷入了一个别人早已设计好的杀局之中，而他竟浑然未觉。

神农无奈地望了一眼五音先生，却更想看看身后的这个人，只是苦于全身不能动弹，是以他只能凭空猜度。

“神农先生，实在抱歉，我辜负了你对我的期望。”一个浑厚的声音在神农的耳边响起，他浑身一震，终于明白了身后的人究竟是谁。

这个人不是别人，就是他一直想利用的纪空手。当纪空手开口说话的时候，除了五音先生、韩信与扶沧海三人之外，其他的人心中莫名之下，无不震惊，谁也没有料到这人竟不是格里，而是另有其人。

红颜更是惊喜地跳了起来，丝毫不顾女儿家的矜持，一头扑在纪空手的怀中，嗔笑道：“纪哥哥，你怎么变成了这副样子？”

纪空手轻拍了一下她的香肩，然后揭下脸上的人皮面具，微微一笑：“若非如此，我又怎能瞒得过赵相与神农先生呢？”

他站到了神农面前，摇了摇头道：“先生是厨艺高手，亦是武学大家，而且还能制毒配毒，多才多艺，的确让晚辈由衷佩服。其实在你我之间，本无恩怨，你即使利用了我，也是无可厚非，但遗憾的是，你我殊途同归，都想得到那张登龙图，这就让你我之间不得不相争一番。”

神农深深地吸了一口气，尽量使自己晕沉的头脑冷静下来，沉吟半晌，方才问道：“你怎么会没有中毒?”这是他心中的一个谜，不问清楚，他简直死不瞑目，因为正是基于这个原因，才使他一时大意，从控制全局之人变成了受人摆布的角色。

“这个问题很简单，只因为我的手上正好有几颗解毒的丹药。”纪空手微笑道，手掌摊开，上面赫然多出了一颗百味七草。

“不可能的，只有我才可以制得出百味七草，你是从何得来的?”神农几乎是尖叫着质问纪空手，他根本不相信这世上除了他之外，还有人能配出百味七草。

“没错，普天之下，能配出百味七草之人，唯你而已。”纪空手点了点头，表示赞同神农的观点，但他的手突然在空中一扬，再摊开时，那颗百味七草已经消失无踪，手法之快，犹如魔术，“可是对我来说，要想从一个人的身上拿走一点东西，并不是什么难事，因为我是盗神丁衡唯一亲传的朋友。”

神农惊叫道：“盗神丁衡?”

“是的，盗神丁衡，一个可以名动江湖的传奇人物，也是我在无意中结识的朋友。”纪空手缓缓说道，虽然他与丁衡并无师徒之名，却有师徒之实，是以他对丁衡的感情，总是带着一股不可自抑的敬意。

“这莫非就是天意?”神农神色颓废，喃喃道。

“这也许是天意，也许是因为你太自信了，才致使你功亏一篑。当你向我提出要刺杀赵高时，我当时问了一句，‘这里既是相府，而赵高又是武林豪阀之主，要我行刺于他，这似乎是一个不可能完成的任务。’而你却说，‘当你真要动手的时候，老虎虽然还是老虎，却是没有牙齿的老虎。’就是这一句话，使我猜到了你的真正动机。”纪空手缓缓看了一眼赵高，此时这名入世阁豪阀虽然稳坐席间，但神情中隐现无奈，的确就像是一只没有牙齿的老虎，威风犹在，杀气却荡然无存，“以赵高的身手，要让他在危急时刻不能还手，这种情况只有一种，那就是他已没有了还手的机会！而通常出现这种情况的，就只有用毒，这无疑是一种安全可靠的做法，所以我就一直留心于你，甚至看到了你下毒的整个过程，当然还顺手牵羊地从你的身上取走了几颗百草七味。”

“我甚至预见到了你会背叛胡亥。”纪空手拍了拍神农无法动弹的肩，接着道，“你不是一个甘于寂寞的人，从盛名之下退隐江湖，这本身就让人值得怀疑。所谓十年磨一剑，你肯定会有更大的抱负，这样才能使你甘于平淡，为你的二度出山作好充分的准备，而登龙图无疑就是你最大的目标。”

“你难道不是为它而来？”神农惨然一笑，神情中多了一丝嘲弄，反问道。

“不错，今日来到登高厅中的，除了五音先生之外，只怕大家都是冲着登龙图而来。登龙图蕴藏有天下最大财富和权势的秘密，谁若得之，等同于得到天下，试问谁又不是对此觊觎已久，垂涎三尺？”纪空手眼芒一闪，从神农的脸上缓缓划过，又落到了赵高的脸上，“若非如此，赵相又怎会费尽心计，置眼前的荣华富贵于不顾，而甘冒天下之大不韪，行弑君之实？”

“弑君之罪，非赵某所为，这乃是不争的事实！你是何人？竟敢如此信口开河，诬蔑本相！”赵高皱了皱眉头，他眼见胡亥已死，登龙图又形踪不见，不由得另有图谋，当然不愿替人背这个天大的黑锅。

“胡亥虽非你亲手所杀，却与你亲手杀人又有何区别？若今夜神农不出，难道你还会放过胡亥吗？”纪空手冷笑道，“至于我是何人，并不重要，重要的是你所仰仗的时公子，恰好正是我的一位好朋友，相信赵相明白这个道理之后，应该是无话辩驳了。”

赵高浑身一震，目光如利芒般扫到韩信的脸上，道：“你是谁？莫非你不是宁秦时信？”

“是的，在下乃淮阴韩信，冒名入京，亦是意欲染指登龙图。”韩信的脸上毫无表情，依旧是冷冷地道。

“你是韩信，那么他就一定是那让张盈破了天颜功的纪空手啰？”赵高的脸上似乎多出了一股难以置信的表情。

韩信不再说话，形同默认。

等到赵高的目光再次移来，纪空手寒芒一扫，两人的眼芒在虚空中悍然相接……

“在赵相的眼中，无论是你自己，还是神农，包括在下在内，我们三人既然目标相同，那么各尽手段，应该是无可厚非。但我之所以想得登龙图，却不是与两位的想法相同，却完全大相径庭，所以我能成为最终的胜者，这是天意。”纪空手面对赵高咄咄逼人的寒芒，丝毫不惧，整个人昂首挺立，大义凛然，多出了一股震慑八方的正气。

“得登龙图者得天下，难道你不是为了争霸天下?”赵高笑了。

“得天下这无可非议，关键在于你是为己一人而得天下，还是为了千万苍生百姓而得天下。这两者具有本质的区别，切不可混为一谈。”纪空手一脸正色，他的话自有一股震慑人心的力量，听得五音先生、扶沧海等人无不点头，纵是韩信，眼中也扑朔迷离，似有心动之感。

“原来如此，原来纪公子今日的一切所为，乃是为了天下苍生，佩服佩服！可笑可笑!”赵高苦于自己受制于人，气极而怒，言下大有讥讽之意，似乎不屑于纪空手这一套漂亮的说辞。

纪空手平静如水，丝毫不怒，淡然一笑：“小人者，当然以小人之心度君子之腹。我虽非君子，但清者自清，浊者自浊，终有一日苍天可鉴我心，何必在今夜与赵相一争口舌之快呢?”

赵高冷哼一声：“可惜得很，到头来你也还是两手空空，登龙图自胡亥死后，从此不现。”

他的话是一个不争的事实，这就像三只猴子为了井中之月而争斗不休一样，好不容易分出了胜者，这才发现井中之月竟是虚幻之物，而真正的月亮却还是高高地挂在天边。

大厅中人顿时一阵沉默。

只有五音先生不以为意，他今夜前来，只是不想让赵高谋夺登龙图，至于登龙图的下落他根本不想过问，因为他知道，赵高只要一日不得登龙图，就一日不敢夺权篡位，大秦王朝也就能得以延续，他也算谨遵了先祖遗训。

“得也好，不得也罢，今夜一过，这天下究竟姓谁，谁也不能知道。舍却这世间烦扰，此事已了，不如归去。”五音先生轻轻地念叨几句，缓缓站起，他已准备跳出这烦人的是非圈。

纪空手似有感触，轻叹一声，站到胡亥身前，道：“不过我却知道，明日的天下已经不再属于他。”他蹲下身去，抬手轻扬，拂上了胡亥死不瞑目的眼睛，等到他站起身来时，谁也没有注意到，那被胡亥随手扔弃的锦帕竟然不见了。

他缓缓退回原位，从神农的怀中取出百味七草，道：“这是解毒之药，本想双手奉上，只是此刻的咸阳与相府之内戒备森严，常人要想出入，无异于难如登天。所谓害人之心不可有，防人之心不可无，还请赵相随我们走上一趟，一出城门，此药必定交到赵相手上。”

赵高眼见形势如此，只得点头。当下纪空手将百味七草分发己方的每一个人，尽去其毒，这才准备出厅而去。

“你何不将我也一并带走？”神农脸上色变，看到厅中余人怨毒的目光，禁不住打了个寒噤。

“我本该带你走，但是你却做错了一件事，所以你实在该死！”纪空手摇摇头道，“你的门下弟子个个对你忠心耿耿，誓死效命，你却为了一己之私，置他们的生命于不顾，这等禽兽不如之人，有活在这个世间的必要吗？”

神农脸上顿时一片死灰……

# 第二十五章　天地之刀

登高厅门开，在赵高的陪同下，纪空手、五音先生、韩信、扶沧海以及一干知音亭高手，还有神风一党人物悉数而出。在识破了神农的险恶用心之后，神农门下的弟子终于死心塌地地为纪空手效命，神风一党从此刻起，成为了纪空手争霸天下的第一支力量。

歌舞依旧，一切如常，既有赵高相陪，一切都变得简单，这一行人几乎是畅通无阻地来到了城门之外，而早在城门外等候的照月三十六骑赶来会合。

在他们的身后，乐白率领十余骑远远跟随，因顾忌赵高而不敢动作，一旦纪空手的这队人马停下，他们只能相距甚远，驻足观望。

“有劳赵相远送，实在不好意思，这是百味七草，悉数奉上。”纪空手人在马上，微笑着道。

赵高接过，淡淡笑道：“自古英雄出少年，今日见得纪公子的手段，倒叫我生出了一争雌雄之心，他日有缘，你我必当好生较量一番。”

“赵相吩咐，岂敢不遵？但有所请，一定奉陪到底。”纪空手昂首答道，眼中丝毫不惧。

赵高哼了一声，随即看了看五音先生，欲言又罢，终于转头而去。

他一生叱咤江湖，混迹官场，扶摇直上，要风有风，要雨得雨，何曾栽过像今夜这般大的跟头？他虽对纪空手等人心怀恨意，但追根溯源，罪魁祸首还是神农。是以他回到相府之后，第一件事便是怒斩神农，同时派出入世阁弟子四下追踪，企图阻杀纪空手这队人马返回巴蜀。

他偷鸡不成倒蚀一把米，胡亥既死，他却不敢称帝，只能立扶苏之子子婴登位，但大秦王朝经此一役，更是元气大伤，风雨飘摇，天下局势已是岌岌可危。

纪空手一行人到大王庄时，天色微明，鸡鸣渐起，此地乃是交通重镇，由此分路，一处可达武关，一处可通巴蜀，纪空手此刻也面临着两种抉择：是进而争霸天下，还是退而归隐山林？

“也许我们注定了不是乱世的英雄。”韩信的脸上现出一丝落寞之态，经历了这数月的风风雨雨后，他已是成熟了不少，想到自己最终还是与登龙图无缘，心里好生失落，直到此刻，他才由衷感慨地道。

“此话说来，只怕尚早。”纪空手微微笑道。

“你永远都是那么自信，永远都是那么富有激情，我始终在想，如果有一天，我们注定敌对，你将是我最可怕的对手。”韩信勉强一笑。

“哈哈哈……”纪空手不由大笑起来，“你似乎变了不少，就是想法也这般古怪。我可以告诉你，我们永远都不会有敌对的一天，难道不是吗？难道我们不是最好的朋友吗？”他从马上一斜，拍了拍韩信的肩，接着道，“你变得心事重重，愈发爱胡思乱想了，这可不是我心中那个韩信的行事作风，想当初你义无反顾的豪勇风格，这才让人欣赏哩。”

两人相视一眼，哈哈大笑起来，仿佛又回到了淮阴市井的那段日子，心中顿时涌动着至诚的暖流。

“那时候真的是苦啊，现在想来，真不知怎么熬过来的。”韩信有感而发，在他的心里，他只希望这是一个永久的记忆，假若时光倒转，让他再活回去，他宁愿死。

“所以我们才会苦中作乐。”纪空手却笑了，他就像是一缕阳光，永远都只有灿烂，而且充满希望。

韩信看了看纪空手，道：“今日一别，不知何时才能再见，等到你婚期之日，我一定赶来看你。”

“你说什么？谁说我们就要分别？”纪空手脸现诧异。

“我当然是回凤舞山庄，而你难道不去巴蜀了吗？”韩信淡淡一笑，笑中有些失意，更有惆怅。

“当然不去，还记得我们之间的约定吗？兄弟联手，争霸天下！”纪空手兴致勃勃地道。

韩信深深地看了一眼纪空手，苦笑道：“没有了登龙图，你我凭什么去争霸天下？”

“谁说没有？”纪空手微微一笑，他的手从怀中取出一块带血的锦帕，雪白的锦缎上，一摊血迹赫然在目，浑似一朵雪中的梅花，正是取自于登高厅中那一方被胡亥随手丢弃的锦帕。

“你又在说笑了。”韩信认出了这是胡亥咳血之后扔掉的那方锦帕。他入厅之后，一直就留心着胡亥的一举一动，却根本就不在意这锦帕的下落。

“我没有说笑，如果我所料没错的话，这锦帕之中，必然另有玄机，而且就是登龙图所在。”纪空手收起笑容，一本正经地道。

韩信将信将疑，从纪空手的手上接过锦帕，细细地端详起来，一点都不因锦帕的血秽而恶心。他很少看到纪空手的表情如此郑重其事，既然纪空手这么说，他就没有理由不信。

这是宫廷中常见的锦帕，质地精致，图案华美，确实是针线中的极品，但韩信显然对此不感兴趣，他所专注的，是锦帕四边织就的针线纹路。

如果说这锦帕另有玄机，那么玄机就必定在锦帕之内。韩信静下心来，翻来覆去看了三遍，心中陡然一动，终于发现在锦帕的一边有一排针孔要略大于其他三边的针孔。

这是一个非常细微的差别，通常要出现这种情况，只有拆线之后再度缝合才有可能形成这种差别。韩信简直有点不敢相信自己的眼睛，强行压下自己心中的惊喜，抬起头来看了纪空手一眼。

“我说过，我的预感通常都非常准确。”纪空手笑着递上了七寸飞刀。韩信以刀挑开针线，轻撕之下，便见锦帕之中果然飘出一张薄如轻纱的绸纸，捧在手中一看，只见其上绘制了不少山川河流，正是一张精心绘制的地图。

他从凤舞山庄不远千里来到咸阳，经历九死一生，做梦都想得到的，就是这张象征着权势与财富的登龙图。照理说他应该狂喜才对，但是不知为什么，此时此刻，他的心好沉好沉，有一种沉闷至极的感觉。

他明白这是一种什么样的心理，正因为他心里清楚，才感到恐怖。他只觉得自己就像是搏击于苦海的一叶小舟，拼命地挣扎着，却始终不知自己的彼岸会在何方。

韩信的反应显然出乎纪空手的意料之外，但他把这种意外当作是老朋友喜极而呆的表现，意气风发地道："有了它，你还怕什么？只要我们踏出这一步，这天下就是我们的了！"

"你真的这么自信？"韩信似乎有点底气不足。

"王侯将相，宁有种乎？这是何等豪迈的一句话呀！陈胜王不仅这么说了，而且也做到了，他难道不是我们的榜样吗？"纪空手眼神坚定，仿佛看到了未来的希望。

"可是他最终失败了，甚至连性命也不再，这是否是一种天意？上天注定了要让他失败？"韩信的眼神却缥渺不定，望向深邃的苍穹，似乎欲读懂上天写就的文字。

"我从不信命，只有失败者，才将失败的命运归于天意；而我只信自己，只要付出十分的努力，天意也会因我而改变命运！"纪空手大声说道，话中自有万丈豪气，更有傲视天下的王者霸气。

韩信沉默不语，只是牵马缓行。此时天已放明，他们这一行人已经踏上了大王庄上以青石铺就的街道。

街上已有稀少的几个行人，但沿街的大多数店铺已然开门，那些为了养家糊口的百姓似乎习惯了这种早起晚睡的忙碌，一切都充满着关中小镇的风情。

在这个小镇上，很少出现一大早便有这么一大帮人经过的情景，因此纪空手一行人很快吸引了镇上每一个人的目光。这是一条不长的街道，街道的尽头，便是一个三岔路口，纪空手似乎在等待着韩信的决断。

五音先生将这一切都看在眼中，看到意气风发的纪空手，他仿佛又想到了自己充满激情的少年时代。那个时候，自己策马江湖，丹心侠骨，是何等的踌躇壮志，至今思来，犹感热血沸腾，是以他始终不言不语，任由这些年轻人来决定他们自己的命运。

“路还很长，值得你们慢慢考虑，老夫就不打扰了，先行一步，在前面的路口静候二位。”五音先生说了一句很富哲理的话，留给他们慢慢思考，自己大手一挥，却带着知音亭众人先行而去。

纪空手眼带感激地看了他一眼，难得他能如此体谅自己，这不由得不让他对五音先生表现出来的洒脱感到由衷的感激。一旦他选择了与韩信共打天下，那么他对不起的人就是红颜，至少他再也不能如他想象般与她朝夕相处。

一面是柔情，一面是铁血，在柔情铁血之间，任何人都会心生踌躇。

但韩信似乎比他更难作出决断，就这么默默地走过小街，却始终没有将目光再向纪空手望去。当纪空手看向他的时候，他的目光正锁定在街头处的一杆酒旗上，上面写有“问天楼”三个大字。

“这会不会是一个很有趣的巧合？”纪空手觉得气氛过于沉闷，所以看到这个招牌，由不得他不笑上一笑。

韩信的脸色变了一变，转头看了一眼纪空手，当他发现后者只是在开玩笑时，这才勉强笑道：“你既然觉得有趣，我们不妨进去。”

“好啊，为了我们兄弟联手，去痛饮三杯，以示庆贺！”纪空手拉着韩信的手，大步跨入了问天楼。

这是一间不大的小酒铺，兼或卖些小吃点心。铺中只有四五张桌子，稀稀拉拉地坐了五六个人，当纪空手二人进去时，照月三十六骑与神风一党为了避人耳目，只在远远地街口驻足观望。

虽然铺中只有五六个人，但留下的空桌只有一张，正好就在这些桌子的中间。铺中除了一个伙计之外，还有一个老板模样的老者背对着店门，正不停地忙碌着。

纪空手并没有留意这些非常平常的小事，他将注意力全放在了韩信身上，总觉得眼前的韩信已不似当初那位生死与共的韩信，更让他有一丝陌生的感觉。

叫来两碟小菜，一壶冷酒，纪空手又想起了往事，微微一笑："还记得我们第一次喝酒吗？那时在凤舞集的酒楼里，为了逃命，我们的样子好生狼狈。"

"记得，现在想来，好似昨天，我又怎会忘记？"韩信笑得极是温情，斟上酒，两人对饮了一杯。

"一年不见，你我再也不为酒烈而呛得喉咙冒烟了，这是不是证明了我们已不再是当初那两个无知的少年，而是真正的成熟男人？"纪空手放下酒杯，重新为两人斟上了酒。

"我不知道我是否变化了很多，但我却知道你变了，变得让我几乎都不敢相信你竟会是一年前为了几十两银子而大骗特骗的纪空手。回想昨夜一战，你谈笑自若，面对帝王与豪阀犹能从容应对，将他们玩弄于股掌之间，这等干云豪气，有谁可比？"韩信的眼神中由衷地露出钦佩之感。在他的心中，纪空手就像是一座大山，让他有一种喘不过气来的感觉。

"这并不是因为我的厉害，而是与他们相比，我多了几位可以肝胆相照的朋友，这才是我们最终获得成功的因素。"纪空手真诚地道。

"纪少，你变了，至少变得谦虚起来，以往遇事时的当仁不让，已在你的身上不复存在了。"韩信的脸上依然是一副怀旧的表情，其中无时无刻不隐现出一股淡淡的离愁。

"任谁经历了这一年来的风风雨雨，多多少少都会有所改变，也许这种变，就是一种成熟的标志。"纪空手感慨地道。

韩信微微一笑，双手摊开那张登龙图，然后凝视着纪空手道："这种变还体现在你目力的毒辣，谁也没有注意到的一件小事，你却能读懂其中的玄机，这才是你的最可怕之处。"

"其实这并没有什么值得夸耀的地方，只是你们都没有留心罢了。"纪空手淡淡一笑，毫不争功，"一个人临死的时候处于一种什么样的心态，对于这一点，很多人未必知道，但我却经历过，所以我非常了解。我当时只是奇怪胡亥在明知自己已经中毒的情况下，却依然还要努力地取出锦帕来揩拭自己嘴角的血迹，这未免让人觉得有些反常。须知在那种情况下，生命是否还能存在已是一个问号，谁又会刻意去注意自己的仪容外表呢？”

“于是你就断定胡亥此举大有用意，可是你又如何能肯定他这一举动一定会与登龙图有关呢？”韩信似有不解，当纪空手将锦帕递给他的时候，这方锦帕并没有被人动过的痕迹，纪空手又何以会如此肯定其中暗藏玄机？这似乎是一个谜！

“也许这只是我的直觉！也许是丁衡教给我的学问！”纪空手笑了笑道，“但准确的直觉是建立在合理的推理与大胆的判断之上的。神农、赵高之所以都敢在登高厅上孤注一掷，这就说明他们算准了胡亥最大的性格弱点：多疑。一个多疑的人，如果要珍藏一件东西，他往往都会认为只有藏在自己的身上才会是最安全的，胡亥当然也不例外。只不过胡亥也不是一个心计简单的人，他也懂得越是显眼的地方有时其实就是越隐蔽的地方，而且这一招用来对付赵高、神农这等城府极深的人往往会收到奇效。”

“你的意思是说，赵高与神农都是以他们的角度来看问题，这就容易将简单的东西复杂化？”韩信是一个聪明的人，一经点拨，似乎明白了其中的奥妙。

“是的，正因为这块锦帕被扔弃在地上，所以他们谁也没有去注意它的存在。但我却知道任何有悖常理的东西，都必定有它存在的道理。”纪空手笑了笑，突然大手一指，对着自己左边一桌的一个人道，“就像是他一样。”

他的话如一道惊雷，震得全店的人都停止了动作，虽然只有一瞬的时间，但空中陡然生出一股紧张的气氛，沉闷至极，就像是火山爆发的前兆。

纪空手所指的那人，其实只是一个背影，自他们入店以来，这人就一直闷头吃着东西，一身装扮都是市井汉子的模样，普通得让人不起一丝疑心。

可是纪空手说的偏偏是他，这实在是一件奇怪的事。

韩信的脸色变了一变，笑道："其实你的疑心病也不小，在这样一个小镇上，你莫非还担心会有敌人出现吗？"

"我不是多疑，只是觉得奇怪，一个刚刚还在咸阳城中的人，怎么会突然出现在这样一个小镇上的店铺中吃早点？"纪空手摇了摇头，没有半点动作，只是将目光紧紧地锁定在那道背影上。

韩信的脸色不觉又变了一变，只是纪空手的脸已转了过去，是以并没看到。

那人似乎并不惊讶，背影亦是一动不动，只是将手中的最后一点点心塞入嘴里，这才拍了拍掌，站起身来道："纪公子能在这小店之中看穿本人的身份，单以这份眼力，已足可笑傲江湖。"

他的话说得很轻很慢，当他转过头来时，就连韩信也吃了一惊，因为此人竟是乐白！

乐白是入世阁的三大高手之一，又是威震京师的亲卫营统领，他人既到，想必其亲卫营人马也来到了大王庄，但韩信却并没有发现有大队人马活动的迹象。

乐白与韩信本有杀侄之仇，可是此刻他对韩信似乎并不感兴趣，而是与纪空手的眼芒一触之下，紧紧相对。

他在这个时候出现，这本身就需要勇气，因为此刻的纪空手不仅仅只是一个人，其身边还有韩信，还有神风一党与照月三十六骑，更有武林五大豪阀之一的五音先生及其麾下的知音亭精英。这些人放在平时，只要有那么一个就足以让他头痛，可是当他真的面对群豪时，竟显得无比冷静。

如此冷静，当然是有所依凭，乐白又是凭什么这般自信？难道他已算准了纪空手注定毫无作为？

纪空手只要一声命令，神风一党与照月三十六骑就可以在最短的时间内将这个铺子团团包围，密不透风，但奇怪的是，纪空手并没有这么做，因为他很快就发现自己此时正坐在一个杀局的中心，任何妄动都有可能招致无情的毁灭。

他一动不动，目光紧锁，以咄咄逼人的态势强压向乐白，同时余光一扫，将整个小店的环境悉数看入眼中，思索着自己必须采取的应对之策。

这个小店中的每一个人似乎都是乐白的同伙，包括那名老板与那名伙计，更让纪空手心惊的却是方锐赫然也在其中，他们看似无心的站位，却极为精妙，恰恰利用整个空间的长度与宽度占据了最佳的攻防位置。而他们刻意留下的那张空桌，正是一个进退两难的尴尬之地。

此刻的纪空手与韩信就在这个位置上，他们纹丝不动，静观其变，但都感觉到了这漫舞虚空的肃杀之气。

如此精妙的杀局，绝非是一个巧合可以说清的。这让纪空手的心中隐隐生出一个可怕的想法，只因这个想法太过可怕，甚至使他不敢往深处去想。

此刻纪空手的心境的确是可以用“大喜大悲”来概括，他从登高厅出来，整个人的精神状态便一直就处于亢奋之中，一想到有了登龙图，他和韩信便可以联手争霸天下，这无疑让他生出超然的自信和傲视天下的豪情，同时也让他失去了应有的警觉和对外界事物的敏感。再加上韩信一直模棱两可，未曾表明态度，促使他将自己的注意力全部投放在韩信的身上，以至于一时不察，陷入危局。

不过纪空手就是纪空手，他人在危局之中，依然镇定自若，脸上带着一种让人心惊的微笑，宁静如深海，让人不可捉摸。

此时此刻，在乐白的眼中，纪空手出现什么表情都是正常的，唯独不应该微笑。微笑是一种心境恬淡的表现，当一个人面对死亡的威胁时，他怎么还能保持恬淡的心情呢？

乐白和方锐的手搭在了腰间的剑柄上，良久不动，虽然他的气势已然充斥了整个空间，他的同伴也已作好了攻击的准备，但他却感到了一种从未有过的心虚，像是面对着一座横亘于天地之间的高山，不可逾越，甚至不敢攀援，丝毫寻不到一个可以一击致命的攻击点。

是以，他不敢动，只能如一棵朽木般静立。虽然他处于绝对的优势，但事实上他反而不如纪空手表现得那么轻松。纪空手在登高厅上的所作所为就像是一块震慑人心的招牌，从一开始，乐白的心神就完全受到纪空手微笑的影响，处于一种高度紧张的状态。或许，是由于纪空手表现得胸有成竹了；或许，是因为纪空手的身上本就存在着那种让人无法捉摸而又真实存在的气势。

那是一种霸气，更是一种自然而生的王者之气，透自骨子里的坦荡与洒脱使得这种气质更为实在，更具如山般的压力，而这也许就是乐白迟迟不敢动手的原因。而方锐，却受韩信气势所逼，竟也不敢抢先出手。

这是一个实力悬殊的局面，但是纪空手人在劣势之中，却丝毫不显弱者的怯懦，反而在气势上先声夺人，这便是一种经验，一种对敌的经验。按理说乐白临场的经验应该非常丰富了，但是不可否认的是，纪空手在对敌的时候总是潇洒自如，绝对没有一丝惊惧和恐慌，这让乐白感到了太沉的压力。

但是对乐白来说，时间无疑是宝贵的，拖延一分，形势只会对纪空手愈发有利。他所谓的优势仅限于小店这点空间，一旦出了店外，形势逆转，胜负立判，是以他必须速战速决。

纪空手显然也看到了这一点，突然笑道："如果我所料不差，乐统领此次行动，只怕不是赵相安排的吧?"

乐白脸色一变，虽说一闪即逝，却被纪空手的目光捕捉到了，这也更坚定了纪空手心中的想法。他一直奇怪，店中的其他几个敌人虽然不言不语，静守不动，但他们的目光并非注意乐白，而是那位店铺老板的背影，这就说明，这次行动的首领另有其人，而非乐白。

"此人究竟是谁?"纪空手已经看出了这位老板的功力远在这些人之上，乐白尚且听命于他，可见此人的身份地位之高，可以与五大豪阀媲美。

"不管是何人安排，今天你都很难走出这扇店门。相信你也是一个聪明人，只要你乖乖交出登龙图，我们就立时走人!"乐白看了一眼那位老板的背影，缓缓说道。

纪空手笑了笑，道："登龙图不是在胡亥身上吗？乐统领只怕找错人了。"

“你这么说就太无趣了。你也不想一想，若是我们没有确切的消息，又怎会甘冒偌大的风险找上门来？”乐白不屑地道。

“哦？”纪空手的眼睛眯了一眯，微微一笑，“看来我还真是低估了你们，既然如此，便请乐统领过来拿吧。”

他的手缓缓地伸入怀中，却始终没有再伸出来。从乐白现身之时起，他就保持着一种超乎寻常的冷静，似乎根本没有把这些人放在眼里。

乐白迟疑了一下，紧了紧手中的剑柄，最终还是一步一步地踏前。纪空手心中一紧，知道大战在即，已经无法拖延时间。

对于韩信的剑法，纪空手已有了充分的了解，对付方锐应该不成问题。而且只要他们能够支撑到最多十息的时间，无论是外面的照月三十六骑和神风一党，还是五音先生所领的知音亭精英就会出现，到那个时候，他们便可稳操胜券。

他已无心细想，就在这时，乐白已然拔剑，一道森然的寒气直插虚空，配着其前进的步伐，正一点一点地向他迫来。

乐白的内力与剑法都已臻上流，实力本就不在纪空手之下。他之所以对纪空手有一种莫名的敬畏，原就不是因为气势上的不如，而是因为纪空手的智谋多变，如流水一般毫无常态可言，总是可以在看似绝境的情况之下觅得一线生机。这种人也许算不上可以一锤定音的武道强手，但却能无时无刻地让敌人感到一种潜在的威胁。

面对这种敌人，乐白当然不敢大意。事实上他的每一步踏出，都在积蓄着自己的全部能量，随时可以发出雷霆般迅猛的一击。

尽管如此，纪空手的整个身心依然没有放在乐白身上，这本是高手临场的大忌，但他却明知不可为而为之，这是一种无奈之举。他清楚地认识到，乐白的剑法虽然可怕，但远远不比这个小店中另外一个人，此人迄今为止虽然身形一直未动，但纪空手却明白，此人若动，就将是一场恶梦的开始，也是一场战斗的结束。

是谁具有如此霸烈的决定性的影响力？此人就是那位平平无奇、充满市侩气的老板，他虽然衣着普通，浑身上下透发出一股浓浓的油烟味，但不可否认，他纵然不动，其存在对任何人都是一种窒息般的威胁。相比之下，便是方锐的气势也不算什么。

纪空手也许不知道他的真实身份，也许不知道他姓甚名谁，但他绝对明白，此人一旦出手，自己的命运很可能就在那一瞬间因此而决定。

不过乐白的逼近已不容他再有分心，左手依然深藏怀中，可他的右手就在乐白踏出第一步的时候，终于落在了离别刀的刀柄上。

刀未出鞘，但只需这么一个简单的动作，已经足以将纪空手心中的战意演绎而出，杀气如浓烈的醇酒，如开瓶时的瞬间将这种气息悉数释放于空间，构成一股令人心悸的压力。

乐白毫不犹豫地出手，手腕一振，手中的剑锋犹如深渊的潜龙，突然飙射空中，直奔纪空手的面门而来，其速之快，恰似那肆虐海上的龙卷风。

他出手的时机拿捏得恰到好处，同时显示了他洞悉整个决战进程的能力十分高超。他看准了这个时候的纪空手人在座中，刀未出鞘，无论是攻是守，都处于一种非常不利的状态，是以一剑刺出，威胁极大。

纪空手眼神中掠出一丝惊诧，不过他的心境丝毫不乱，整个人便像是迎风的竹影，微微一晃，便让乐白这森然的剑芒刺入一片虚影，而他的人已经离座、拔刀，堪与乐白擦肩而过。

“哧……”乐白的剑及时回收，重新在虚空划过一道诡异的弧迹，照准纪空手的身影斜掠而下，这一收一放之间，速度极快，他不相信纪空手的每一个动作都能保持惊人的高效和从容的节奏。

“呼……”乐白的剑锋掠下之时，只觉得轻裳飘动，劲风直吹，手腕一震，感到了一股强大的劲力由上而下地渗入。他心中一惊，明白这是纪空手的刀以一种超过自己的速度抢先出手，旨在拦截自己的变招。不仅如此，当纪空手的刀锋杀出时，配之以精妙的见空步，更给人一种神出鬼没般奇快的感觉。

乐白骇然而退，剑锋顺势回拖，企图摆脱对方的刀锋控制范围。纪空手的灵活和速度以及整个动作的协调性明显超出了他的想象之外，他也没有想到纪空手的离别刀更有一种玄奇式的通灵，劲力到处，刀背泛出鲜血般的深红，让人在视觉上产生莫名的震撼。

“想走？没那么容易！”纪空手轻哼一声，刀影晃空之后，左手陡然伸出怀中，一把七寸飞刀已然夹在他的拇指与食指之间，十分稳定，稳定得就如一道横亘于天地间的山峰。

没有人看清这把飞刀是怎么出现在这片虚空之中的，虽然每一个人都知道它的来历，这就像是一道闪电过后，谁都知道伴之而来的将是一串惊雷，但是这串惊雷的来势如何，声量或大或小，却像一个未解的谜，让人的心中有一种忐忑不安的期待。

飞刀的来势如此突然，确实超出了乐白的想象之外。他心里十分清楚这把飞刀的真实存在，但他无法想象这把飞刀一现，竟然封住了他全部的可退之路。

无路可退，乐白就只有不退。他若是在这个时候退却，只能招致不可挽回的灭顶之灾，是以他的脚步立止，整个人骤然处于静止的状态中。

他人静如止水，但他的剑却丝毫没有停顿，反而更加快了它在空中变幻的弧迹。一动一静之间，演绎出他对攻守之道深刻的理解，便是人在局中的纪空手，也有一种由衷的佩服，深深地为对手的应变能力而感到折服。

但是纪空手并没有因此而改变他出手的决心，事实上飞刀一出，已经没有回旋的余地，他唯有全力以赴！

小店内的空气已经沉闷到了极点，刀声剑声的爆响，打破了小镇固有的宁静，神风一党的人马显然还在为这突起的惊变而犹豫，但照月三十六骑却已开始了行动。

纪空手没有看到店外的任何动静，却听到了马嘶的长鸣。他没有为此而心动，而是凝神屏气，将自己全部的注意力都集中在了一点之上。这一点，便是七寸飞刀刀芒极致的一点！

唯有一点，却充满了无限的杀机，也体现了毁灭的力量。当乐白的眼神与之相对时，他闪现出一丝不可思议的惊诧，更有一种无可奈何的心情。

“刃现无情!”乐白的心中在惊怒中叫出了一个让人心惊的名字。因为这一年来，真正能够在江湖上崛起的兵器已不多见，而纪空手的离别刀与这七寸飞刀恰恰是这少数中的其中之一。很多人看到纪空手这七寸飞刀出手的气势时，都情不自禁地替它取了一个十分贴切的名字，就叫无情刀。

无情锋现，谁与争锋?

至少乐白不敢有丝毫的大意，他的目光紧紧锁定那刀芒最耀眼的一点，随时准备作出最迅捷的反应，然后他便看到了一种夺人魂魄的移动。

“哧……”无情刀终于脱出，恰似夜幕中的那一颗灿烂的流星，将无数光芒尽现于虚空。乐白惊怒之下，随着飞刀的态势而翻飞斜避，展示了他对速度一词最深刻的领悟。

“轰……”无情刀没有射中乐白身上的任何一个部位，因为乐白的动作实在太快，但它的攻击并不因此而结束，它似乎还具有一种锁定目标的魔力。

无情刀擦着乐白的肩头而过，射向身后的虚空，但却没有一闪即没，消失得无影无踪。就在每一个人都以为它要飞出视线之外时，它却在空中陡然回旋，更带出一股惊人的厉啸再向乐白的背影逼去。

乐白一声轻啸，身形如大鸟般横移，硬生生地撞裂一张木桌，木屑横飞，人在碎木之中躲过了无情刀惊人的反噬。

飞刀重新落到了纪空手的手中，却并不表示纪空手停止了攻击。事实证明了飞刀出击只是他攻击中的一个前奏，真正凌厉的攻势还在于那闪凛空中的离别刀。

纪空手的刀好快，这固然是他引以为豪的一面，却还不能说明他刀中的真正精义。刀行偏锋，真正可以称霸世间的刀法自有一股不可名状的邪气，这种邪气不仅邪得出奇，更在于邪得自然，邪得充满了灵性与玄奇，无邪不足以表现刀的这种秉性。

纪空手无疑是天生的玩刀者，他的性格、心性，以及他身上具有的补天石异力，无不包含着一种让人浑然心动的邪力之美。他的邪还在于他那如魔鬼般诱人的微笑，正是这种微笑，使他成功地征服了美人红颜那一颗高傲的心，而当乐白面对这种微笑时，他却体会不到其中的魅力，内中的温情，只感到一种极具震撼的惊惧。

五音先生意态悠闲地双手背负，站立在这三岔路口之上。在他的身后，不仅有俏丽的爱女红颜，亦有手下的数十名精英，再远处，便是一片绿意盎然的枫林，枫叶如火，在这样美丽宁静的清晨之中，恰似一幅高人笔下的画卷。

他注意红颜已经很久了，看着自己的爱女重新回复靓丽可人的娇态，他的心里不由暗自惊叹爱情的魔力，同时以一种欣赏之态审视着女儿脸上微泛的红晕，仿佛又忆起了自己甜美的过去。

对于过去，他永难忘记，甚至于对过去的一点一滴，都清晰如新，仿佛只是发生在昨日之事，脸上在不经意间泛出一丝甜甜的笑意。

他笑，只因为他想到了已逝的爱人，佳人虽已离他而去，但在他的心中，却如一朵绽放的鲜花般存在，珍藏于他的记忆深处。

那是一个多雾的季节，那时的五音，年方十八，却是意气风发，只因为他是知音亭的少主人。

他策马郊外，在原野中领略着大自然的清新。心情如此之好，恰如怀春的少男，对世间的一切都有着美好向往。纵然眼前雾气茫茫，他却感到了这雾有如女人般多变，思及此处，他禁不住有些不好意思地笑了。

就在他一笑的瞬间，他真看到了一个女人，正静静地闲坐在一个古亭之中，亭中有雅琴一架，虽不闻有琴声而起，但在五音的眼中，这情景已可入画，更可入梦，因为它本身就像是一曲静止的音乐，在无声无息之中阐释着极致的美。

他几乎醉了，就在这一天，他认识了这个女孩，女孩名如丝。雾如丝，情如丝，将一腔如丝的柔情，紧紧地缠绕五音，让他真切地沉醉于男女真趣之中。

醉了，如淡淡的酒入喉，缓缓侵入人的神经。那一段日子，五音只觉得拥有了整个世界，因为在他的眼中，如丝便是他的世界，她的一颦一笑，无不牵扯着他的情感，为她而痴，为她而狂，天地仿佛都为她痴狂。

直到有一天，他们成婚了，在一个重大的节日里举行了一个盛大的婚礼。当他掀开红盖头，看到如丝那盈盈一笑的刹那，他就在心头暗暗地对自己发誓："从此刻起，今生今世我必定与你相偕，让你我彼此间再也体会不到孤独！"

然而新婚三月之后，他却食言了，不为别的，只因为他不仅是新婚燕尔的新郎，还是知音亭的传人，他的肩上，担负着武林一大豪门的兴盛衰亡。于是在一个冷冷的雨夜，他告别爱妻，踏上了争霸天下的征途。

经历了不知多少生死之后，当他终于携着不世的声名与赫赫战功荣归故里时，他没有寻到那撩人心魂的眼波，却看到了后花园中的那座新坟。佳人已逝，留下的不仅是无尽的思念与哀思，还有那一个新生婴儿红扑扑的笑脸。

在那一刻里，五音几乎失去了生存下去的勇气，支撑他继续活下去的理由就只有一个，那便是红颜！他失信于对一个女人的承诺，再也不想失信于对另一个女人的承诺，他将用自己的一生来兑现这个承诺，直到女儿长大成人，带着幸福离开自己……

此时，他痴痴地看着女儿若有所思的脸庞，忽心中一动："她的神情，她的姿态，多像她的娘亲啊，她的娘亲若是还活着，只怕也会为女儿的长大而欣慰。"

红颜痴想了一会儿，终于发现了父亲投来的充满慈爱的关注目光，微微一笑，道："爹，又在思念娘亲了，是不是？"

她从来没有见过自己的娘亲，在她的心中，她的娘亲是这个天下最美丽、最慈祥的娘亲，每当她看到父亲那多情的眼神时，她就明白在父亲的眼中，娘亲永远是最美的，美得可以让他用一生一世凭着记忆去欣赏她的每一个片段。

"你怎么知道？"五音先生笑了。

"你的眼神已经透露了你心里的秘密。"红颜轻靠在五音先生的肩头，如小鸟依人般，用一种女儿的娇态来抚平父亲伤感的情怀。

“看来这是一种遗传，我是如此，你又何尝不是？知女莫若父呀。”五音先生伸出自己的手来，形如梳状，轻抚红颜那一头漆黑的柔发，舐犊之情溢于脸上。

“父亲又在取笑女儿了，我可不依。”红颜轻嘟着嘴，娇嗔地道。她在享受父爱的同时，脸上微微露出一丝傲意，五音先生知道，她是因为有纪空手这般的情人而骄傲。

五音先生轻叹了一声，眉间多出了一丝伤感。想到纪空手，他又想到了少年的自己，他与纪空手本是属于同一类人，不甘寂寞，不甘屈人之下，只要一有机会，就会展现他们应有的英雄本色。当他决定让纪空手去盗取登龙图时，就预感到这是一个错误，因为他心里十分清楚，以纪空手的性格，只要让他得到了登龙图，就绝不会再安于现状，就像当年自己踏上征途一般，纪空手也会走上争霸天下的坎坷之路，这是心性使然，也是一种必然的趋势。

他的心中处于一种矛盾之中，从武林豪阀的角度来看，他当然希望纪空手能够争霸天下，从而让知音亭的名声远超其他四阀，成为这江湖乱世的最终统治者；但从红颜父亲的这个角度而论，他却不愿纪空手重蹈自己的覆辙。因为任何成功都需要付出沉重的代价，而这代价也许是红颜所不能接受的。

“爹在想什么？是在担心纪大哥吗？”红颜以女儿家敏锐的触觉洞察到了五音先生的心思，微笑道。

“对于你这个纪大哥，我倒不是很担心，但是我对这个韩信，不知为什么，总觉得他未免阴沉过度，似有太深的城府。”五音先生脸现忧色，因为他知道纪空手重情重义，而且他还懂得，真正能令强者受到伤害的，并不是来自于敌人，而是朋友，一旦朋友背信弃义，后果是非常可怕的。

“父亲久历江湖，也许是过虑了，我曾听纪大哥说起过韩信，两人有着过命的交情，是可以信赖的朋友。虽说这一次重逢他发现韩信有所改变，但他从不怀疑韩信会不利于他。”红颜相信纪空手，当然也相信纪空手的感觉。爱一个人其实是一种包容，甚至包容对方的一切，红颜如此所想，便如此去做，并没有觉得这是一件不自然的事情。

“也许是人老疑心重吧，但是韩信既是从凤舞山庄出来，他的背后就一定有卫三公子在支持。对于卫三公子这个人，我与他交往数十年，实在是再了不解不过。”

五音先生一脸肃然，似乎想到了关于卫三公子的种种传闻，缓缓接着道：“此人虽然身为武林豪阀，却是卫国王室后裔，在他的心中，不仅是要称霸江湖，更有一统天下的雄心。是以，他比任何人都更懂得忍耐，更知道等待时机的重要性。这数十年来，他一直韬光养晦，极少有他在江湖上走动的消息，世人都道他是复国无望，是以归隐山林，但我却知道这只是他掩人耳目的障眼法，其实他只是将自己的一切谋划转入地下，暗中进行，如今好不容易让他等到了这个乱世，他又怎会再甘受寂寞？自然是要跳将出来，大干一场。而韩信此次咸阳之行，无疑已经证明他已开始了自己的行动。”

“以韩信的实力，如果有了登龙图，他若与纪大哥联手，相信问鼎天下并非是遥不可及的事情。他何以会放弃这种一展身手的机会，而甘心居于人下，这未免不合情理吧？”红颜不解地问道，她深知高手都有相当的自信，更有不甘人下的桀骜不驯，莫非韩信有不得已的苦衷，才会甘心受卫三公子的驱使？

五音先生摇了摇头，对他来说，这也是一个难解的谜。不过，他希望这只是自己的一个错误揣度，事实上纪、韩联手，已经完全具备与各路豪阀抗衡的实力，假以时日，只要他们苦心经营，必将在这个乱世中出人头地，是以他觉得韩信没有任何理由拒绝纪空手的邀请。

一阵清风吹过，让人倍觉舒爽，五音先生回首望去，只见大王庄上炊烟袅袅，一片宁静，十足的一派乡村风情，可入诗入画，端的是一幅美景。

“如果天下皆是这般祥和宁静，那该是多么令人向往啊！”五音先生心有感慨，触景生情。从争霸天下到归隐山林，从追求轰轰烈烈的传奇到甘于寂寞，这是一个转折，更是心态的转变，从此可看出五音先生悲悯天下苍生的情怀，以及他伟大的人格魅力。

“这是一条三岔路口，在人生之中，同样要经历这种选择，希望你的纪大哥能够选择一条正确的道路，与你走完这今生一世。”五音先生望着女儿笑了笑，似是一句祝福，更是一种期望。

“我相信他！”红颜妩媚一笑，笑中自有一股坚定，“因为我相信自己的直觉。”

五音先生不再说话，只是沉醉于这山水之间，寻求一种诗的意境。听着枫林中传来各式各样的鸟的鸣唱，他仿佛在听着一首儿时的童谣，心中不乏有追忆中的童趣。

就在他沉醉于这大自然的声乐之中时，他陡然间皱了皱眉，因为他从这鸟声之中，隐隐听到了一股杀伐之声。

“不好。”五音先生心中一惊，身形已动，当先一人掠出。

他听出这是刀剑交击之声，竟是传自于宁静的大王庄中，这让他感到一阵心悸，心中蓦生一种不祥的预兆……

“呼……”刀光漫过虚空产生出来的弧迹，如一道天外飘来的流云，漫不经意中，尽透一股令人心惊的杀机。

乐白的眸子里闪现出一丝惊惧，别无选择地拔剑相迎。他的剑不仅快，而且准，以一种精确无比的角度刺击在纪空手的刀锋之上。

“叮……”一声脆响，刀剑一触即分，但是乐白似乎有些力弱，竟然不由自主地倒退两步方站稳身形。

快、准，以及轻灵，这是剑术中历来讲求的三大要素，剑术练到最高境界，剑尖上会生出丈许青芒，吞吐自如，闪耀不定，谓为剑芒。它的可怕之处在于攻击长度的不确定性，你若与之对敌，根本就不知道它会在什么时候像剑刃一般刺入你的肌肤。

乐白无疑是一代剑术高手，是以他的剑上有芒，不仅有，而且剑芒自带三分杀势，已有不怒自威的神韵。

可惜他遇上了纪空手，纪空手用的是刀，而且是刀中至尊的离别刀。

刀，乃百兵之祖，以灵活多变见长，攻如水银泻地，守能夜战八方。刀身份为“天、地、君、亲、师”五个部分，刀刃为天，刀背为地，护柄为君，柄中为亲，柄后为师，无处不可攻守。上乘的刀法，不仅“天地”可以破敌，“君亲师”亦有出神入化的妙用，攻守之全面，犹胜枪剑，刀芒一出，覆盖四方，气势已可夺人。

在力道方面，乐白其实并不比纪空手逊色，他错在不该以剑之短去与刀之长相对。剑之长在于走位飘忽，锋走轻灵，如果一味硬抗，无疑是莽夫之举。

乐白当然明白自己的破绽所在，却无法改变自己斯时的境地。小店狭窄，根本就没有太多供他腾挪的空间，他空有一套诡异飘忽的步法，却无法与剑式相配合。

这本不该出现的事情却发生了，纪空手心下诧异，却明白乐白的真正用意。

乐白进行的这个杀局讲求速战速决，由于有着时间的局限，已迫使他必须在十息的时间内决出胜负，以完成整个刺杀的行动。是以他不能退，也不敢避，只能在小店的空间里发挥，一旦让纪空手出了店门，勿论援兵，单是他那神奇玄奥的见空步，已足以让他逃出包围。

乐白只能强撑下去。

“嘶……嘶……”纪空手的刀势一顿，疾若旋风漫空而出，幻化出千百道刀影，绝不给乐白任何喘息之机。

“叮……当……叮……当……”乐白这才真正领略到纪空手刀法的可怕，虽然每一次他都能在至险处凭着自己丰富的经验化险为夷，逃过纪空手这一串如水银泻地般的攻击，却不可避免地在刀势反弹中节节败退。一进一退之间，只距店门不过七尺之距，而这一刻，照月三十六骑动了，神风一党也动了，他们终于看到了这惊人的突变，以一种最快的速度向小店合围而来。

与此同时，店中的其他几位食客纷纷亮出了他们桌下的兵器，以一种非常有效的方式把持了店门进出的关键位置，处于一种前可御敌、后可阻隔的有利状态。

纪空手看在眼中，心中暗惊。这些人不动如山，动若脱兔，功力自都不凡，显示出他们惊人的造诣。以他们的身手，行走江湖，无疑都是可以独当一面的高手，但他们却甘居人下，配合默契，可见其幕后操纵者的实力。

但他虽然明知这一战的凶险，却怡然不惧。在他认为，未战而怯，永远是失败者的行为，他有自信，更有非凡的勇气，是以他始终使自己保持一种沉稳应对的状态，让自己的刀法尽情地发挥到极至，演绎出唯美的意境。

他的每一刀杀出，似乎都是任意为之，兴之所致，仿若天马行空，让人无迹可寻，但是他的刀看似平平无奇，却总能在不经意间出现于对敌最具威胁的地方，给人以一种化腐朽为神奇的震撼。

纪空手的鼻间轻哼一声，只顾抢攻，并不顾忌自己的背后，他相信有了韩信的殿后，他完全可以放心地利用兵器与空间的优势，暂时取得主动。

之所以这只是暂时的局面，是因为这其中还充满了不可预知的变数，那位神秘人的背影依然不动，却给了纪空手最大的威胁。

纪空手的武功精进不少，已经具备了江湖中较高级数的高手实力，比之韩信已是有过之而无不及。对于这一点，韩信深信不疑，这不仅是因为纪空手有丁衡暗中为他打下的三年基础，更是因为纪空手在洞殿的领悟对他的武学之道不无裨益，甚至起到了关键性的作用。这些日子以来，他斗狄仁，战申子龙，无一不是恶战，无一不是在生死之间徘徊，与众多一流高手的周旋，更是激发了他体内的潜能，从而进入到全新的武道之境。是以，乐白很难作为纪空手势均力敌的对手，穷于应付亦就成了一种必然。

这不仅有些出乎乐白的意料之外，同时也让韩信吃了一惊，那位神秘人虽然没有转身，但从他微微颤动的肩胛来看，显然不可能做到无动于衷，这证明了纪空手的确是潜力无限。

这位神秘人的确是有几分诧异，似乎没有想到乐白竟然不是纪空手的对手。虽然他背对着整个战局，但双耳却极有节奏地如蝉翼般轻轻颤动，这种以耳代目的观察方式，实在是骇人听闻，若非纪空手这等擅于观察的名家，绝不能得出如斯推论。

不过就算乐白已呈败象，但一切进程依然还在这位神秘人的掌握之中，是以他似乎并不着急，而是企图对纪空手这种别具一格的武功有所了解，从而找到简单有效的破解之法，但是他很快失望了，因为纪空手的刀法根本就没有规律可寻。

乐白终究还是乐白，他绝不会轻易对一个年轻人俯首称臣。他能名列入世阁三大高手之一，当然有其可以称道之处，是以就在他又退一步时，剑势陡然生变。

“哧……”剑锋突然一振，避过纪空手沛然不可御之的内力，幻化成一条如腾空于雨雾的苍龙，穿越虚空，向纪空手的面门飙射而去。

“叮……叮……”纪空手吃了一惊，没想到乐白在如此劣势之下犹能反击，不得已之下，两刀硬击，他退了三步。

“啸……”乐白招式不得不变，这一变却穷尽了他一身之力，恰似那强弩之末。但虽是困兽，却仍要挣扎到底，这最后的拼杀尤为可怕，数剑之后，竟然将纪空手那犹如长江大河般一气呵成的攻击迅速瓦解，尽化无形。

纪空手感到了一丝意外，发现乐白的剑路变得实在太快，而且改刺为劈，劲力惊人，似是换了一个人般。他现在唯一可做的，唯有退，等到乐白这一路剑势消竭时，他就可以乘势反击，一锤定音。

可是事情绝不像他想象中的那般简单，当纪空手再退数步时，乐白的手腕大力振出，剑如升空的礼花，突然绽出无数道慑人的光芒，如盖天的大网般向纪空手全身笼罩而至。

乐白惊人的表现让纪空手感到惊讶，面对如此狠辣至极的剑法，纪空手感到空气中的压力强大无匹，几乎让人窒息。他甚至有一种预感，在这绚烂的光芒之后，必定有夺人魂魄的杀招。

这才是足以让人感到心悸的一招，而且也一定是乐白的最后一招，只要纪空手能够挺过这慑人的剑锋，那么就可稳操胜券。

可问题是纪空手能否避过乐白这隐藏于光芒之后的一剑？

“呀……”纪空手一声低吼，劲力在陡然之间在掌心爆发，一道森然的寒芒封住了店内每一寸空间，然后便听到了一片沉浑的闷响。

“轰……”劲气如决堤的洪水般向四方横溢，桌椅俱散，锅碗碎裂，屋顶上的瓦砾如浪掀开，声势十分骇人。

众人俱避，乐白与纪空手只觉浑身一震，身子若断线的风筝般不由自主地向后跌飞，但是纪空手身体内的补天石异力在此刻发挥了它独特的神奇功效，丝毫不衰，反而在气血翻涌间急剧凝结，随时应变突发事件。

他的人虽然在空中疾飞，但其心态却极为平静，将自己的听力视觉发挥至极限，把四周的一切动静悉数掌握。

空气中被狂猛的劲气所充斥，如水银狂泻，极为骇人。纪空手却对眼前的一切视若无睹，他只注意一个人，就是那装扮成老板模样的神秘人。乐白既退，下一个出手的人绝对是他，因为十息的时间已过，他们已经不能再等待下去了。

但在这一刻，纪空手的心陡然一沉，他看到在气旋翻飞中飘出一件精美却是残缺的饰物，这是一个颜色鲜艳的绿玉坠，只有一半，而另一半却不知所踪。

这一半玉坠来自于乐白的身上，劲气撕裂了他的衣衫，才使它现出真身。纪空手看到它时，就感到了一丝隐隐的不安，但是一时半会，他却想不到它的出处。

这只是他的一种直觉，而真正让他的视觉受到强烈刺激的，却是一条人影。这影子来得好快，犹如地狱中的幽灵，无声无息间，仿佛就已到了纪空手的身前。

纪空手并非没有见过阵仗的人，但当他看到这道如鬼魅般的影子时，绝对没有想过这世上竟然还有如此可怕的武功与身法。

他的整个人尚在空中，身形完全不受心意的控制，对方在这个时候出手，无疑将时机拿捏得恰到好处。

而更让纪空手心惊的，是这影子的每一步移动都发出了千百道奇怪的力量，似是有一种分裂之力，扯动着他的四肢向四方伸展，仿佛坠入了一种近乎无法抗拒的旋涡之中。

不过纪空手事先有所防备，是以警兆一生，立时反应。

“杀……”他陡然大喝一声，手中的七寸飞刀终于脱手而出，如一张硬弓发出的箭矢，向影子袭去，这之间的速度绝对超出了任何人想象的范围。

影子正是那神秘人，一惊之下，他似乎没有想到纪空手竟能在无处借力的情况下射出如此惊人的飞刀，而且飞刀所挟带的杀势正好封锁了他前进的线路。

这把飞刀的能量的确令任何人都不敢小视，神秘人自然不愿意为了击杀纪空手而造成两败俱伤的局面，是以他的身形又变，侧身一退，然后再行逼进。

就这一瞬间的耽搁，纪空手人已落地，他以最快的方式调整了一下气息，然后毫不犹豫地出刀。

纪空手还是生平第一次面对如此强大的敌人，在毫无胜算的情况下，他唯一能做的，就只有全力以赴。

刀既出，缓慢得犹如蜗牛爬行一般，一点一点地向虚空延伸。空气中似乎在刹那间竖起了堵堵气墙，一层紧接一层地向来敌逼去。气旋涌动，碎木横飞，尘土飞卷……仿佛这天地之间涌动的不是刀，而是奔行千里、直流而下的重重浪涛……

神秘人的眼中不仅有欣赏之意，同时也多出了一丝惊惧。纪空手的这一刀似乎没有规律，亦不着痕迹，仿佛天外飞来的神来之笔，确有惊天地、泣鬼神的天威。它之所以与众不同，就在于这一刀在不经意间杀出，却出现在了对对方最具威胁的地方，至少可以同时控制九段空间，倘若有人胆敢冒进，将会招致毁灭性的致命一击，更要承受九重不同力道的强压冲击，让每一寸肌肤都在这种分裂之力的撕扯下粉碎成灰。

神秘人非常欣赏纪空手这一刀的玄奇，当然也识得这一刀的霸烈，是以他根本就停止了一切动作，陡然兀立于刀锋带出的气势锋端之前，从容应对。因为他已看出，只要自己不动，刀势也仅此而止，这一刀本就是为了控制自己的行动而发出的。

这将会是一场沉闷而长久的对峙，两个人都将在不进不退之间较量着自己的耐力与心理，从某种意义上来说，这显然对纪空手有利。

但神秘人却一点不急，就在这一刻中，他却露出了一丝莫名其妙的笑意。

这一笑实在古怪，至少对纪空手来说是如此。他还没有明白这神秘人因何而笑时，却感到自己的背上有一道蚀人的寒芒迫来，其速之快，根本不容他作出任何反应，几大要穴顿时遭受剑气封杀，再也不能有半分动弹。

纪空手做梦也没有想到，神秘人的武功虽高，却不是威胁的真正来源，真正的杀机竟然是来自自己的身后。

纪空手口中吐出一声悲啸，啸声未落，他的心陡然一沉，就如一块千斤巨石从山峰之巅滚落，直坠无底的深渊……

心只有心痛的感觉，虽然背上的几处要穴已被冰寒的剑气刺伤，但纪空手没有感到肉体的痛，只感到自己的心在滴血。

他没有回头去看，也不想回头去看，对他来说，看与不看已不再重要，如果有可能的话，他情愿一个人躲到一个无人打扰的地方，就像一匹孤狼一样，用舌头去舔抚自己心灵的创伤。

来自背后的人，唯有韩信；能在瞬息之间准确点击对方几处要穴的剑法，似乎也只有韩信的流星剑式。

纪空手终于明白了神秘人何以发笑，因为这位神秘人显然与韩信早有串通，他们的目的，当然是为了登龙图。

# 第二十六章　图现义绝

如果是栽在别人的手中，纪空手毫无怨言，甚至自认技不如人，但事实并非如此，伤害自己的，竟然是他一直视为兄弟般的朋友，这让他的心在片刻间绞成碎片，有一种刻骨铭心的苦痛。

他相信韩信，就像相信自己一样，因为他们不仅是共过患难的朋友，而且生死与共，有着常人无法理解的深厚感情。他自问自己对待韩信可以问心无愧，可是韩信何以会如此对他？难道就仅仅是为了一张象征权势与财富的登龙图吗？

“为什么？为什么？为什么会这样？”纪空手喃喃自语，声音低沉无力，仿佛在质问着自己。他怀疑这是自己所做的恶梦，根本不相信这一切都是真实。

“对不起！”韩信人在纪空手身后，根本不敢去面对，只能满怀歉意地道，“纪少，我也是情非得已。”

纪空手心中一酸，脸上却淡淡一笑：“你还知道叫我纪少？你还有脸叫我纪少吗？亏我待你亲如兄弟，我可以不信天下人，但绝对信任你，可我万万没有料到在这种危急时刻，在我背后下黑手的人竟然是你！”他的心中已无法用任何言语来形容，除了悲愤，还是悲愤，脸上唯一可以表达的表情，就只有一种近乎绝望的冷笑。

“这一切也许就是上天注定。”韩信面对纪空手严厉的指责，心态反而渐渐平静，恢复了他先前的自信。

“这是一个不错的借口。”纪空手蓦然间转过头来，眼中的寒芒如冰般冻住了整个虚空，直逼向韩信的眼眸。韩信一惊之下，迟疑片刻，终于将目光与之相对。

“这不是借口，而是事实。凭你我之力去争霸天下，这无疑是一个挑战，也是一种难以抗拒的诱惑，我又何尝不想呢？但是我却在无意中窥破了天机，明白在这个世上真正能够得到天下的人，不是你，也不是我，而是另有其人。”韩信的眼中丝毫不见愧疚，似乎认为自己的所作所为只是奉天行事而已。

“哦，那会是谁？莫非是我身后的这位先生吗？”纪空手语带嘲讽，虽然受制于人，却怡然不惧。就在此刻，门外刀枪声起，神风一党闻到纪空手发出的信号，各自向四周突围而去。

这显然是一场早有预谋的布局，照月三十六骑担负起隔断纪空手与神风一党之间联系的任务，不让他得到援助，加上神秘人带来的几名高手，在这小店之外形成了一段有效的防护范围。

“我不能确定，但却知道刘大哥也许是其中之一。无论如何，我都要搏一搏！”韩信对店外的战局视若无睹，有一种超乎寻常的冷酷，冷冷地道，“我生来贫贱，受人欺凌，是以这一生中最大的心愿，就是出人头地！人生便像是一场豪赌，只是我再也输不起了。”

纪空手皱了皱眉，摇头道：“人各有志，勉强不得，我不怪你。你既已下手，便把我杀了吧，否则你一定会后悔的！”

他在说最后一句话的时候，整个人处于一种超乎常人的冷静。所谓哀大莫过于心死，自韩信出剑的刹那起，他们的这份兄弟之情便算彻底破裂。对纪空手来说，仇大莫过于杀父，恨深莫过于夺妻，背叛友情无异于杀父夺妻，此仇不报，非君子也！

韩信的心中陡然一寒，如果说这个世上最了解纪空手性格的人，应该就数他了，他当然不会不知道纪空手的本性，惊惧之余，他的心中已起了杀心。

看着韩信眼中的那一丝凶光，纪空手微微一笑，缓缓地闭上了眼睛。距离死亡如此之近，他无惧无恨，只是后悔自己认错了人，以至于会有如此悲凉的结局。到了这一刻，他忽然明白过来，乐白既有那一半绿玉坠，当然是问天楼在入世阁中的卧底，只是他此刻才想到这些，未免迟了。

他不由得为卫三公子的计划而叫绝，更为卫三公子用人之狠感到一种对人性近乎绝望的悲哀。乐白能在入世阁中深得赵高的信任，绝非是一朝一夕之间可以做到的，而且他甘于做张盈的入幕之宾，这份牺牲更是常人难以想象的，甚至于韩信杀了乐五六，这也是他们计划中的一部分，以此来给人造成韩信与乐白势不两立的错觉，使得韩信最终能在相府站稳脚跟。

一个对自己的属下尚且如此绝情之人，他又怎会放过一个有可能成为他最大强敌的人呢？卫三公子的计划中肯定对纪空手有“杀无赦”的决定，何况韩信也绝对不会让纪空手再有生还的可能。

纪空手明白这个道理，所以已经不去奢求什么，他只是回头望了一眼立于自己面前的神秘人，突然问道：“如果我所料不差，阁下应是卫三公子了。”

神秘人的脸上丝毫不见任何表情，纪空手却一眼看出他是带着非常精致的人皮面具。事实上他之所以如此认定，是因为此人的武功之高，的确达到了武林豪阀这等级数，除去卫三公子外，又会有谁？

“你觉得你有知道答案的必要吗？”神秘人冷笑一声，看了看纪空手身后的韩信，正要缓缓地点头。

“他当然不必知道，因为我已知道你就是卫三！”一个雄浑的声音从十数丈外传来，由远及近，仿若一串奔雷。此声一出，全场皆惊，一切争斗俱皆停止。

衣袂飘动中，店门口赫然出现了一个仙风道骨的长者，他的一举一动，有种说不出的风雅与悠然，眉间虽夹杂着一层隐忧，却掩盖不住他勃发的英气。能有如此翩翩风度者，当世之中，除了五音先生，还会有谁？

乐白人在门口，仗剑而立，本是担负防范的使命，见得来人如此迅捷，毫不犹豫地挺剑而刺。剑路玄奇，剑速极快，但五音先生空手在虚空一拍，竟将乐白逼退了三大步。

一掌之威，竟能将号称入世阁三大高手的乐白逼退，这种功夫，确实达到了骇人听闻的地步。无论是纪空手，还是韩信，观之无不动容，纵是那神秘人，他的眉间也微微一皱，显然对五音先生有所忌惮。

“一别数年，卫兄别来无恙啊?”五音先生缓缓地踏出一步，正好站到了门槛之内。在他的身后，除了红颜之外，还有吹笛翁与“乐道三友”等知音亭的精英。他们的出现震慑了照月三十六骑与神秘人所带属众，使他们停止了对神风一党的攻击，店外的街道又恢复了先前的宁静。

两人相距虽有三丈之远，但神秘人还是感到了自五音先生身上透发而出的淡若无形的压力，轻笑一声，他终于缓缓地揭下了自己头上的面具。

此人高瘦笔挺，相貌堂堂，双目精芒闪电，有种不怒而威的神韵，不过生了一个鹰钩鼻，使他的神情变得阴鸷深沉，予人以非常自负、桀骜不驯之感，又使人对他生出一种自私无情的印象。

他的两鬓灰白，额上隐现横纹，像刻画着过去艰苦的岁月，暗示着人世的沧桑。若非五音先生先行点破，谁也不会想到他就是贵为卫国王室的后裔，身为问天楼楼主的卫三公子。

“啊……”首先感到惊奇的，竟是韩信！他怎么也没有料到，眼前的卫三公子竟然就是凤舞山庄地牢中替自己送饭的聋哑老人。

其实在韩信的心中，一直有一个问题始终困扰着他，那就是卫三公子穷十年之力布下的计划，怎么会如此放心地交到他的手里，让他来成为整个行动的终结者？现在想来，原来是卫三公子亲自在暗中对他进行了详尽的考察，以其阅人无数的眼力，自然不会看错。

事实也证明了卫三公子的决断是正确的，无论这事态如何发展，但有一点可以肯定，那就是登龙图的最终归属者必定是他，这已毋庸置疑。

“承蒙音兄的牵挂，卫某一向还好。”卫三公子淡淡一笑，并未回头，而是眼芒一闪，以一种欣赏的目光看了看韩信。他的这一眼有一种意味深长的含义，除了他自己之外，别人无法透视清晰。

韩信心中一颤，说不清自己此刻的心情，但他握剑的手却异常稳定，正好触及纪空手背上的要穴处，只要微一用力，纪空手就将成为一具尸体。

卫三公子将这一切看在眼里，脸上露出满意的微笑，这才缓缓转过头来，两大阀主的眼芒终于在虚空中悍然相交。

这两位无疑都是当世中最杰出的人物，他们不仅享有尊崇的名望，而且都是一代武学宗师。门下弟子无数，在江湖上有着至高无上的地位，更是千万年轻人心目中崇拜的偶像。在他们的一生当中，有无数个令人闻之而振奋的传奇。拒绝平淡，是他们一生追求的人生境界之一。

他们只在少年的时候相见一次，而且这仅有的一次见面，最终成为了近百年来十大江湖决战中的范例。从此之后，他们各据一方，在自己的地域为各自的荣誉而战，奠定了自己在江湖之上的基础，成为了这个武林最具权势的人物之一。

一别数年，故人依旧，两鬓见白，方知一代新人成旧人，岁月最是催人老。唯有在这一刻，以对方为镜，他们才真的发现自己老了。

“五音自上次与卫兄骊山一别，迄今算来，已是三十余载，想起卫兄风采，心中嗟叹，常期盼能有再见之日。只是卫兄高人行事，神龙见首不见尾，是以虽有此心却无缘得见，引为平生憾事。却没有料到在斯时斯地，我们竟然以这样的方式再见，实在是深感造化弄人。”五音先生淡淡笑道，眼芒掠过卫三公子的头顶，望向韩信剑下的纪空手。他的第一个感觉，只是吃惊，似乎没有料到纪空手在经历了如此惊变之后，还能保持这等冷静的心态。

“音兄所言极是，卫某深有同感。忆及当年，你我英姿勃发，谈笑间争霸天下，那是何等的快意？何等的潇洒？而今贤侄女都已长大成人，貌美如花，风华绝代，也就难怪我们会老了。”卫三公子嘴上应付着，目光却始终注视着红颜。他岂会不知红颜对纪空手的痴情？事实上他未动先谋，早已想好了用纪空手作为要挟，成为他们全身而退的砝码。

按目前双方的实力对比，无论是功力的高深，还是人数的多寡，问天楼似乎都略处下风。卫三公子行事之前，当然不会看不到这一点，但他似乎算准了只要将纪空手制于己手，五音先生就不敢妄动，而事实也证明了他的这一算计十分精准。

“也许在我们之间，从年龄来看，确实老了，但卫兄的心态却始终不老，三十年过去，这争霸天下的雄心可是一丝都没有改变。”五音先生笑了笑，神情间隐含讥讽，似乎是为卫三公子的偷袭作风感到不屑。

以卫三公子的身份地位，他以如此手段对付一个新近崛起的江湖后辈，这实在不是一件什么光彩的事情，是以他的脸色也微微一红，道：“音兄过奖了，但卫某肩负复国重任，自有不为外人所道的苦衷，因此这三十年来，无论悲喜，从来不敢妄自菲薄，更是不敢有过半点松懈。此次前来，对登龙图亦是势在必得，所谓成大事者不拘小节，既想出人头地，行事难免有所偏激，若有得罪之处，还请音兄多多包涵。”

“卫兄如此坦诚，可见是真小人，而非伪君子，行事作风依然不失大师风范，五音实在佩服，只是今日事情既然出了，终需有个了断之法，卫兄不妨谈谈高见，免得你我干戈相见，伤了和气。”五音先生看了看一脸紧张的红颜，心痛女儿，便迅速提出了解决之道。对他来说，登龙图只是身外之物，得与不得，并不重要，重要的是纪空手不能因此而受到伤害，因为他牵系到自己爱女一生的幸福。

“音兄果然爽快。”卫三公子有一种狡计得逞的快感，只是不露形色，淡淡地道：“其实是真小人也好，是伪君子也罢，卫某并不看重这些。一个人的行事善恶，孰是孰非，百年之后，自有后人评说。卫某既然承音兄看得起，将我归于真小人一类，我也就不客气了，只想向音兄讨得一句话。”

五音先生微微诧异：“请讲。”

卫三公子道：“我听说这位纪公子乃是贤侄女的心上人，武功超群，精于谋略，是个不可多得的人才，是以不敢过分得罪。何况我此行前来，志在登龙图，所以若非情不得已，绝对不敢与音兄为敌，这一点还请音兄放心。只是古语有云，害人之心不可有，防人之心不可无。我虽有心放归纪公子，却又恐他一时翻脸，与我为难，是以想请音兄一个承诺，可以让卫某携门下弟子全身而退。”

五音先生情知这是最佳的选择，双方一旦动手，就将是两败俱伤的局面，而且根本不能保证纪空手的性命，但他还是迟疑了半晌方道："难道卫兄不怕我出尔反尔吗?"

"音兄乃何等人也，岂如卫某这等真小人？是以你的一句话，胜得过别人的万句盟誓。"卫三公子刻意贬低自己，抬高五音先生，这等行径确有小人之风，却丝毫不以为意。在他看来，只要能够达到目的，无需顾及脸面身份，更要不择手段，这种心态放之于乱世，的确是不错的生存之道。

五音先生看了看纪空手，又看了看红颜，沉吟半晌，正要答应，却听得纪空手缓缓说道："这位卫先生不愧为一代枭雄，能屈能伸，让人佩服，只是你可曾听过这么一句话，君子报仇，十年不晚！我虽非君子，但今日之辱肯定要报，希望卫先生不要后悔才是。"

卫三公子眼现一丝诧异，道："你的确是有些与众不同，不过承蒙你提醒，我却还是想冒一冒险。因为我和音兄心里只怕都有数，如果此事不能和平解决，一旦双方动起手来，只怕难有了期。我更记得这么一句古话，鹬蚌相争，渔翁得利。是以，我不当鹬，亦不是蚌，也就没有必要为了这点小事与音兄大干一战了。"

"那我就无话可说了。"纪空手回过头来，看了看韩信，脸上露出了一丝淡淡的笑意。他的笑中自带三分寒气，韩信一见，唯有心惊，他似乎读懂了纪空手这笑中蕴含的无限恨意。

卫三公子好似背后长了眼睛一般，对纪空手的动静了如指掌，淡然道："你不必怪他，所谓道不同不相为谋，人各有志，何必强求？就像我在作出这个决定的时候，也在考虑放你的利弊。对任何人来说，多了一个像你这样的大敌，都将是一件十分头痛的事情，可是此时此刻，我已别无选择，纵是放虎归山，我亦无怨无悔。"

"不过你终是胜者，因为你终于得到了登龙图。"纪空手笑得很是苦涩，对他来说，这个跟斗栽得实在太大，甚至粉碎了他一生的梦想。

"你说这种话，只能证明你还年轻，将一时的得失看得太重。须知人生在世，不如意十有八九，又何必斤斤计较于眼前呢?”卫三公子摇了摇头，一副老气横秋之态。

五音先生轻拍一掌，道：“说得好！就为了你这句话，我答应你，只要你放过他，我保证你们全身而退！”

卫三公子如释重负般笑了笑：“这我就放心了。”他踱步过去，轻弹韩信的剑尖，然后拍打几下，解去了纪空手被封的穴道，顺手取过登龙图，揣在怀中，一挥手道：“我们走吧！”

“且慢！”纪空手突然叫道。

卫三公子顿时色变，小店中的气氛刹那间紧张起来。

纪空手微微笑道：“各位不用紧张，我只是有几句话想对这位韩兄说上一会，如果卫先生不介意的话，不妨在店外稍等片刻。”

韩信的脸色变了数变，最终将目光望向卫三公子，却听得卫三公子淡淡笑道：“你且听他说上一会，我在门外等候。”

卫三公子带上乐白等人大步而出，路过五音先生身边时，说了一句：“得罪！”竟然毫无戒心地从知音亭众多精英身前踱步而过。

他之所以如此自信，只因为他相信五音先生。如果说这个世上真的有人能一言九鼎，那就非五音先生莫属，否则他也不会逼着五音先生表态了。

小店内顿时变得一片宁静，五音先生亦带着众人退出了门外，就只剩下纪空手与韩信在店内相对无言，两个本是情同手足的朋友，只因一念之差，最终却落得个分手下场，这无疑是人性中的一大悲哀。

对于纪空手来说，这更是他做人的悲哀。他实在想不通韩信何以会背叛自己，难道说在这个乱世的年代，人与人之间真的没有真情可言了吗?

他想了很多很多，从淮阴的市井，到沛县的日子，又从沛县，想到了他们一起流浪的日子，一幕幕兄弟情深的场面，一幕幕生死与共的情景，都让他深藏记忆，不能忘却。他记得自己为了韩信，远行千里，不顾自身的安危，历经千辛万苦，却没有想到最终换来的却是韩信在背后伸出的这只黑手。他更没有想到，自己九死一生得到的登龙图，竟然是韩信背叛自己的真正原因。

纪空手轻叹了一声，淡淡地道："我一直都把你当作最好的兄弟，你知道吗？"

韩信缓缓地抬起头，眼中有愧却无悔，只是点了点头道："我知道，但是如果时光能够倒流，我还是会这样选择。"

韩信的回答如一根针刺般直插入纪空手的心间，引起他一阵绞痛："你难道就真的这样恨我？我到底有哪一点对不起你？"

"我不恨你，而且对不起的人是我，我不配做你的朋友！但是每个人都有自己的人生选择，我有权利选择自己今后的道路。"韩信低了低头，再抬头时，眼中已绽放着对未来的期盼。

"那我就无话可说了。"纪空手彻底死心了，苦涩一笑，"从今以后，你我再也不是朋友，你应该知道我的为人，今日之辱，我绝不敢忘，只能留待日后加倍奉还！"

韩信的心陡然一寒，他明白纪空手既如此说，那么他们往日的友情就真的到此为止了。从今日起，在他韩信的强敌中，又要加上一个纪空手的名字。

"无论你怎么做，都不为过，我只能恭候。"韩信也笑了笑，"话已至此，我便先行一步，他日相逢之时，你我便是对手！"

"如此甚好！"纪空手一摆手，让过韩信，当韩信的背影走出他的视线之外时，不知为什么，他的心仿佛多了一种沉沉的失落。

马嘶声起，蹄声渐远，小镇又还复了先前的宁静。也不知过了多久，一阵轻细的脚步声来到了纪空手的身后，清风徐来，芳香沁人。

"纪大哥，你很难受，是不是？"红颜轻轻地挽住他的手，柔声问道，她看到纪空手这副失魂落魄的样子，心中也是好生难受。

"我不知道。"纪空手喃喃地道，"我只是觉得自己好冷，好孤独，就像是一匹受伤的野狼，独行于一条没有尽头的荒芜道路上。"

"你不会孤独的，只要你不嫌弃，我会一直陪着你走完今生今世！"红颜说出这句话的时候，丝毫不显女儿做作之态，一切纯出自然，显是真情流露。

纪空手一把将她拥入怀中，语带哽咽地道："你对我这般好，这可让我怎么消受得起？"

他一生孤苦，所以才会将韩信当作自己的兄弟一般看待，一听韩信有难，纵然自己心脉之伤才愈，亦是不辞劳苦，赶来千里之外的咸阳。眼看登龙图得手，兄弟联手，足可争霸天下之时，想不到韩信竟然舍弃自己，这种苦痛，的确是笔墨难以描述的，极富悲情。此刻听到红颜如此对己，心中不由自主地多了几分感激，只觉得当世之中，唯有红颜是一番真情。

两人相拥无语，过了半晌，才听得门外脚步声响起，两人一触而分，回过头来，却是五音先生缓缓踱步而来。

"人在江湖，身不由己，只有置身其中，方能体会人心的险恶。今天之事，实在平常至极，你应该早有这种心理准备。"五音先生见得纪空手在红颜安慰之下冷静了许多，这才语重心长地道。

"我也明白这个道理，只是我实在不能接受这种残酷的事实。"纪空手摇了摇头，轻叹一声。

"塞翁失马，焉知非福？在我看来，登龙图倒像一个祸根，谁若得之，只怕都不是一件轻松的事情。"五音先生眼芒一闪，意味深长地道。

纪空手似有所悟，低头不语，半晌方才抬起头来，微微一笑道："多蒙先生开导，我似乎有些懂了。"

五音先生道："你真的懂了吗？"

纪空手道："先生的用心之妙，的确可以杀人于无形。以先生在江湖上的声望，只要你说出登龙图的下落，卫三公子自然便成了天下公敌，到了那个时候，他便是想不头痛也是不行。"

五音先生笑道："真乃孺子可教也，所以这一战我们看似输了，其实已是稳操胜券。"

纪空手的心情顿时大好起来，笑声刚起，蓦觉自己背上一阵剧痛，不由"哎哟"一声，幸亏红颜出手得快，才不至于跌坐地上。

五音先生脸色一变，快步上前，手已搭住纪空手的右腕，查看脉象，半晌之后，方才惊怒道："这韩信何以如此心狠？"脸上已是一片凝重。

红颜大惊：“父亲何出此言？莫非纪大哥的伤势极重？”

纪空手只觉背部要穴处有一股寒流开始缓缓蠕动，随着气血的运行正一点一点地向心脉渗透。他一惊之下，心中彻寒，已经明白韩信以剑制穴之时，竟然暗中将玄阴真气灌注于自己经脉之中，初时不觉，只需过得一两个时辰，当这道寒气侵入心脉时，纵是神仙也难保自己的性命。

“他竟真的是要置我于死地?!”纪空手悲怒交加，似乎根本没有想到韩信下手之狠，一狠至斯。

五音先生沉声道：“他当然要将你置于死地，既然他已经下了决心要帮刘邦，相助问天楼，那么你无疑就是他们最大的眼中钉！以你的才能，若要与之为敌，他们绝对没有对付你的把握。与其如此，倒不如斩草除根，趁这个机会将你毁去!”

纪空手情不自禁地惊呼道：“我有何罪？老天竟会如此待我！只要我能逃过此劫，此仇不报，誓不为人!”他的心中蓦生惊惧，只是紧紧地抓住红颜温腻的小手，生怕松开之后，从此分离。

五音先生拍了拍他的肩膀，道：“我一定会助你逃过此劫，你不必担心，因为我练就的无妄咒正有涤清浊气、疗养内伤的功效，多则三月，快则月半，这些许小伤自然会痊愈。”

“先生大恩大德，我何以为报?”纪空手不由心生感激。

“你无需谢我，实在要谢，就谢红颜吧，谁叫她是我的女儿呢?”五音先生哈哈大笑，看着满脸娇羞的红颜，再也不想打扰这对年轻人的绮梦，径自去了。

三个月后，已是深秋的十月，距咸阳城一百五十里外的霸上，军营遍布，旌旗猎猎，沛公刘邦的军队突破武关之后，先于各路诸侯进驻于此，并且数度大败秦军，声势一时无二。

由于刘邦军纪严明，大军驻扎小城之外，并不入城扰民，使得霸上虽处战事之中，却能偏安一时，不仅市面不见萧条，反而比战前更多了几分热闹。

城西有一家得胜茶楼，开店已有百年历史，一向是霸上人家最爱光顾的地方之一。这一天天刚放亮，店中的伙计刚刚开门，便撞进四五个人来。

这四五人并非熟客，听口音，像是江南一带的人氏，身上携带兵器，口气甚是粗豪，一看便知是江湖中人。店中的伙计招惹不起，只得赔着笑脸，献着殷勤，将他们招呼到楼上靠窗的位置坐下，又上茶，又端点心，生怕有招呼不周的地方。

过不了一会儿，又从门外撞进一拨人来，虽然衣装儒雅，但腰间甚鼓，明眼人一看便知是带着家伙。店中的伙计将他们安顿好后，心中不由嘀咕起来：“今天是个什么样的日子，怎么竟遇上这等主顾？”

等到日上三竿，又来了不少江湖中人，或是孤身一人，或是三两结伴，很快就将这得胜茶楼的二三十张茶桌挤得满满当当的，生意之好，实属罕见，只是茶楼老板却不见喜色，倒是在心中求神拜佛，只盼不要出事才好。

作为茶楼的老主顾，又是霸上最有名气的剑手，饶空今天的心情实在不错，先是一大早起来便接到了尹政的拜帖，然后又在茶楼中遇到了计伏。他们三人号称“关西三剑”，平时各居一地，极少相聚，难得大家有这么一个见面的日子，是以坐上楼头，叫了一桌茶水点心，大伙细品慢嚼，尽情闲谈起时下大事起来。

“尹兄、计兄，你我三人虽然齐名，却一向难得相聚，今日既然如此有缘，小弟一定尽好东道之谊，还望两位兄台不必客气。”饶空热情地招呼着。他在霸上一向极有名望，刚才上楼之时，老板伙计尽心结纳，给足了他的面子，是以他此刻的心情实在是好，毕竟这种能在同伙面前出风头的美事不多，他无论如何都得享受一下这种难得的快意。

“我们若是与饶兄客气，就不会前来相扰饶兄了。”尹政笑了笑，以一种疑惑的目光打量了一下计伏，心中暗道：“这可巧了，计伏为人一向低调，深居简出，怎么今天也来了霸上？难道说他与我一样，也是受了那人之约，跑来蹚这一趟浑水？”

计伏只是笑了笑，并没有搭腔，倒是一门心思放在楼上的客人上。他是老江湖了，茶楼内各式人等的一举一动，丝毫不能逃过他的耳目，这其中不乏有沉凝的武道高手，他虽然叫不上名号，却知道这些人的武功远在他们“关西三剑”之上，今日居然聚到一处，绝非碰巧，必然有其一定的原因。

但饶空显然没有注意到这些，而是哈哈大笑起来，颇显张扬地道：“说得是，这里毕竟是小弟的地盘，说句大话，两位兄台既然来了，只管尽兴，我敢说在这霸上还没有人敢不买兄弟我这张薄面！”

他的话显然引起了一些客人的注意，便是计伏也皱了皱眉，压低声音道：“饶兄的威风我们见识过了，这番盛情也已心领，只是大庭广众之下，还是收敛一些为好，省得又惹是非。”

饶空听在耳中，甚是刺耳，只是他对计伏一向有所忌惮，不好发作，只得赔着笑脸道：“计兄说得是。”待看到楼中座上有几道神光电闪而来，他心中一慑之下，倒也敛去不少锋芒。

尹政看在眼中，微微一笑：“今日这茶楼之上，似乎有一些古怪，计兄难道不觉得吗？”

计伏肃然道：“各人自扫门前雪，休管他人瓦上霜，如今乱世之中，你我还是饮茶为妙，免得祸从口出，徒惹是非。”

“这可不是计兄的一贯作风了。”尹政不免多了几分诧异，“在小弟的记忆中，计兄不仅剑法出众，而其胆色最令小弟佩服，何以今日倒变得缩手缩脚起来？”

计伏苦笑着摇摇头：“匹夫之勇，提它做甚？所谓不经一事，不长一智，计伏若非遇上高人，只怕还自以为老子天下第一，一旦与人动起手来，方知武学之道，确实是博大精深，我这点微末功夫，比起人家来又何止差了十里百里？根本就难望其项背。”

饶空似有不信地道：“计兄未免有长他人志气，灭自己威风之嫌吧？以我们‘关西三剑’的名头，纵然不能跻身一流，只怕差距也不会如此之大吧？”计伏冷哼一声，并不理会，倒是尹政心中一动，压低嗓音道：“计兄所言，倒让我想起一个人来。”

计伏愕然道：“莫非尹兄弟也遇上了那位高人？”

尹政向四处观望片刻，这才悄声道：“我行走江湖也算有些年头，自问识人无数，阅历不浅，但是上月中旬，我有事赶赴咸阳。走到途中，忽然遇上了一队车马，也是活该有事，当我与那辆大车擦肩而过时，正巧遇上了一阵风来，掀起了车窗锦帘。我抬头一看，竟然瞧见了一个天仙般的女子坐在其中，我自问识得美人无数，定力不差，但偏偏在那一刻竟不能自抑，起了亲近之心，唉……”说到这里，尹政不禁轻叹一声，自顾摇头。

“所谓英雄配佳人，尹兄有此雅好，这也难怪。”饶空插嘴道。

“饶兄弟所言极是，像我们这些常年在刀尖上混的，对于‘酒色’二字，向来不忌，也难怪我会遭此一劫。待我笑嘻嘻地说了两句轻薄之话时，突然从窗中伸出一只手来，‘啪啪啪’地连掴了我十几个耳光……”尹政似乎心有余悸，双目无神，仿佛现在还没有明白过来那是怎样的一回事。

“尹兄只怕言过其实吧？凭你的身手，怎会被人掌了十几下嘴巴却无还手之力？就算它是闪电手，霹雳拳，也总该有迹可寻吧？”饶空忍不住又插嘴道。

尹政脸色微变，似有怒意，却一闪即没，道：“难怪饶兄弟有此疑惑，说实在的，当时我心中亦是这么想的，可是说来也怪，我明明看到那只手要向我打来，却偏偏就闪躲不了。被打之后，我还半天回不过神来，兀自在想，此人的武功之高，的确是到了骇人听闻的地步，凭我这点三脚猫的功夫，还手是还不了了，还是逃吧。”

“识时务者为俊杰，尹兄能够当机立断，仍不失一条好汉。”饶空有意替尹政遮羞，是以讨好道。

“我可没有得罪饶兄，何以处处讥讽于我？与我作对？”尹政脸色一沉，大有发作之势。

饶空愕然道：“我没有丝毫讽刺尹兄的意思啊！”大有莫名其妙之感。

“你还说没有讽刺于我，那我问你，有我这样一心只想逃跑的英雄好汉吗?”尹政怒道。

“哎呀，我这可是一时失言，尹兄莫怪。”饶空恍然大悟，连连赔着不是。

计伏一心只想听尹政的故事下文，暗怪饶空老是半途插嘴，不由微怒道："你若少说些话，甚至闭嘴，岂不就无失言之罪了吗？"

饶空眼见势头不对，忙道："两位兄台说得极是，小弟再不多嘴了，还请尹兄继续往下说吧。"

尹政这才息了怒气，继续说道："谁料我纵是有心想逃，亦非易事。就在我拍马挥鞭的刹那，陡然间只觉得浑身一震，再也动弹不得，我心中暗道，'完了，老子今天竟然栽到一个娘们手中，这个脸算是丢大了！'其实那时我的心里害怕极了，武功高绝的人我并非没有见识过，但这人的手法之快，绝对算得上神出鬼没，根本就不容我有半点抗拒之心。"

计伏的脸色变了一变，眼神变得极为古怪，甚是关切地问道："后来呢？"

尹政苦笑一声，道："然后他就让我服下了一颗药丸，要我在今日赶到这里，等待他的解药。"他的目光巡视了楼上一圈，见并无自己所期待的目标出现，脸上除了忐忑不安的表情外，还有一丝失落。

计伏轻叹了一口气，道："我的遭遇似乎并不比尹兄好多少。你是人在路途之中遭此劫难，我却是一个人好端端地坐在家中遇此横祸。算来也是上月下旬的时候，我在家中等候一个道上的朋友，我这朋友在关中颇有名气，经营了十几家妓寨赌馆，有钱有势，也算得上一号人物，谁知让我等了整整一夜，却始终没有见到人影。"

尹政与饶空相视一眼，问道："你这位朋友莫非是香粉帮的帮主小小凤？"小小凤正是关中经营这类特色生意的第一号人物，帮中势力遍及黑白两道，与官府中人素有来往，想不到却是计伏的朋友。

"正是此人。"计伏在说这句话时，脸上并无得色，反而多了一丝怨恨，道，"我家乃是关西望族大户，与香粉帮有些生意上的往来。那一天正是我们月底结账之日，孰料我久候不至，却在门上发现了小小凤的人头，人头旁边还写了一行字，'此乃作恶多端的下场，但有恶行，与此同例。'我见了大吃一惊，急忙令人严防戒备，同时还派人邀请同城帮手，准备与那神秘凶手作生死一拼。而令我更吃惊的是，当我回到屋中之时，却发现屋中竟然有一个人正端着我新泡的香茗悠然细品，虽然我一眼便看出他的脸上戴了一张非常精致的人皮面具，但此人的自信与冷静无不从他雅致的举止中透发出来，让人心中情不自禁地产生一种俯首称臣的畏惧之心。”说到这里，计伏的眼中依然还有一丝惊惧，似乎当时的情景仍历历在目，仿佛只是发生在昨天一般。

尹政听来，只觉自己的身上起了一层鸡皮疙瘩，有一种毛骨悚然的感觉。虽然他没有见到那位高人的真面目，但他对计伏的遭遇感同身受，至少在当时的心境是一般无二的。

“我没有作无谓的挣扎，也没有试着逃跑，因为我知道，面对这么一位高手，我的任何努力都是徒劳。”计伏似乎很满意自己这种明智的选择，事后想来，这也许是他至今还能活在这个世上的唯一原因，“我答应他将自己家财的一半之数散还于民，同时接管香粉帮的一切事务，并且保证妓寨赌馆的一切按照公平自愿的原则，不再有任何强买强卖的事情发生，他这才答应放我一马，喂了我一颗药丸，约我今日在霸上相见。”

“这么说来，你我碰上的岂不是同一个人?”尹政惊奇道。

“照我看，今日来到这得胜茶楼的人，除了饶兄之外，只怕人人与他有关。”计伏看了看四周，放眼望去，人人脸现忧色，显然是为他们服下的那种不知名的药丸而担心。

饶空听得此言，只觉心中一阵失落，觉得自己虽无中毒之忧，却并非侥幸，而是没有吞服这毒丸的资格。想到自己名列“关西三剑”，但比之尹政、计伏的确差了许多，再也没有先前的那般张扬。

眼看时至正午，丝毫不见有人来的动静，楼上的这些江湖豪客渐渐烦躁起来，只是碍于那神秘人的武功太强，是以无人骂出口来，但脸上尽露愤愤不平之色，更有一种受人摆布的无奈。

计伏的功力不弱，他在讲述自己的遭遇的同时，不由对隔座的一个豪客留意了几眼。此人面窗而坐，身材高大，衣着虽不贵重却裁剪有度，穿在身上极为合体，整个人气度沉凝，显是不凡之士。计伏特别留意到，当他讲到那个来去如风的神秘人之时，此君浑身一震，显然与他们有相同的际遇。

计伏心中一动：“此人的武功远胜于我，尚且在那神秘人的面前毫无抗拒之力，可见那神秘人的武功的确到了高深莫测的地步。只是那人的武功既然达到了如此境界，又何苦要与我们这等人为难？难道这之中另有阴谋不成？”他心惊之下，只觉全身毛骨悚然，想到那神秘人将他们这么一大帮人约到得胜茶楼，绝对不会是喝茶、聊天如此简单，但真要叫他说出个子丑寅卯来，他又说不明白。

正在这时，隔座那人站将起来，来到他们这一桌前，拱手笑道：“在下邢无月，久仰‘关西三剑’之名，幸会幸会！”

计伏等人一听，无不心惊，知道邢无月乃江湖黑道中有名的七杀手之一，为人凶悍，最是难缠，凭借一套霸杀锏驰名天下，在江湖上恶名卓著。他一自报名号，楼上的许多人都侧目而视，无不在心中暗道：“原来是他！”直到此刻方才认得其人。

计伏与尹政相视一眼，心中皆道：“莫非邢无月也吞服了那神秘人的药丸？这可真是恶人自有恶人磨。”他们却没想到，其实在别人的眼中，他们也应列入恶人的名单，只是人大多有远视的习惯，看得到别人的短处，却极少自省其身，如此而已。

三人尽皆起立，计伏拱手道：“不敢，邢兄若是不嫌我等冒昧，还请入席一叙。”

“如此便叨扰了。”邢无月当仁不让，入席坐下道，“刚才邢某闲坐隔席，听得计兄与尹兄的遭遇，可见你我际遇相同，今日赶到霸上，似乎是拜同一个人所赐。”

“原来邢兄亦是受了药丸之困。”计伏苦笑道，其实心中明白，今日在得胜茶楼坐谈的人，只怕十有八九与此有关。所谓一人计短，众人计长，若是有人出头，大伙儿团结一起，共同商量，齐心协力，未尝不可与那神秘人一拼。只是那神秘人武功实在太高，谋略亦不输于他人，在场众人都有先入为主的想法，是以首先在心中怯了三分，无人敢出来做这个主。

“比之计兄、尹兄，我似乎又惨了三分。”邢无月脸上尽是苦涩之笑，摇头叹道，“说起来实在丢人，干我们这一行的，讲究行事诡秘，不露形迹，但比之那个人来，我才知道自己在这八个字上差了太远，一有比较，始知天外有天，自己这前半生的见识不过是井底之蛙罢了。”

他的整个人都显得心灰意冷，看来是受那神秘人的影响，以至于对自己的一切都产生了怀疑，计伏心道："看这模样，这邢无月所受折磨似乎远胜于我，难道那神秘人是对症下药，看人行事，讲究的是奖罚有度？"想到邢无月定然遭受了极大的屈辱，自己的心里平衡不少，也就生了欲听下文的兴趣。

在"关西三剑"的注视下，邢无月轻叹了一声，这才道："这还是本月初的事情……"

计伏若有所思，突然插嘴道："这倒有些蹊跷，怎么你我所遇的事情大多都是发生在近段时间，而且事情发生的地点也全在关中一带？难道说此人亦是才到关中的吗？若是如此，凭他一人之力，又何以如此了解你我的底细？"

他这么一说，引得众人皆是心中一动："照这楼上的人头来数，就算每人摊上一回，那神秘人要想在这么短的时间内做成二三十件事情，也未免太难！莫非那神秘人并不是人，而是从地狱中逃出来的恶鬼，专门来寻我们的晦气？"

思及此处，众人的脸上无不色变，眼中顿现一股惊惧。

"计兄所言极是，此人行事的确不可以常理度之。"邢无月点头苦笑道，"我受人之托，前去骊山办一件买卖，此事原本机密得很，除了两三人知道之外，再无他人知情。谁料待我到了目的地后，突然接到一张暗帖，帖上只有'助纣为虐者，唯有自取其辱'十一字，帖上没有署名，是趁我熟睡之时搁在我床头上的。我见之不由大吃一惊，凭我的身手与警觉，一般的人若想靠近，实在是千难万难，可此人却能在我的身边从容放帖，这份功力，绝非是我等可以望其项背的，若是他想取我人头，只怕亦是易如反掌。但是那一刻我却糊涂了，又极是自负，倒没有想到这一层来，而是决定按计划行事。"

"邢兄接的这笔买卖只怕利润可观吧？否则以你的见识，岂有看不到这其中利害关系之理？"计伏想起"无利不起早"这句老话，微微一笑。

"谁说不是呢？若是当时我不是被利欲冲昏了头脑，只怕就不会发生这样的事情了。”邢无月苦笑道，“我当时心存侥幸，依然按计而行，谁料刚一出手，忽然便感到有人在我的肩上轻拍了一下，我心惊之下，急忙回头来望，却哪里有什么人影？那时正是风高月黑之夜，伸手出去，难见五指，我几乎疑心这是自己的错觉，所以转身又走，只是存了戒心，刻意留心身后的动静。谁知才走十数步远，‘啪’的一声，又有什么东西在我肩上轻拍了一下，这一下顿时将我吓得魂飞魄散，直在心中惊叫，‘撞到鬼了，撞到鬼了，今夜流年不利，撞上了一个来寻开心的冤鬼。’我这么一说，各位一定以为我胆小多疑，是自己在吓自己罢了。但我却清楚自己一生胆大，从来就是个天不怕、地不怕的角色，实是因为当时所遇之事太过蹊跷，是以才会疑神疑鬼，草木皆兵。”

“说到撞鬼，我倒想起了一件趣事。”饶空笑了笑，不合时宜地插起嘴来，“我家中有个管家，有一日回来晚了，一个人走夜路，每走一步，便听得脚后跟处‘啪’地一响，似乎有人紧跟其后。他吓得连连回头，却又没有见到任何人影，只道是自己撞见了鬼，便一路小跑，然后就听到脚后跟处‘啪啪……’之声连响，等到他回到家里，这才发现原来是自己的皮靴后面开了一条大口子，哈哈哈……”他笑声刚起，却突然戛然而止，却见邢无月瞪眼看他，眉间怒气隐生，大有发作之态。

计伏忙道：“邢兄无需与他一般见识，我们可还等着静听下文呢。”

邢无月这才息了息气，道：“我之所以如此疑神疑鬼，是因为凭我的耳目，一旦用心，相信三五丈内的动静难有疏漏，但是我的确是没有感觉到身后有半点异动，自己的肩上便遭人击打了一记，这不得不让我心生莫大的惊惧，情不自禁地叫了声，‘谁？’这时便听到在我的后方一丈处传来一个冷冷的声音答道，‘是我！’我吓了一大跳，赶紧回头来看，却见一道影子融入夜色之中，无声无息，恰似幽灵一般。我只得壮着胆子喝问，‘你是谁？何以要捉弄于我？’那人冷笑一声，‘我乃索命无常’……”

“啊……”饶空惊叫一声，刚想说话，却又咽下，心中叫道：“原来他果真撞见鬼了。”

邢无月横了他一眼，接着道：“我的心里害怕极了，只道自己真的遇上鬼了，想起自己干的便是杀人的买卖，这一生中少说也犯下了数十条人命，必是有个冤鬼偷偷溜出了地府，专程来寻我报仇……正当我胡思乱想之际，我忽然听得此人的气息虽然细微，但一呼一吸确实是人的痕迹，也许这并不是鬼，而是一个人而已。可是我又一想，这道影子若真是一个人，岂非比鬼还要可怕？单是这一身轻功步法，就足以让我学上一辈子了。我自问极难逃出他的手掌心，打又不敢打，逃又逃不掉，只得束手认栽，道，'不管你是无常，还是人，总之你高我一筹，就是我的大爷，我认栽便是。但是你我素昧平生，却这般对我，总是该有个理由吧？'那人冷哼道，'你杀人时，只管认钱，哪里需要什么理由，我只是以其人之道还治其人之身罢了。不过看你比较直爽，我就饶你一命吧。'他说着便要我吞服了一颗药丸，约我今日在此相见。"

邢无月说完自己的遭遇，似乎还沉浸在故事之中，心有余悸地摇了摇头，仿若一切还在梦中。

计伏冥思苦想，良久方道："以这人的身手，已可跻身于一流高手的行列，但行事作风却诡秘异常，放眼江湖，像他这种性格之人端的少见，难道说此人只是新近才崛起江湖的高手，是以无人知道他的底细？"

"这也很难说，江湖之大，无奇不有，更是人才辈出。就拿三月前的龙虎会来说，不是听说有三大年轻一辈的高手横空出世吗？据说那一夜不仅是二世皇帝、赵相等人俱都认栽，而且二世胡亥便是死在那夜的寿宴之上。"邢无月说起这名动天下的大事件来，神色飞扬，脸上生出向往之色。

这事显然已经闹得世人皆知了，是以邢无月提及，众人无不大为兴奋，一时间竟忘了自身尚有毒丸之虞，议论起这时下最热门的事件来。

"据说那一夜发生在登高厅里的事情，一波三折，极富戏剧性。一切争端都是源自那登龙图，可是到了最后，登龙图却不见踪影，谁也不知道它的真正下落。"计伏说道，他对此事纯系道途听说，是以所知有限，仅限于此。

但邢无月常在江湖中走动，而且凭着杀手天生的敏锐，对一切小道消息都有着丰富的掌握。他缓缓摇头道："关于登龙图的故事，其实还有下文。据我所知，相府寿宴之后，有人便放出风声来，说登龙图已被问天楼的卫三公子所得，至于卫三公子从何得来，虽然不明，但江湖中人无不相信这是一个不争的事实，因为说出这话的人，便是有‘一言九鼎’美誉的知音亭主人五音先生！”

尹政道：“既是五音先生所言，那么有关登龙图的消息就一定是真的了。传闻得登龙图者得天下，如此一来，只怕这天下便要归属问天楼了。”

邪无月淡淡一笑，道：“这只是别人一厢情愿的想法罢了，要得天下，谈何容易？何况这消息一出，只怕卫三公子已是寸步难行，但凡是稍有实力与之一争者，谁不觊觎？这才是五音先生透露这个消息的真正用意。”他对江湖上新近发生的事情了如指掌，是以渐成了整个谈话的中心。楼上不乏有知情的江湖中人，将自己所见所闻一一对照，倒也极有兴趣。

“不过敢与问天楼一争高下者，始终不过是武林五大豪阀，换作他人，只怕是螳臂挡车，自取其辱。”尹政略一迟疑道。

“尹兄所言极是，但利之所在，谁也难保自己不生非分之想，而且就算只有五大豪阀相争，只怕卫三公子也是头痛得紧。”邪无月道。

尹政点头道：“五大豪阀之争已历百年，势均力敌，相互制衡，的确是难分高下。但据我所知，知音亭虽然近段时间现身江湖，却一向淡泊明志，避祸而行，它应该不在竞争之列。而听香榭数十年来无人在江湖上走动，是兴是衰，是存是亡，尚是一个未知之谜，似乎也可忽略不计。如此算来，能与卫三公子争这登龙图者，只怕就唯有入世阁与流云斋了。”

邪无月轻品一口香茗，举止之优雅，恰如他杀人时的模样，轻摇其头：“尹兄的时势分析大致不差，能与问天楼一争长短者，的确只有两家豪阀，流云斋固然是其中之一，但另外一家是否是入世阁，却值得考虑。”

“赵高乃一国之相，势力之大，已隐在其他四阀之上，这是毋庸置疑的。”尹政颇有些固执己见。

“尹兄此话不错，但这指的是龙虎会前的入世阁，却非现今的入世阁。众所周知，入世阁除了赵高一人之外，还有三大高手为其支撑门面，但就在龙虎会的那一夜，张盈死于扶沧海的枪下，格里也被击杀于后花园中，剩下一个乐白，却是下落不明。虽然赵高人在相位之上，但胡亥一死，子婴登位，形势已大不如前，是以此刻的入世阁，自保犹难，岂有能力争霸天下？倒是五音先生的知音亭露出争霸之心，大有与问天楼决而战之的势头。”邢无月娓娓道来，有理有据，众人听得无不点头。

尹政似有不服：“五音先生一向归隐山林，若说他有心争夺登龙图，我却不信。”

“我也不信。”邢无月道，“但这是事实，你只要仔细想一想，五音先生如若真对登龙图毫无兴趣，他又怎会传出风声，向天下人道明登龙图的下落？所谓乱中取胜，乱中取势，这是非常高明的一招，五音先生自是深谙此道，他就等天下人与问天楼争个你死我活之后，然后出来收拾残局，以最小的代价换得最大的利益。”

他此言一出，众人这才明白五音先生传话的深意，心中无不赞道：“有此心机者，方能位列五大豪阀之主，可见名士多无虚。”始知能够位极人臣者，绝无侥幸。

在众人的惊叹声中，邢无月忽的一声冷笑，缓缓接着道：“虽然各家有各家的算盘，但若论真正可以争霸天下者，知音亭比之问天楼与流云斋，却又差了一筹。人人尽知项羽乃流云斋阀主，此刻拥兵百万，位列诸侯之首，可以说是最有实力逐鹿天下，敢与他争锋者，恐怕只有驻军此城之外的刘邦了。只是在最近这段时间里，世人才知沛公刘邦与问天楼大有渊源，关系密切，他能异军突起，并非偶然。”他所言之事显然是新近才在江湖上流传的秘事之一，众人闻听，倒有十之八九是头回听说，不由兴趣大增，想到刘邦以一名亭长的身份成为争霸天下的豪雄，这本身就是一个让人瞠目结舌的奇迹，所以无人不信邢无月的解释，都认为只有这样才算合理，也是天经地义的。

饶空人在霸上，目睹了这些日子来沛公刘邦的军队军纪严明，从不扰民的作风，不由有所感慨：“刘邦此人我虽然不曾见过，但单看他手下的士兵，就已有王者之师的风范，我想只有拥有这样的战士的统帅，才有争霸天下的实力！”

这是他自上得楼来说的第一句稍具水准的话，是以话一出口，立时令人刮目相看。他得意之下，不免忘形，又道："不过我听说项羽的军队号称百万，正浩浩荡荡地从函谷关而入，快要抵达此地了，刘邦若想以少敌多，只怕很难，就算赢了，这天下依然是非刘即项的争霸格局。"

"饶兄这句话无异于废话，到了这个时候，谁也能看出这是刘、项争霸之局，不过水无常势，事无常例，谁也说不清是否会有第三个人出现。如果有，我看好淮阴纪空手。"邢无月眼神一亮，他听过关于纪空手的种种传奇，对其极为推崇。在他看来，一个人方才出道，就敢与项羽、胡亥、赵高这等权势人物叫板，这本身就说明了他具有别人不可估量的实力。

此时的江湖之士，声名最盛者莫过于纪空手与韩信，纵是南海长枪世家的扶沧海与之相比，也要稍逊一筹，可见人们对这两个市井浪子一跃而成为武林大豪的传奇经历实在是惊羡不已，更是佩服得五体投地。可是自相府一战后，这两人都不约而同地消失于人们的视野之中，谁也不知道他们是暂避一时，韬光养晦，还是让敌锋芒，蓄势待发。关于他们的传说，江湖上至少流传着上百个不同的版本。

是以邢无月的话一出口，顿时引起了众人共鸣，更有人想，若是这二人联手争霸天下，无论对刘邦还是项羽而言，肯定是多了一个最棘手的大敌。虽然纪、韩二人无兵无权，但看他们这一年来发展的势头，拥兵只是小事一桩。

"即使真有第三个人出现，我敢以十赌一，此人绝对不会是纪空手。"这时从靠门处的一桌上传出一个懒洋洋的声音，邢无月有心想看看是谁与自己抬杠，转头望去，脸上霍然变色。

只见此人是个五十上下的老者，一身老农打扮，精瘦短小，貌不出众，但双目炯然，有一股精光暗闪。邢无月认得此人，知道他姓汪名别离，是披风刀法的嫡系传人。而邢无月之所以见他心惊，并不是惧怕他的刀法，而是听说他与问天楼一向有些来往，或许他是问天楼的人也说不定，自己在大庭广众之下说起问天楼的是非，无异于是自己替自己闯了大祸。

# 第二十七章　勇者无惧

邢无月只求汪别离一时耳聋，没有听到自己的说话，想想却又觉得这不太可能，只得低头不语，心中先怯了三分。这时有人问道："你既有如此把握，定有内幕消息，反正此刻也是闲着没事，何不透露一点让大伙儿长些见识呢?"

汪别离似乎并不在意邢无月刚才的妄谈，淡淡一笑，道："这也算不了什么内幕消息，只是老夫适逢其会，正好撞见了纪空手被人斩杀的一幕。"

众人皆惊，更有人叫道："有谁具备这样的本事，竟然杀得了纪空手?"言下之意，自是不信汪别离的话。

"你爱信不信，而且老夫还知道，杀他的人，正是他一向视作兄弟的韩信韩公子。如果说这世上真有人可以与刘、项二人一争天下的话，依老夫看，这韩公子倒不失是一个最佳的人选。"汪别离正是三月前卫三公子带到大王庄的人手之一，可是不知他怎的没有跟着卫三公子，反而被那神秘人喂了毒丸弄到这霸上小城来。他虽与韩信只有一面之缘，却对韩信冷酷无情的行事作风极为推崇，是以有此一说。

计伏道："何以见得?"

汪别离道："论武，韩公子在登高厅上与阳子峰一战而胜之，一套流星剑式舞出，迄今未逢对手；论智，他受命卫三公子卧底于相府，将一代豪阀戏弄于股掌之间。这两者尚算不得什么，真正让人看重的，是他大丈夫的无情，自古有训，成大事者莫拘小节。他为了一张登龙图，竟然刺杀了最亲近的朋友，单凭这一点，已足以让他一争天下，成为一代枭雄。”

“这是什么屁话，如此无情无义的小人，也敢称作英雄?”饶空拍桌而起，愤然骂道。他虽然武功平常，却有江湖男儿的血性，尽管不受人看重，却在关键时刻还是不失为一条汉子。邢无月心中敬重饶空的敢作敢为，同时也在心中叫糟，知道以汪别离的手段，肯定不会让饶空轻松过关。

果不其然，汪别离冷笑一声：“你敢骂我?”目光暴闪，射出一道慑人寒芒，全场顿时一片肃然。

饶空本是仗着一腔热血而起，待话一出口，始觉不妥。可是一切已迟，只得硬着头皮道：“骂便骂了，你想怎样?”口气却软了三分。

“那你就怪不得老夫心狠手辣了!”汪别离脸色一沉，手腕一振，手中的茶碗脱手而出，形同一道暗器飙射虚空。

“呼……”声如风雷，空中蓦生一股迫人的压力，向四方飞泻，在场任何人都看出汪别离的这一手不仅突然，而且毫不留情，竟是一招置人于死地的必杀。

饶空发现时，已是迟了，再要拔剑，更是徒劳。旁人慑于汪别离的淫威，哪敢援手?便是尹政、计伏，也只能眼睁睁地看着饶空付出祸从口出的代价。

为一句话而付出生命，这代价未免太大!

就在这千钧一发间，突从虚空的另一端倏然传来“哧……”的一声，来势之快，更胜空中的茶碗，然后便听到“叮……”的一声轻响，那茶碗一旋之下，竟然改变方向，照准窗外疾去。

这变化来得如此突然，令楼上诸君无不惊诧莫名，没有人看清这是怎么回事，也没有人识得是什么东西改变了茶碗的方向，但这一手改变了茶碗的用力方向却又使茶碗毫无损坏的功夫，的确到了匪夷所思的地步，楼上众人面面相觑，心中极不情愿却又有些期盼地道：“神秘人终于来了。”

这看上去很像那神秘人的手段，人未现而声先至，大有先声夺人的气势。可是众人在一片静寂之中等待了半晌，却再也不见有任何动静。

这是怎么回事？难道那神秘人并未出现，而是另有其人？

汪别离心惊之下，眼光迅速扫视全场，却没有发现有任何可疑的蛛丝马迹，他转头再看饶空，却见他依然昂首站立，脸上虽无血色，却并无太多的怯懦。

他此刻身受毒丸之害，处于一种受人摆布的角色中，是以不敢太过嚣张，只是脸上一沉，道："今日算你走运，既然有高手相助，老夫就放你一马。"

饶空轻吁了一口气，不敢多言，故作镇定地坐了下来，手心却捏了一把冷汗。

众人见得汪别离亮了这手，心中都诧异至极："以他的身手，已可跻身一流，何以也会与自己等人一样遭受了相同的命运？"

汪别离面对众人诧异的眼神，苦笑一声，并没有说话，但他的思绪又回到了那一段不堪回首的记忆中。

他的确是问天楼的人，甚至是问天楼核心组织问天战士的一员。这个组织总共只有三十六名战士，人数虽少，却无疑是问天楼精英中的精英，以汪别离的身份地位，排名尚且在二十名之外，可见这些人中确实不乏一流好手。

问天战士是直接隶属于卫三公子亲自管辖的一个组织，不仅独立，而且神秘，不要说问天楼中的大多数人不识他们的真面目，就是问天战士相互之间也极少来往，只在每次行动之前，卫三公子才会有所选择地将他们其中的一部分人召集起来，共同去完成某项任务。

汪别离之所以被卫三公子选入参加大王庄的行动，并不是因为他的披风剑法，而是因为他的相貌与气质。卫三公子需要的是那种置身人海毫不显眼的人，只有这样，他们才可以隐蔽自己的身份，成为这次行动的执行者。

他是在行动之前的第三天才得到卫三公子的征召号令，并在行动的前一天到达大王庄，按照卫三公子的要求进行了实战前的演练与布置，然后成功地完成了整个行动。当他们全身而退之后，在卫三公子的命令之下，各自分散开来藏匿形迹，而卫三公子却带着韩信消失于夜幕之中，谁也不知道他们的下落。

汪别离没有马上回家，而是揣着卫三公子分发的赏银，到了咸阳。他本是卫国流民，被卫三公子所赏识，誓死为之效命，每日过惯了刀口舔血的日子，不过有时他也会放纵自己，所以他毫不犹豫地入城，踏入了这座纸醉金迷、夜夜销魂的亡国之都。

他很快就与城中的一位名妓打得火热，沉醉于温柔乡中，不知人间何世，只知醉生梦死。等到这位名妓的脸若秋后的天气，一天冷似一天的时候，他摸摸口袋，才知囊中羞涩，钱财如流水般去势极猛。

他并不因此而恼火，反而认为这是天经地义的事情，名妓也是妓，既然叫作卖身，当然是一种纯商业的买卖，就像自己的轻功不错，倘若不干点没本钱的买卖殊为可惜一般。他决定在一个月黑风高的夜晚干上一票，至少足够让他再回这销金窟中逍遥一回。

于是他踩好了点，看准了目标，试了试自己的刀锋是否如往昔般锋利，这才紧了紧一身玄黑衣装，往一家偌大的宅院蹑足而去。

他干这种买卖已经不是第一次了，所以有比较丰富的经验，一入院墙，他只是打量片刻，便朝一处亮着灯火的小楼扑去。

他之所以这样决定，是根据这家主人安排的防务疏严来分析的，越是戒备森严的地方，用他们的行话来说，就越是水肥，随便捞上一把，都可以挥霍一时。

但是等他整个人靠近小楼时，陡然生出了一丝不祥的预兆，这倒不是因为这里的戒备森严，而是静寂的环境让人有一种静得可怕的感觉。

他轻吸了一口气，正在考虑自己是否应该放弃这次行动时，还没有等他拿定主意，忽然看到了小楼的楼顶上，孤傲地立着一条人影，衣袂随着清风飘动，有一股说不出的诡异与飘逸。

他大吃一惊，有一种莫名的惊惧。他记得自己还在远处时就对小楼的动静浏览了一番，根本就没有看到什么人影，但此刻看这条人影极是悠然的模样，仿佛对方早就站在那里，注视着他的一举一动般。

他顿时有一种被人窥探的恼怒，却压制了心中的怒火，还是准备尽早离开此地。可是就在他念头刚起时，那人影似乎觉察到他的心理，竟然身形蓦动，“呼……”的一声，仿若大鸟般翩然而下，封死了他的退路。

汪别离没有显出丝毫的慌乱，反而更加冷静。他已经看出了来人的功力极高，至少这套轻身功夫已可傲视江湖，但他并不认为自己就完全没有机会。披风剑法的要诀就在于进攻，在突然间发起凌厉的攻势，这种打法虽然无耻，却有效，他以这套剑法至少杀过三个比自己武功强的高手。是以，他没有动，而是选择出手的最佳时机。

但他很快就发现了自己的选择是一种错误，对峙之间，他不仅感受到对方透过虚空传来的连绵不断的压力，更惊奇地发现对方随意地一站，竟然无懈可击，达到了一种防御的至极境界。无奈之下，他已没有太多的考虑，只能拔剑，出手！

剑已在手，自信油然而生，在这一刻间，汪别离的思想中已没有了任何的恐惧，他只想以自己的剑法迅速将对方击杀，然后离开这是非之地。

“呼……”剑生风雷，破空而出，犹如一道雨夜中的闪电，照准那条人影的心口直刺过去。

如风飘逸的剑法，却如冬日的寒风般无情，这就是披风剑法剑诀中的精髓，由汪别离手中演绎而出，的确可以震慑人心。

那条人影没有接招，口中“咦”了一声，突然间向后滑退数步，冷笑道：“你是谁？使的是什么剑法？我怎的有种似曾相识的感觉？”

汪别离一听之下，不由一怔，其实在他出手之前，也觉得自己似在何处见过此人，只是一时之间却想不起来罢了。

“你既然见识过，那就不妨再温习一遍。”汪别离眼见对方退却，心中不由又增自信，脚下不作停顿，如疾风般再扑上前。

他人一挤入对方布下的杀气中，便感到了对方的杀机已经渗入了这阴冷森寒的秋风中，秋风轻吹，秋虫呢喃，但他没有丝毫悠闲的情趣，只感到心中涌现出一股难以自抑的沉闷与躁动的情绪——这是一种无法形容的压力。

一种不知生于何处，生于何时的压力，让人无法摆脱，但不可否认的是，这股压力极为实在，虽无形却有质，无孔不入地渗透于虚空之中。

汪别离的手腕骨骼一阵爆响，剑尖轻颤，幻化出一片剑芒，他感觉到一股浓烈如醇酒般的杀机随着这淡淡的秋风在虚空中酝酿、疯涨，完全可以想象出这杀机之后的血腥杀戮，但他已别无选择，只有抢先攻击。

在完全没有占到先机的情况下抢先出手，这是一种无奈，也是一种必然，谁叫汪别离出现了可怕的判断失误呢？有了失误就要付出代价，这是一个经过实践的真理。

“啪……”一声脆响，汪别离便见一条手臂伸出，看似极慢，却异常清晰地出现在他的眼中。他心中一喜：“还没有人敢如此托大，用一条手臂来格挡披风剑法！”念头一转，以最快的反应将剑锋回旋，大有绞碎对方手臂之势。但是他没有看到血肉横飞的场景，反而感到自己的手臂一阵酸麻，一股大力如电流般透过剑身直击向他的身体。

“蹬蹬蹬……”汪别离不由自主地连退数步，好不容易站稳了脚跟，却见眼前的人影终于动了，似一道巨大的山岳移动，每一步踏出，那声音都如催人奋进的战鼓，不仅压制住对手的战意，更生出了一股沛然不可御之的气势，使得空中压力更大。

这道人影的气势凝重，而他的每一个举止却充满了一种恬淡的闲适，这种不协调的情景出现，只能让汪别离感到一股惊惧。

“呀……”汪别离只得再次出手，因为他无法想象，如果等到对方的气势蓄积到巅峰一刻时再行爆发，会是怎样一种可怕的现象，与其如此，倒不如就在此时放手一搏。

那道人影没有任何的表情，唯一在动的，是他的眼眸！眸子中闪过了一丝淡淡的笑意，却冷酷无情。

汪别离这一剑出手，竟是十三剑招连成一气，剑锋划过虚空，似乎带起一阵裂帛穿云般的惊啸，又似是江岸边掀起的阵阵惊涛，声势慑人，震慑人心，但剑锋所指，在刹那间后竟然是一片虚空。

汪别离心中的震骇，无法用言语形容，他的速度不可谓不快，而且连削带刺，有一种对对方的制约，可是他却还是击空了。

这只因为，就在他出手的刹那，那道人影已经不在他攻击的范围之内。

没有人看见这人影是如何动作的，他就像是一道从地狱中窜出的魅影，化作一幕虚幻的影像逸出了汪别离的视线之外，来到了其视野的死角处，也就是所谓的人的盲点。

然后虚空中便出现了一只拳头，不是很大，却很有力度，异常清晰地奔向汪别离的面门。

汪别离大惊，唯一可做的，只有格挡，将剑气化作一道道气墙，在两者之间的虚空中布下数道防线。

等到他退出两步之后，却忽然发现这拳头竟然不见了，似乎雨过天晴的天空，显得宁静而清新，仿佛什么事情都没有发生过。就连那一直充斥于虚空中的沉闷压力也在同时之间消失，消失得那么彻底，仿佛根本就不曾存在过。

但汪别离还没有时间来得及惊讶，蓦然感到一股锋锐慑人的刀气直接迫向了自己的喉部。

那是一把刀，一把七寸飞刀，寒芒四闪、巧若天然的一把飞刀。汪别离对这飞刀有种似曾相识之感，甚至可以断定，自己至少见过一次这样的飞刀。

那次大王庄一役，纪空手就用过这样的飞刀！

汪别离的心蓦然往下直沉，近乎绝望的沉沦，他终于明白，这不是巧遇，而是一个事先设计好的杀局，纪空手显然是要报仇，要将他置于死地！

真正的杀机不是那陡然而现的拳头，而是拳头之后的七寸飞刀，这才是真正的杀招，同时也印下了纪空手行事的鲜明痕迹。

望着喉头处森凉的刀锋，汪别离只感到自己的身体冷到了极处，面对一个强大的敌人，他连出于本能的挣扎都没有，而是静候生命的结束。因为他知道，任何挣扎都是徒劳，只会加快自己生命消失的速度。

是的，这人影的确就是纪空手，他身受韩信玄阴之气的困扰，能在数十天内复原，这本身就是一个奇迹。

这个奇迹的创造，当然离不开五音先生高明的医术以及惊人的内力，加上纪空手身上的玄阳之气与韩信体内的玄阴之气同出一脉，都是来自于神奇的补天石，有了这种种因素，纪空手便是想不痊愈都难。

治伤期间，他就在心中制订了一个计划，而这个计划的重点，就是复仇，并且一图争霸天下！

复仇？向谁复仇？在纪空手的心中，他最大的敌人不是韩信，而是卫三公子。

这不能怪他，他一生孤苦，缺少亲情的滋润，是以一直以来，他都将韩信视作自己的兄弟。他可以容忍敌人对他的残忍，也可以忍受别人对他的无情，但他绝对不能容忍自己的兄弟对自己的背叛，更何况这个兄弟竟想置自己于死地！

纪空手一生信奉人不犯我，我不犯人的中庸之道，更信奉以其人之道还治其人之身的以牙还牙的做法。他自问自己这一生对人可以无愧于心，若是有人将他视为敌人，他只想说："喂！别惹我，我的全身上下可都是要命的刺！"

这就是纪空手的性格，不管对方是什么人，只要你伤害了他，你就得为此付出代价！敢爱敢恨，这才是他最为真实的一面，同时也是他最为可怕的一面。

是以他悄然复出，悄然地进行着他的复仇计划。有了知音亭精英与神风一党的鼎力襄助，他的整个计划正按着预期的方向顺利发展，而汪别离的意外出现，无疑使得他对自己的计划更多了几分把握。

静寂的夜空仿佛无风，至少在这一刻中没有风，汪别离不仅感到了空气中沉闷的气息，更闻到了一种让人心悸的死亡气息。在这一刻，生死之间的一线分隔，也许就在纪空手的一念之间。

纪空手的大手悬凝空中，紧握飞刀，没有一丝的颤动，就仿佛在很久很久以前就横亘于这个位置，生根发芽。他的眼芒很冷，冷得如千年寒冰，凝视着汪别离那无神的双眸。

“你知道我是谁?”纪空手终于在一阵沉闷之后开口说话了。

“知道，你的飞刀一出，我就认出了你。”汪别离只得回答，在纪空手凌厉的目光逼压下，任何抗拒都是苍白无力，即使他已抱着必死的决心!

“大王庄一役中，你是小店里的食客之一，我本来没有认出你，但你的剑法暴露了你的身份。”纪空手道。他在说谎，事实上他早已知道了汪别离的身份，这才安排了这场杀局。而他之所以如此说，其实另有深意。

汪别离并没有起疑，也没有心思去发现纪空手话中的破绽，这不能怪他，任何人在这生死一线的时刻只会关心自己的生命是否还能继续，哪里还有心情去考虑其他的问题?不过他听了纪空手的说话之后，心情轻松了少许，他认为自己还有一线生机。

“我只是一个剑客，拿人钱财，替人消灾，大王庄的事情完全是出于无奈。何况我只是负责隔断你与属下之间的联系，并没有真正参与对你的刺杀行动。”汪别离刻意隐瞒了自己的身份，他认为只有这样，或许纪空手才会放他一马，如果让对方知道自己是卫三公子手下最忠心的问天战士中的一员，纪空手绝对不会放过他。

纪空手“哦”了一声，眼神缓和了一些，似乎有些相信他的说法，问道：“你知道我与韩信的恩怨吗?”

“知道一些，但不是十分清楚。”汪别离迟疑了片刻才答道。

“这就足够了!我想问你，如果你自小要好的朋友在那种情况下背叛了你，还要将你置于死地，你会选择怎样做?”纪空手问道。

汪别离看了他一眼，缓缓地道：“没有选择，遇到这种情况，我一定会以牙还牙，用他的鲜血与生命来作为背叛我的代价!”

纪空手终于笑了，隔着一层人皮面具而笑，汪别离虽然看不到他真正的表情，但心中却依然忐忑不安，不过纪空手接下来说的一句话终于让他放下了高悬的心。

“我与你的看法一致，所以，我需要得到你的帮助。”

在纪空手说出这一句话之前，无论汪别离有多么丰富的想像力，也绝对想不到纪空手说出的竟是这么一句话。

他虽然想不到，但却知道，自己的性命总算保住了。因为没有人会杀一个可以对自己有所帮助的人，纪空手既然需要他，当然会让他好好活着，一具尸体是无论如何都不能帮助他人的。

于是他看到了纪空手握刀的手开始在一点一点地回缩，当这只手刚刚脱离了可以控制汪别离的范围时，纪空手伸出了另一只手，手上握着的，是一只满满的钱袋。

“这是一百两黄金，卫三公子既然可以请你，我也照样能够做到，只要你答应替我去办一件事情，这黄金就是你的了。”纪空手深深地看了他一眼，然后才一字一句地说道。

汪别离道：“这只怕有些不妥吧?”他很想一口答应，却又怕纪空手疑心，是以故意婉拒。

“你可以选择。”纪空手同时亮起了两只手。

汪别离当然明白他的意思，是以犹豫了一下，近乎谄媚地一笑，道：“我不傻，所以我已有了决定，不过我想问的是，你准备让我去办什么事?我可不想为了活命而又去丢了这条命。”

“你很聪明，这一点我从你的决定中就看出来了。我要你去办的事情不算难，却也并不容易，你去找到卫三公子，顺便给我带一句话。”纪空手道。

“这已经很难了。因为外人谁也不知道卫三公子的下落，我也不例外。”汪别离犹豫了片刻，其实他与卫三公子有一种独特的联络方式，要找到卫三公子当然并不难，他之所以如此说，只是不想让纪空手感觉到他与卫三公子之间真正的关系。

“我不管!”纪空手非常直接而且武断地道，“你必须要找到他，我可以给你一个月的时间。”

“那我试试看。”汪别离道。

纪空手手上忽然多出了一颗药丸，用一种强迫的方式逼着汪别离吞下，然后道："这是一颗来自知音亭的'月圆之夜'，每月都有十五，十五月儿必圆，是以这药丸总是要在一个月之后才会毒性发作。只要你将那句话带到，就可以得到它的解药，否则你必死无疑！"

汪别离心中一凉，道："那是一句什么话？"

纪空手笑了笑道："'十月十五，纪空手必将出现在霸上的得胜茶楼。'这十九个字，就决定了你的生死，所以你要一字不漏地记住它。"

汪别离重复了两遍道："这句话难道有什么意义吗？"

"有，当然有它的意义。这说明了我会在那个时间出现于那个地点，卫三公子既然想置我于死地，到了那一天，他当然也会出现在那个地点。"纪空手微微一笑，似乎非常满意自己这个引蛇出洞的计划。

"我明白了你的意思，可是你也不想一想，万一我背叛了你，你不仅有可能钓不到鱼，甚至有被鱼儿吞下的危险，难道你就这么相信一个人吗？"汪别离故意提醒道，他深知对付一个聪明人的诀窍，只有这么说，才可以得到纪空手的真正信任。

"我不相信你，也不敢相信你，自从韩信在我的背后刺出一剑之后，我已经不相信任何人！"纪空手冷冷地道，"但我相信'月圆之夜'的药效，如果你不想和自己的生命开玩笑的话，那么你最好不要与我开这种玩笑。"

他说的这一句话也许并不是真理，却一定有效，因为没有人会把自己的生命当作是一个玩笑。当然，汪别离是一个例外。

不为别的，就因为他是问天战士，为了问天楼，为了卫三公子，他随时都可以献出他自己的生命，因为他也是卫国的流民之一。

在这个世上，本来就存在着这样的一种人，他们活着，并不是为了自己，而是为着一种信仰而活，这种信仰也许是建立在个人之上，也许是建立在国家之上，但不论是个人还是国家，不可否认的一点就是为了他们心中的这种信仰，他们随时都可以献出自己珍视的生命。

纪空手没有这种经历，没有这种信仰，是以他不可能理解汪别离的这种感情。正是因为如此，他精心布下的杀局，会不会又将成为反噬的毒蛇，让自己深陷其中，而不能自拔呢？

他不知道，汪别离也不知道，还没有发生的事情，永远存在变数，没有人可以预料……

汪别离坐在得胜茶楼上，唯一可做的，就是等待。他已经巡视了好几回茶楼中的客人，似乎想从中寻找出纪空手安排在茶楼中的人手，可是他只有失望，因为这些人看上去绝对不像是真正的高手，“关西三剑”虽然有一定的名气，却远没达到可以一击致命的实力，这让他心生疑惑，对纪空手的心思有些琢磨不透。

纪空手既然想引蛇出洞，当然会在得胜茶楼里作出精心的布置，而且对手既然是卫三公子，他没有理由不派出知音亭的精英来完成这项任务。否则的话，纵然卫三公子如他所愿，来到了得胜茶楼，纪空手又能奈其何哉？

但汪别离根本看不出有任何针对性的布置，他甚至以老江湖的目光审视了茶楼上几个重要的位置，都没有看到他所希望看到的人物出现。

这茶楼的面积不小，可以容纳二十张四人座的桌椅，楼梯口应该是最重要的，但汪别离看到的只是一个年老体弱的老者和两个十五六岁半大的孩子，老年人的唠叨与孩子天性中的好动在他们身上都得到了体现，而汪别离唯独没有看到那种高手应有的气质。

“纪空手绝对不会将这重要的位置交给这一老二少，唯一的解释，也许是他的人手还没有进入这茶楼吧。”汪别离这么想着，同时将目光移向了几个靠窗的座位。

这几个地方同样具有攻防的战略意义，一旦占据，就完全可以进退自如，攻防有序，但汪别离看到的只是五六名一脸忧色的江湖汉子，虽然腰间携有兵器，却与他想象中的高手形象相距甚远，他甚至还认出其中的一人是花蝴蝶花云。此人肤色白净，脸显媚态，半男不女的，正合他采花贼的形象，纪空手若要布置，绝对不会让这样中看不中用的人物占据着如此重要的位置。

“难道纪空手压根就没有在这茶楼上布置，而是另有图谋?”思及此处，汪别离突然间冷汗涔出。

他之所以感到一种恐慌般的心虚，是因为他知道卫三公子今天一定会来得胜茶楼。为了对付纪空手，卫三公子几乎调动了所有的问天楼战士，大有势在必得的决心。就在汪别离进楼的时候，他看到了入门的一根门柱上用刀刻着的一个三角记号，这是他与卫三公子事先的约定，表示一切都按计划进行。

对于卫三公子来说，纪空手的存在无疑是他最大的威胁。自大王庄一役之后，他带着韩信躲入了一家民居，蛰伏了数十余天，根本就不敢露出行踪。他心里清楚，登龙图是一张人人觊觎的宝图，同时也是惹事的祸根，以五音先生与纪空手的头脑，当然不会想不到这一点。是以暂避锋芒，是他可以采取的最佳选择。

同时他也意识到，在得到登龙图之前，这张图曾是纪空手的怀中瑰宝，他现在不能确定纪空手到底对登龙图所绘的东西还有多少记忆，但不怕一万，只怕万一，最好的办法就是让纪空手消失在这个世界上，也就可以让他一劳永逸。

是以他一接到汪别离传递来的消息时，就动了杀机，而且他敢于冒险还有一个重要的因素，就是纪空手将刺杀自己的地点定在了霸上，这无疑有让他多了几分必胜的把握。

此刻的霸上城外，驻扎着刘邦的十几万大军，军中除了良将谋臣之外，还有问天楼众多的精英高手，随时都可以对他实施增援，就算纪空手智计出众，武功超群，加上拥有知音亭与神风一党的精英，只怕也很难在他的手上占到任何便宜。

更何况，卫三公子在暗处，纪空手在明处，以有心算无心，纪空手根本就没有任何机会。

“但是如果纪空手没有出现，或者这只是声东击西之计，而他另有图谋，那么卫三公子如此煞费苦心，必成江湖笑柄，只怕盛怒之下，自己未必有好的结局。”思及此处，汪别离心中大惊，神色惶惶，望向楼外的门口，只希望纪空手能够尽早出现。

其实此刻的纪空手就在茶楼的对面，这里是一家有数十年历史的绸缎铺，铺中的老板姓万。他向人介绍自己时，总爱笑着道：“敝人姓万，家财万贯的万。”熟知他的人都知道，他也许没有万贯的家财，但所差无几，算起来也是一方豪富。但其实没有人想到，他竟是知音亭布置在霸上的眼线，也是五音先生忠实的家奴。像知音亭这种江湖豪门，历经百年而始终不倒，似万老板这类人的功劳其实一点都不小，正是因为有了他们的默默奉献，才有了知音亭这棵大树的兴盛，方能傲立江湖而不倒。

“纪少，快到时辰了。”万老板肃手而立，收起了脸上职业性的笑容，毕恭毕敬地道。

“一切都准备好了吗？”纪空手皱了皱眉，看了看大街的动静。

“一切都已按纪少的吩咐准备妥当，只要你一声令下，立即就可行动！”万老板答道，言语中似有几分得意，毕竟这个计划太大，牵涉的人员又多，在这么短的时间内要想完成，实在不是一件容易的事。

纪空手“哦”了一声，却不再说话，他在等待卫三公子与韩信的出现。五音先生临行之前，将手下的精英交付给他时，曾经再三叮嘱道：“这些人都是我门下精英，跟随我多年，早盼着能有一天重出江湖，出人头地，让他们跟随着你，也算是各得其所。以你的才干与实力，争霸天下，未尝不可，但你一定要谨记，得人心者才能得天下，善待属下，善待百姓，你才能在这乱世中与刘、项二人形成三足鼎立之势。”

纪空手相信这是五音先生的肺腑之言，也是一个智者对天下大势的一种大胆的预测。他闻言之后诚惶诚恐，方知自己肩上所系，已不再是个人的荣辱，它还包含着红颜的幸福，知音亭的名声，数千精英的生命以及一个共同的理想。他将复出的第一战对准了问天楼，这不仅体现了他过人的胆识与卓尔不凡的气魄，更体现了他身上的那种概莫能敌的勇气。他希望经此一役，确立他在江湖上不可动摇的地位，从而开始争霸天下的征途。

可是卫三公子与韩信真的会如他所愿，来到这得胜茶楼吗？

纪空手自信地笑了笑，在他看来，仇敌之间的思念，远比情人之间的想念更来得迫切，他相信韩信对他的恨应该比他对韩信的恨更为强烈，至少不分彼此。

在韩信的眼中，纪空手无疑是他走向成功的绊脚石，只有将之除去，才可以实现一直压抑在心中的梦想。是以，无论是韩信，还是卫三公子，都绝对不会放过这个千载难逢的机会，更何况他们还有刘邦！

纪空手一想到刘邦，心中便有一股莫名的难受。在他的心中，一直将刘邦当作是自己敬重的兄长，虽然刘邦曾经利用过他，但在这个尔虞我诈的乱世之中，这并不是一种罪过，甚至还体现了你的价值，因为至少你还可以被人利用，这就说明了你并非无用，比之那些在默默无闻中生老病死的庸人来说，你不是一个俗人。

但也许这就是上天的注定，无论是刘邦、韩信，还是纪空手，他们都是这个时代的精英，更是这个时代的英雄，不甘人下是他们的性格，出人头地是他们的梦想，寂寞与他们无缘，只有辉煌才可以与他们同在。满天星辰之中，他们都不是万千繁星中的一颗，更像是那天边划过的流星，宁可毁灭，宁可瞬息即逝，他们也要追求刹那间的耀眼光芒。

所以他们即使不是敌人，也注定了不会是朋友。如果他们注定是今生的敌人，那么他们留下的就是一段轰轰烈烈的传奇，纪空手坚信这一点。

他现在只想知道，卫三公子为什么会倾问天楼之力全力襄助刘邦？他们究竟是一种什么样的关系？

这也许是一个没有答案的谜，但纪空手始终相信，有因就有果，有果必有因，他迟早会寻找出这个问题的答案。

已至午时，这是事先约定的时间，纪空手终于出现在了得胜茶楼前的这段热闹繁华的街市上。

这条街市在霸上一向有名，商业繁华，摊贩遍及，是以颇有人气。熙熙攘攘的人流中，穿行着几辆马车，花枝招展的姑娘们，巧笑嫣然，往往是众多目光聚集的焦点。

但是纪空手的出现，无疑使得自己赢得了众多少女的目光，他的衣衫也许并不华贵，他的长相也许算不上英俊，可是他的整个人往人前一站，自有一股与众不同的气质，让人在不经意间陶醉。

纪空手信步而来，脸上泛起一丝不经意的笑意，如春天的清风，暖人心扉。步伐轻踏中带出惬意，似乎不是去赴一场生死决战，而似满不在乎地去赶邻家姑娘的约会。

他的目光始终在人们的脸上流连，很快就让他发现了一种有趣的现象：其实人的脸就是心灵的写照，无论你怎样刻意地去掩饰，只要用心观察，就会发现一个人真正的心情。

他之所以有这种心得，是因为茶楼前来回叫卖的十几个摊贩，他们提篮叫卖，向人出售着各式各样的水果小吃，按理说忙了大半天了，他们的脸上应该是一种疲累的表情，但纪空手没有看到这一点，反而从他们的脸上看出了一丝紧张与亢奋。

一个常年奔波于市井的人，有什么东西值得他去兴奋与紧张呢？就算多卖了几个铜钱，少找了别人的铜钱，也犯不着出现这种表情！

纪空手微微一笑，在心里自问自答。他从来都喜欢研究这种反常的东西，因为只有反常的东西才是最值得怀疑的，他已看出了这些人无疑都是卫三公子用来对付自己的伏兵。

但卫三公子深谙纪空手的厉害，绝对不会只用这十几人来刺杀纪空手，当然还有更厉害的杀招。只是，纪空手能看出来吗？

没有人知道这个答案，因为纪空手的神情依然显得悠然而轻闲，缓缓地走在人流之中，似乎根本就没有感受到空气中的肃杀之意。

他一定要给卫三公子造成这样的感觉，就是他的杀局只是布置在茶楼之内，根本就没有派人在茶楼之外设伏，他要让卫三公子有一种大功告成的错觉，唯有如此，他才有真正的机会。

因为卫三公子就是卫三公子，他的武功之高，除了几大阀主之外，放眼天下，至多不过还有十人可以与之比肩，似这等第一流的大高手，假若与之硬抗，未必是明智之举。

那么纪空手的伏兵又在哪里呢？

纪空手没有去想这个问题，他现在关心的是，卫三公子与韩信将会以一种什么样的方式出现？这个问题不仅实际，而且有趣，纪空手就喜欢这样的问题。

可是他心里清楚，这是一个没有答案的问题，也是一个悬念，不到该出手的时刻，卫三公子与韩信绝对不会出现。所以与其漫无目的地胡乱猜疑，倒不如抱着欣赏的姿态看一下眼前的美女。

这的确是一位美至极致的少女，年方二八，风华绝代，肤若凝脂，容光照人，几疑是天仙下凡，在七八个俏婢的簇拥下，如众星捧月般袅袅婷婷地移步而至，出现在这人头攒动的小城街头，秋波顾盼间，满街之人无不看得神为之夺，魂飞天外。

她的头上青丝斜垂，随意而不失雅致，配合着修长曼妙的身段，举手投足间，尽显万种风情。一双眸子又深又黑，盈盈一瞥，满场之人无不感觉到她看向的竟是自己，不仅传神，而且让人陶醉。

也许只有纪空手是一个例外，因为在他的心中，已有了真爱，已有了红颜，他并不避讳自己的目光，更愿意以一种欣赏的角度去审视这世间的绝美。

# 第二十八章　色倾红尘

两人相距至少十丈，但他们无疑都是别人目光聚焦的中心，这美女似乎感受到了纪空手与人有异的目光，微抬头来，盈盈一笑，眼中仿佛多出了千万条媚丝，意欲将他缠绕。

纪空手投以微笑，忽心中一动："这是谁家的女子？却在闹市之中招摇，美则美矣，只是在内涵上却输了红颜三分，可惜，可惜，真是可惜！"他却不知，刘邦驻军霸上，临城门而不入，其实就是为了这位虞姬。

当时的天下士子中，流传着这样一种说法："天下美色，尽在西南，红颜纯美，虞姬妩媚，春兰秋菊，各有所长"，说的正是红颜与虞姬。刘邦虽有好色之名，但只是一时的权宜之计，意欲借此掩盖自己争霸天下的雄心。此刻他虽然拥兵十万，破武关，入关中，进兵咸阳指日可待，但他人到霸上，迅即按兵不动，凡是所破州县，一律造册登记吏民，封存库府，不敢取丝毫的利益，原因只是为了取悦项羽。

他与项羽虽然都是借楚国之名取势造反，但两者起步不同，是以势力极为悬殊，虽然刘邦抢先入关，但项羽携四十万大军，号称百万，已经逼近霸上，屯驻于新丰鸿门，给他造成了极大的威胁，令他权衡利弊之下，采取了忍的战术。

忍之一术，博大精深，忍到极处，可以视妻女遭人蹂躏而不愤，可以见父母遭人击杀而不怒，可以跪行千里，可以叩首万众。愈是心中有远大抱负之人，就愈是能忍，只因忍得这一时之气，终就能成人上之人。刘邦无疑深谙此道，根据项羽的性格为人，决定献出虞姬，以消这眼前之祸。

谁说男儿不解风情？在刘邦第一眼看到虞姬时，他就觉得自己的魂魄已随着这个女人而去，面对如此妩媚的女子，又有哪个男儿不动心呢？但是刘邦之所以是刘邦，就在于他有常人没有的克制与忍耐，他可以为了自己的理想而抛弃个人私欲，从而在乱局之中寻到最佳的克敌之道。

对他来说，眼前最大的敌人，就是项羽，如何才能做到完全取信于他，这实在是一个难题，但刘邦想到了项羽拥兵十万迎红颜的往事，也就看到了项羽的弱点。

项羽好色，只不过他的这种好色却与众不同，他喜好的，是一种世间少有的绝色，唯红颜或是虞姬，才打得动他的英雄情怀。是以刘邦屯兵霸上，只是为了保护虞姬，然后等候项羽的到来。

可是纪空手面对虞姬这嫣然一笑，并没有动心的感觉，他更多的思绪，却放在虞姬这突然出现的时机未免太过巧合，倒让他生出了一丝戒心。

他绝不容许有任何人来破坏他的计划，纵使这女子乃是天下至美的尤物，只要她站在与自己敌对的位置上，他也会毫不犹豫地将之毁灭。

在他的眼中，此刻的形势已不容他有怜香惜玉的想法，是以他缓缓地停住了脚步，开始等待。

他就站在街市的中心，略带忧郁的目光，随着佳人的每一步前移而闪烁不定。香风随风而来，纪空手仿佛闻到了一股淡淡的处子幽香。

“扑通……”虞姬莲步轻迈，心头禁不住如小鹿般乱撞。她本是大户人家的千金，而并非毫无见识的小家碧玉，在她的眼中，不知见过多少出色的男儿，可是当她第一眼看到纪空手时，芳心顿起涟漪，竟有几分意乱情迷起来。

这个男人并非有那种一眼就让人倾心的英俊，也没有那种一举一动尽显雅致的潇洒，但不知为什么，虞姬心中就是有一种莫名的躁动，女儿家的羞涩，渐渐溢于娇靥，构成一抹淡淡的红晕。

“他是谁呀？”虞姬禁不住在心里悄然问着自己，等到她省悟到这不是淑女的行为时，其脸蛋更红，忍不住又朝纪空手看了一眼。

两人的目光在虚空中交接，一触即分。纪空手微微一笑，心中却惊道：

“这女子何以是这副神态？一颦一笑，无不带出女儿娇痴之气，假若她真是卫三公子请到的杀手，那么单是这一份表演，已足可让人拍手叫绝了。”

他依然不动，只是静候着佳人与自己擦肩而过。等到她的步伐刚刚越过自己的身位时，他突然听到了一个甜糯而温柔的声音悄然在自己耳边响起：“喂，你叫什么名字？”

纪空手怔了一怔，随即微笑道：“小姐是在问我吗？”

虞姬小脸一红，道：“你说呢？”她不答反问，娇羞中多了一丝调皮，由不得纪空手一阵眩晕，只觉女人的魅力让她演绎得淋漓尽致。

“在下淮阴纪空手。”纪空手笑了笑道，“还没请教小姐芳名？”

他的话甫一出口，陡然便觉事态不对。他此刻正对着虞姬，却见虞姬的脸上蓦起一丝惊讶之色，俏眼中更带出了一股莫名的惊惧。

他已不用回头去看，便已感觉到了身后至少有三道杀气迫来，其势之快，角度之精，显然是久经训练的好手所为。

长街之上，顿时肃杀无限，不知情的行人依然在左顾右盼，只有靠得近的人群中有人发出了惊呼。

对方显然都是精于刺杀的好手，善于把握出手的时机，如果说纪空手自现身以来露出的唯一破绽，只有此刻。

而且这些杀手的实战经验实在是太丰富了，虽然只有三个人是针对纪空手的，但这三人无疑都是这群人中的精英，牵一发而动全身，其他的杀手迅速将纪空手与人流隔离开来。

虞姬退了数步，直到这时，她才惊呼起来，显然不能接受自己欣赏的男人即将死于剑下的惨剧，同时闭上了美眸。

可是她没有听到惨呼声，也没有闻到血腥气息，甚至没有感到一点混乱的迹象，等到她惊讶地睁开俏目时，却几乎吓了一跳，纪空手那充满男人味的脸竟然就在眼前。

她顿时产生了一种就要窒息的感觉，脸儿涨得通红，几欲晕倒。她从来没有与一个男子在这样近的距离内相对，她还闻到了那股让人神迷的男人气息……

“不要怕，一切有我！”纪空手的语气平静得让虞姬感到吃惊，她听到的仿佛不是一个声音，而是一个承诺，一个让女孩子梦寐以求的承诺。

事实上就在虞姬闭眼的刹那，纪空手就已动了，他没有回头，也没有转身，而是陡然直退。他整个人如一把利刃般挤入对方的剑气之中，拔刀、格挡、运劲……整个动作不仅快，而且一气呵成，只挥出一刀，便震退了这三大杀手，然后收刀回鞘，纵到了虞姬的身前。

这一切都在刹那间完成，就像是一道闪电。而街上的人流恰似闪电劈过的水纹，迅速向两边而分，谁也不想卷入这突然降临的是非圈中。

而这群杀手并不因此而放弃，而是有条不紊地完成了合围，以纪空手与虞姬为中心，用刀剑构筑了一道浓烈的杀机。

无论纪空手有多么自信，面对这群武功高强而且亡命的杀手，都绝对不会是一件轻松的事情。可是他的脸色丝毫不显凝重，反而悠然地一笑，轻柔地问道：“你好像还没有回答我的问题？”

他此言一出，众人无不吃惊，谁也没有料到大战在即，他竟然还有如此闲情。

虞姬的眼眸中仿佛起了一层雾丝，就这一句话，竟让她的心扉为此而开。她从来没有看到过如此自信的男子，神态之从容，仿若吟诗作画，有一种说不出的雅致。

像这等男子，又怎叫她不心生爱慕呢？

“我姓虞，别人都称我虞姬。”虞姬俏脸一红，低下头来，以一种细如蚊蚋的声音柔声道，“能认识纪大哥，我心中实在有种说不出的欢喜。”

其时先秦尚武，男女之间并不讲究，这个时代的女子，遇上自己所喜爱的男人时，直接而不矫情，虽然还带有女儿家明显的羞涩，却能以眉目传情，以言语表心，世人并不以为轻浮。虞姬此话一出，纵然纪空手意不在此，亦是心头一荡，一股温情漫涌而出。

“也许你只是看到了我柔情的一面。”纪空手淡淡一笑，“不过，你马上就可以欣赏到我的无情。”

他的声音不大，仿佛是两人间的谈心，但传入那群杀手耳中，无不感到有些震惊，因为就在纪空手说出这句话的同时，他们都感觉到了纪空手身上暴涌出一股咄咄逼人的气势。冰寒凄冷的杀气仿若淡霜轻雾般渗入空中，以纪空手的本身为中心向四周辐射。

“好霸烈的气势!”他们都在心里惊呼着，握剑的手握得更紧。

纪空手缓缓转身，在转身的同时，一点一点地拔刀，他的拔刀方式极为古怪，拔三寸出来，退两寸回去，但就在这一进一退之间，他的劲力渐向掌心凝聚。

在虞姬的眼中，纪空手这缓缓移动的身躯就像是一道插入云天深处的孤崖，无人识得其高，无人识得其险，乍眼看去，总有置身其中、渴望了解的冲动。但这高并非是高不可攀的高，这险亦不是不可亲近的险，这只是一种感觉，至少在她的心里，还感觉到一股淡淡的温情。

长街寂静，静若落针可闻，刚才还是车水马龙般的热闹，竟然说消就消，所有的路人都走避干净，长街的两端也不再有人进入。

这种不正常的现象，透着诡异，更有一种人为的迹象。

纪空手心中蓦然一动：“刘邦终于插手了!”他之所以有这样的感觉，是因为要完全封锁这条长街并不是一件简单的事情，而且要在这么短的时间内截断交通，更非易事，至少需要万人之力与训练有素的高手才能做到这一点。而在这霸上小城拥有这等实力的，此时此刻，唯有刘邦。

但纪空手的心中丝毫不乱，反而比刚才更加冷静。

静，是纪空手的表现，亦是一种自信的状态，就像是一个临崖无底的深渊，无法窥望那永不知深的底，又像是云天之外的那一方苍穹，深邃难测，让人感到一阵毫无来由的空洞与自由——这是纪空手给人的感觉，也是一种近乎禅定的境界。

在缓缓的移动之中显出静态的纪空手，正不断地收敛着自己张扬的杀气，收与放之间，只是一种相对，收至极限处，就是爆发的开始。这是武道中人极为深谙的常识，但是没有人可以看出纪空手的杀气何时才是收敛到了极致，何时又才是爆发的开始，正因为无可揣摩，是以每一个对手都有一种无从下手的失落。

这是一种怪异而实在的感觉，它的内涵进入了对心道的求索，只要是对纪空手有所了解的人都会发觉，他对武道的理解，已经在这几个月中达到了一个自己从未有过的高度。

这令他的对手感到了震惊！

在一群人当中，武功最高者，通常就是这群人的首领，这是放之乱世而通行的法则，因为只有乱世，才是强者的天下。

刚才出手的三人，无疑是这群杀手的头领，也是这次刺杀真正的先锋。作为问天战士中排名靠前的司氏兄弟，根本就没有想到纪空手的武功之高，竟能在一招之间将他们震退。

据说他们都是故燕的遗民，成名早在十年以前，他们的七步斩剑法高明得很，曾经得到过大侠荆轲的亲自点拨。

关于荆轲的故事一直流传于民间，为世人所传颂，“风萧萧兮易水寒，壮士一去兮不复还”这等冲天的豪气也一直被江湖中人所称道，他图穷匕现而刺秦，从容面对无数高手而色不变，这固然是因为他具有为了理想而献身的精神，同时他更拥有剑术高手那种傲视天下的自信。能得到这种人点拨的剑法，想来司氏兄弟再差也不会差到哪里去。

而且他们都是问天战士，卫三公子的眼界之高，世人皆知，能被他看上的人，当然是绝对的高手。

高手的定义，不仅仅只指武功，其实还包含了眼力，所以当司氏兄弟面对纪空手时，神色数变，露出了一丝讶异之色，无不为纪空手表现出来的气势所震慑。

他们的站位呈三角之势，正好将纪空手夹裹其中。双方距离很近，不超过三尺，但他们根本找不到纪空手的任何破绽，也感觉不到纪空手似有若无的杀气。只有当他们凝神静气的那一刻，才觉察到从纪空手的身上散发出的那股无形真力，犹如八爪鱼伸出的无数触角，充斥着这长街的每一寸空间，紧紧地将他们包围其中。

没有感到杀机，却并不等于没有杀机，只是司氏兄弟不知道纪空手的杀机要收敛到何时，要在哪一个时刻才会爆发，但是他们却知道，只要纪空手一动，就绝对是犹如狂风暴雨般的雷霆一击。

得胜茶楼中的客人显然都听到了楼外的异变，可奇怪的是，除了靠窗的几个人外，其他的人根本就没有离座观望，只是各自低头，细品香茗，但众人的脸上都带着一种不可掩饰的惊奇。

这是一种非常自然的迹象，当一个人的生命被另一个人所掌握时，他对这个人自然而然会生出一种敬畏。是以他们都不希望纪空手就此死去，但想到自己所受的折磨，心中又期盼最好让纪空手挂些彩，这样的话自己心头也许会平衡一些。

这只是局外话就当众人都在惊惧这令人心悸的宁静时，“呼……”的一声厉啸，响彻长街的上空。

纪空手出手了，刀锋闪出鞘外，蓦然划破虚空！他的刀速算不上快，但准确而有力，以一种玄之又玄的弧迹，刺入了司氏兄弟用剑气布下的防线，强行突破。

司氏兄弟陡然吃惊，吃惊于纪空手出手的时机，任何出手都应有出手的征兆，也应有迹可寻，但纪空手却迥然有异，他的出手就像是凭空而来，全凭兴致，但刀锋所向，乃敌必救之处！

司氏兄弟大喝一声，同时出剑，三剑齐发，互补缺陷，虽简洁却实用，没有半点花巧可言，可是在他们出剑的同时，依然被纪空手强猛的刀风逼退了一步。

只退了一步，但一进一退，气势的消长形成了差距，使得纪空手的这一刀竟有势不可挡的气势。

刀乃百兵之王，立马横刀，讲究霸气十足，纪空手的这一刀无疑将刀中霸气演绎到了极致，劲风狂扫间，容不得对手不退。

“当，当，当……”三声刀剑交击的脆响，仿若一声同出，司氏兄弟的剑锋终于在退守的同时寻到了刀芒的轨迹，然而这一触实在短暂，等到司氏兄弟刚生感觉之时，纪空手的离别刀已经幻出数变，又以一道极为优雅而玄奇的弧迹刺向了司氏兄弟身边的空间。

纪空手的这一刀挥出，对于局外的旁观者而言，都有一种说不出的诡异，因为这一刀针对的根本就不在于人，而在于虚空，但司氏兄弟的脸色却变了，身在局中，他们才可以领略到这一刀真正的精妙。

纪空手所刺的方位，如果说是单纯的一刀，那么这一刀实在平庸至极，或许只有初学刀法者的水平，但这一刀与先前的一刀配合起来，却有一种神来之笔的感觉，因为他出刀的轨迹，恰恰是司氏兄弟后退时的必经之路。

对于司氏兄弟来说，他们同样明白自己的破绽所在，所以他们退步挡击的时候，下意识地改变了一下自己剑锋的角度，企图用变化来弥补这个致命的破绽。但是纪空手的刀实在太快，而且直接，根本不让他们有任何还手的机会，是以他们心惊之下，唯有再退。

以他们三兄弟的剑法，纵然算不到一流，但一经配合，绝对具有十分强悍的杀伤力。可是他们与纪空手交手了三个回合，居然三次被迫退，甚至没有还手之力，这实在让他们觉得不可思议，却又无可奈何。

远处的一个暗角，一双炯然有神的眼睛正默然关注着这个正在进行的战局。他的眼神中闪现出一丝惊奇，一种诧异，似乎没有想到纪空手的刀法竟然达到了如此精妙的地步，几有心道武学的神韵，这简直让他不敢想象。他原以为大王庄一役，纪空手纵是不死，也已不足为惧，谁料数月不见，其武功似乎又上了一个台阶。

纪空手的刀势既出，气势立时如大江之水奔涌不息，使得长街之上的空气变得沉闷而压抑，犹如暴风雨将临的前兆，给人以几乎窒息的压力。

司氏兄弟没有想到纪空手如此年轻，而其举手投足间竟然拥有大侠荆轲的剑法中的神韵，那种飘逸自如，那种放浪不羁，虽无章法却已深谙武道真谛。虽然一个使剑，一个用刀，但两者之间有极强的可比性，显示了他们在武道中各自领悟的成就，几达异途同归之境。

直到此刻，他们才真正明白了自己唯一可能取胜的地方应在哪里。他们本不该让纪空手先发制人的，即便如此，当纪空手的刀锋杀来时，他们压根就不该退，以至于使得纪空手的刀势一气呵成，如滔滔江水奔涌千里，根本不容外力阻挡。对付纪空手这样的对手，一个失误已是太多，何况还不止一个？这就注定了司氏兄弟要接受失败！

在问天战士的眼中，没有失败，只有死亡！只要尚存一息，便要奋斗不休。然而司氏兄弟显然没有一拼到底的意思，也许卫三公子早已看出了他们绝对不是纪空手的对手，是以没有要求他们为自己的尊严而战。

“撤!”司氏兄弟终于作出了明智的选择。

这个选择无疑是明智的，也是势在必行的，可惜他们都小视了纪空手的实力。试问纪空手既然起了杀心，又岂容他们抽身而退？

“想走？只怕太迟了!”纪空手大喝一声，全身的劲力蓦然在掌中爆发，刀锋带出刚猛无敌的劲气，横断虚空……

虚空是空，永无边际，一把刀的距离，只是空间微不足道的距离，又怎能将虚空从中截断？

任何人都明白这个道理，可是当看到纪空手的这一刀漫过虚空时，谁都感觉到它的的确确如一道山梁般横亘于虚空之中。

这感觉实在是玄之又玄，更让人感到一种悸动之美。长街之上，寒风骤起，肃杀无限，深秋的黄叶，如蝴蝶般在风中不停地翻飞起舞，让人的心灵随之产生一种莫名的震颤。

“呼……”一颗血淋淋的头颅离体升空。

“呼……”又一颗血淋淋的头颅离体升空。

“呼……”当第三颗血淋淋的头颅飞旋着离体时，却以一种更快的速度追上了前面的头颅，悍然相撞，“轰……”的一声，空中脑浆横飞，血肉飞泻，空气里顿时充满了血腥，每一个人的心中都生出恐怖。

只用了一刀，司氏兄弟便头体分家，面目全非。只有在这一刻，虞姬这才真正感受到了纪空手无情的一面。

血雨随风而下，染红了长街，几颗血珠洒在了纪空手的脸上，他却久久不动，仿若一尊雕像，依然保持着挥刀一斩的姿势。

其他的十余名杀手眼见不对，撒腿就跑，就像空中的枯叶，风乍起，已无踪迹。

纪空手没有动，更不想追，他心里清楚，这些人只是这场大戏的配角，只有当他们撤离后，主角才会出场。

“这也许不是你所说的无情，而是一个男人的铁血，铁血柔情，才能铸就一个真正的英雄!”虞姬悄悄地站到纪空手的身后，抑制不住自己心中的爱慕，柔声道。

纪空手没有回头，也不敢回头，面对这么一个爱慕自己的美女，谁又舍得忍心拒绝呢？他纵然接受了这美女的爱意，在这个时代里，也无可厚非，可是他不能，他总觉得，他不能辜负了红颜对自己的一片深情。

更何况他踏入江湖，走的本就是一条不归路，此刻生死未卜，他又怎能忍心让如此美女为自己牵肠挂肚呢？

是以他淡淡笑了一下，道：“虞小姐也许是太喜欢一些江湖故事，所以才会将江湖想得如此凄美。什么是江湖，没有人知道，其实那是一片无穷无尽的黄土，四海漂泊的剑士将它称之为大陆，壮士登高称其为九州，只有英雄落难才称它为江湖。而有的时候，人心就是江湖，人心险恶，江湖又何尝不是？一经踏入，永无退出，所以江湖没有美丽，它只有血腥、暴力、争斗，更没有所谓的爱，一旦有爱，这江湖就不再是江湖了。”

他似乎是有感而发，又似是总结着自己这一年来的经历，语气伤感，还带着几分惆怅，轻叹一声，“锵……”地回刀入鞘，毫不犹豫地向前而行。

虞姬竟似痴了，呆立良久，眼中又生出一股迷雾般的媚丝，丝丝缕缕，牵缠着那道伟岸的背影，然后幽然叹道：“你错了，对我来说，一旦有爱，你就是我永不退出的江湖!”

她知道，自己这一生中除了这个男人，不会再有爱了。因为这一次相遇，他已被珍藏到了她的心间，再也不能容下第二个男人。

看着那一去不回的背影，虞姬的心里有一种说不出来的痛，不知道自己的这份爱是对还是错，但她知道，无论是对是错，她已无悔，毕竟她爱了这么一回。

得胜茶楼的气氛空前沉闷，很多人都看到了刚才那惊人的一幕，残酷无情，冷血至极，这也许是他们在心中给纪空手的一个恰如其分的评价。

面对这样的一个人，他们感到了忐忑不安，因为他们生死未卜，不知纪空手将会怎样发落他们。可是他们却不知，纪空手此刻的心根本就没有放在他们的身上，他一跨入门槛，便被楼下的一桌人吸引了目光。

经过了刚才的激战，楼下的茶客大都跑了个精光，这些人都是霸上小城的老街坊，在看热闹与生命之间选择，当然还是觉得自己的生命重要，所以他们一见势头不对，纷纷逃走，使得这空旷的楼下只是稀稀拉拉地坐了十几个人。

引起纪空手注意的是一个年轻人，年龄不大，只有二十四五，但气度不凡，举止儒雅，眉宇间自然流露出一股书卷气，显得博学多才。纪空手第一眼看到他时，就生出了一丝好感，认为能在乱世中见到这等文士，也算难得。

那人抬起头来，与纪空手的目光相对，微微笑道："在下张良，得见公子神刀奇技，佩服之余，未免有些遗憾。"

纪空手"哦"了一声，想不到此人竟然如此有趣，只见得一面，便点评起自己的刀法来，倒像是与自己相交多年的朋友。何况看他一身儒衫打扮，莫非是个深藏不露的高手？

"原来张公子也是武道中人，幸会幸会！在下乃淮阴纪空手，倒想聆听公子高见。"纪空手缓缓走到他的身前，拱手道。

"我不懂武道，是以无从点评公子的刀技，但是我却看出公子一刀三命，杀气太重。"张良缓缓地道。

"人不犯我，我不犯人，人若犯我，我必犯人，这是江湖的规矩，也是我的原则。一个人行走江湖，若没有杀气，没有杀心，就唯有遭人杀戮，我不想死，就只有杀人。"纪空手觉得这张良岂止不懂武道，更不懂江湖，但他需要时间来放松一下自己的情绪，于是极为耐心地向他解释道。

"胜人者力，自胜者强，武之一道，虽由搏击发展而出，但真正的武者，看重的却是对自身的超越。"张良听出了纪空手言语中的嘲讽，并不介怀，淡淡笑之，然后悠然而道。

纪空手浑身一震，深深地凝望了张良一眼，只见他的脸上恬淡宁静，似是不经意的一句话，却道出了武道中追求心道的最高境界，话虽不同，但意合洞殿中的那十八个大字。

一个丝毫不会武功的人，却能说出武道中极致境界的真谛，这确实让人不可思议。也许天下万事万物，虽有万象不同，但它们最终的根本却是相通的，这让纪空手的心境陡然开阔，仿佛心胸之大，可以海纳百川。

纪空手的脸上蓦然闪现出一种惊喜，似乎像是求道中的彻悟，整个人陡然变了一变，感觉到自己的气质就在这刹那间有了质的提升。他悠然一笑，缓缓道："公子之言，正是金玉良言，令纪某有茅塞顿开之感。我之所悟，也许浅薄，但不吐不快，还请公子赐教。"

"不敢，赐教二字，且莫再提，我只是从儒教中生义，不想误打误撞，暗合了武道至理，岂敢以教授自居？"张良摆了摆手，谦逊地道。

纪空手道："就算碰巧，亦证明了你我有缘，公子何必过谦？在我看来，武学一道，可为个性之表，有杀人之心，便为技击；有自由之心，便为艺术；有进退之心，便为智慧；有人格力量蕴于其中，便为不屈之精神。正如前人所谓以心使臂，以臂驭心。无论何时何地，这个'心'才是最重要的，是为心道。"他侃侃而谈，一气呵成，听得张良眼睛一亮，站将起来，两人拍掌而笑，竟有一种得道般的愉悦。

纪空手没有想到自己会在无意当中，在如此一个弹丸之地遇上这样的一个人物。看这张良的谈吐，博学而别有新意，不拘泥于条文规矩，信手拈来，总是道理，无疑是这个时代的一种另类。他二人虽只一面之缘，却已在心中互推对方为知己。

"纪公子不愧是江湖上最热门的人物，以你的悟性和天赋，假以时日，这个江湖必定是你的江湖！"张良由衷赞道，言下丝毫不吝赞美之词。

"纪某岂有如此大志？公子此言，愧不敢当。倒是公子乃是人中龙凤，日后成就必定辉煌。"纪空手已经看出张良绝非那种迂腐文士，而是胸有谋略、运筹帷幄的大才，他对张良颇具好感，倒起了真心结纳之意。

"纪公子实在过谦了，我人不在江湖，却对江湖诸事了若指掌。近一年来，只要有你出现的地方，必定有大事发生，这已证明了你是这个时代的风云人物。不过在我看来，纪公子的心胸之大，只怕还不在江湖，进一步便是争霸天下。”张良此话一出，顿让纪空手刮目相看。

纪空手眼睛一亮，已经不急于去应付其他事务，与张良相对坐下：“实不相瞒，纪某确有此意，还望公子指点一二。”

张良沉吟片刻，摇了摇头，道：“只怕我话一出口，会让公子失望。”

纪空手心中一惊，道：“但说无妨。”

张良微微一笑，道：“我从江南不远千里来到霸上，只是为了完成今生抱负，辅佐明君，建立一个可以取代暴秦的政权，由此来拯救天下万众苍生，开创一个亘古未有的太平盛世。在我来之前，曾经对天下英雄一一评点，认为当世之中，只有三人可以一争天下，一是你，二是项羽，三是刘邦。但今日看来，你应该被排除在外，所以你我之间，可以是朋友，却非同道。”

纪空手心中仿佛多了一种失落，就如一块巨石陷入泥沼，正一点一点地往下沉沦。他知道张良所言，绝非危言耸听，以其过人见识，必定是看出了自己的弱点，不由问道：“何以见得？须知人定胜天，只要自己不懈努力，终究可以改变既定的命运，难道公子不这样认为吗？”

张良淡淡一笑，道：“我自小研究治国之道，深知王者之道，决定于三种因素：第一，要有超乎寻常的忍耐力，唯有如此，你才可以做到荣辱不惊，悲喜不形于色，虽历千辛万苦，无数坎坷，却不能夺其志，不能动其心。以你三人而言，在这方面可以一比，应该不分伯仲。第二，要有运气相辅，还要有过人的实力，我所说的实力，不在于武功高低，须知武道再精，也只能抵敌一人。兵法谋略，却可抵敌万众，唯心有筹算，方可安定天下。在这一层上，刘邦或可居首，项羽次之，而公子只能屈居末座。但若仅限于此，如果有我辅佐，公子依然可以与刘、项一争长短，可是公子真正的致命之伤，还在于这第三个因素，就是性情！一个人的性情如何，往往决定了他这一生的命运。要成大事者，必须做到真正的无情，公子虽然能一刀三命，眼睛都不眨一下，但这只是对敌人的无情，还不足以成就大事。真正的无情，是为了自己心中的理想，可以抛弃一切，你自问自己可以做到这一点吗?”

纪空手听得这一篇王道之论，赫然心惊，虽然心中并不好受，却相信张良所言，句句珠玑，的确是真正的至理。沉吟半晌，他似有不甘地道：“这无情二字，含义太广，总需在特定的时间环境里，才有无情与多情之分，其实世间的事情，在世人的眼中都有两面性，同样的一件事，有人认为是有情，而有人认为则是无情，谁又能评定分明呢?”

“非也。”张良淡淡一笑，“我只问你，假若有一天，为了整个天下，要你不顾父兄姐妹的生死，任他们遭受敌人的凌辱与蹂躏而无动于衷，你能做到吗?”

纪空手不曾细想，断然答道：“我虽然是孤身一人，不知父母是谁，但若真有这么一天，我绝对不会不顾他们的生死!”

“所以你做不到对父兄姐妹的无情。”张良淡淡地道，“如果是为了天下，要你舍弃自己心爱的女人，甚至将她奉献给你的敌人，相信你也绝对做不到吧?”

纪空手道：“一个人若是到了这种地步，那么做人也就无趣得很，岂是大丈夫所为?”

“所以你做不到对爱人的无情。”张良说道，“争夺天下者，无所谓大丈夫与真小人，胜者才为王，败者则为寇，而且世事就是这般无情，能得天下者，往往是那些真小人，而非大丈夫也!”

纪空手沉吟半晌，突然笑道：“如此说来，我确非争霸天下的材料了，不过我岂能因公子这一番言论，就放弃心中的梦想呢?”

“那么就请公子先杀了我。”张良肃然正色道。

纪空手一脸讶然：“公子何出此言?”

张良淡淡一笑：“你我不过一面之缘，要学人无情，便从我这里开始，而且我已经看好刘邦，今日一别，必会投军效命，一旦你要争霸天下，当先除去我这个大敌才是!”

纪空手眼芒一横，与张良恬淡宁静的目光在空中相交，心中蓦然生出一股不可名状的震颤。他从来没有见过像张良这种笑对生死的人，一个能对死亡如此无畏的人，这至少说明了他心地坦诚，心中无我，为了自己一生追求的理想，甚至不惜生命。

纪空手心中一动："也许这张良也是一个真正的无情之人，他不仅对别人无情，而且对自己也同样无情，为了天下百姓不受战乱之苦，他不惜舍弃自己个人的好恶，一心只为天下着想。难道自己争霸天下，这也错了？"

他问着自己，反思着自己的行为，只觉得自己的一切行为，同样是为了天下百姓。无论是他，还是五音先生，他们都有悲悯天下的胸怀，都有救济苍生的夙愿，难道只为了自己不能无情，便要舍弃自己一生的追求？

他摇了摇头，缓缓地道："我不杀你，但我也不会放弃争霸天下，在我的心中，我已将你当作了朋友，又怎会为了一个梦想而杀掉一个朋友呢？"

"所以你永远做不到无情！"张良脸上一寒，冷冷地道，"你也不可能得到天下！争霸天下，这是一个没有感情的人才玩得起的游戏，而你真的不行！"

张良说完这句话时，终于站起，甩袖而去。走出几步之后，蓦然回头道："但你是我见到的最有血性的汉子，是可以纵横驰骋这个江湖之上的侠士。你嫉恶如仇，恩怨分明，对这个世界永远充满着一种热情，无论谁有了你这样的朋友，他都应该感到荣幸。"他笑了笑，然后悠然接着道，"侠之大者，为国为民，此话未免有些大而不当。其实真正的侠者，实为风骨，但凡不屈之人，皆可谓侠，你无疑是我见到的第一位有真正侠者精神的勇士，希望你能好自为之！"

他的眸子里闪现出一丝未知悲喜的神情，深深地凝视了纪空手一眼，这才如风般消失于纪空手的眼际。

纪空手顿感有种失落，惆怅莫名。此刻回想起来，当他面对张良时，心中曾经有过一股莫名的压力，紧紧地包裹着自己的整个心房，几乎让他有种喘不过气来之感。这本来是绝不可能发生的事情，却惊奇地发生在了他的身上，这让纪空手感到了一种微妙的玄奇。

纪空手早就看出，张良的确是一个手无缚鸡之力的文士，根本承受不了他一指之戳，但是张良给他的感觉，却似一个真正的超级高手，笑谈评点，从容不迫，有一种傲立山巅、俯瞰天地的大气。对于纪空手来说，无论是面对各路阀主，还是直面胡亥，他从来都有无惧的感觉，但只有与张良相对时，他竟然生出一种莫名的恐惧，这让他感到不可思议。

面对张良无情的评语，纪空手心静如止水，不惊，不怒，心绪宁静，如雨后的天空，甚至连他自己都非常惊诧自己的表现，略一沉吟，始知这一切反常，都是因为自己已被张良的真诚所感动。

以张良的目力，当然已经十分透彻地看清楚了眼前的局势：残存的暴秦已不足为惧，赵高的入世阁覆灭亦是时间的迟早问题，现在的形势，基本上已是刘、项争霸的格局，一旦分出胜负，天下太平指日可待，开创盛世亦不再是一个梦想。假若纪空手插足而入，以他的人格魅力与超凡的智计，还有知音亭与神风一党的众多精英鼎力相助，只要登高一呼，未必就没有与刘、项抗衡的实力，如此一来，战局又趋复杂，形势陷入混沌，百姓依然深陷战争带来的水深火热之中，这当然不是张良所希望见到的。

纪空手隐隐看出了张良的良苦用心，但要让他从此放弃，又实在心有不甘，何去何从，顿时让他陷入两难之境。

他默然无语，思考良久，方才摇了摇头，轻叹一声，在楼下这些人的目光注视之下，缓缓踏上楼梯。

他决定不再去为这些问题分心，因为他知道，无论自己最终将会作出怎样的抉择，他与韩信的这段恩怨都必须了断，是以大战在即，他只有昂首面对。

当他踏上楼梯之时，他没有看到，在他身后有一张狰狞的笑脸就在此刻出现。那脸上的表情，竟似有一种目睹仇人步入黄泉的快感，让人恶心之余，更感到恐怖。

纪空手没有看到，是因为他没有回头，这是他的一个习惯，也是他的一个原则，只要是他认准的事情，就会义无反顾，绝不回头！

这样的男人，才当得起侠者的称号。

纪空手无疑是张良心中真正意义上的侠者！

茶楼之上的每一个人都在等待着纪空手的出现，无论是“关西三剑”

还是邢无月，无论是汪别离还是其他的人，大家都抱着复杂的心态等待着这位奇人的到来。

长街之战与楼下的对话，他们都亲眼目睹，亲耳所闻，对这位无论在智计上，还是武功方面都远胜于自己的年轻人，似乎都又多了一份了解。正因为如此，他们无不在心中嘀咕：“这人既然志向远大，意在天下，又何必非要与我们这种小角色过意不去呢？他的对手，应该是刘邦、项羽，是卫三公子那等豪阀才对。”

他们无人知道这个答案，所以才想知道这个答案。当纪空手的脚步在楼梯上响起时，满楼之人的目光全部望向了楼梯的出口，都想看看这位在暗中捉弄自己的神秘人究竟长得是一副什么模样。

“踏……啪……踏……啪……”一阵极有韵律的脚步声不紧不慢地响着，心思细密的人上楼时数过，这个楼梯只有十七步，当这脚步声响到第十下的时候，他们应该可以看到纪空手的面目了。

但是纪空手的身材超出了众人的想象，也超出了众人给他定下的标准。当他的脚步响到第九下时，楼梯口已可见那一头整洁却狂乱的黑发。

整洁是一个人的卫生习惯，但狂乱却表示着这个人的性情。这至少说明，头发的主人并不是拘泥礼法、循守旧制的俗人，他放浪不羁，刻意求新，有一种不受束缚的洒脱，正如他的刀法表现出来的意境一般，给人以天马行空的感觉。

随之而现的，是两道极度张扬的长眉与一对略带忧郁的眼睛。眉可入鬓，不怒自威，显现出一种张扬的个性与不羁的性情，隐含大气。而他的眼睛却不是漂亮的那一种，但眼眸中不经意间流露出淡淡的忧郁，使得他整个人的气质陡然一变，仿佛是高山中的一汪清泉，自然清新，却又有大山中的野性美。

纪空手的脚步依然在动，他的眼睛已经看到了楼上的一切。这些人无疑是江湖上极为普通的角色，但一旦心术不正，却也能为害一方，他之所以费心召他们前来，既有惩恶之意，更大的用意是把他们作为一个幌子，以对付卫三公子的围袭。

“我想各位想我一定想了很久了，甚至还会埋怨我为何迟迟不来。想必大家都看到了刚才长街上的一幕，所以怠慢之处，还请海涵。”纪空手边走边道，这句话说完，人已站到了楼上的中央，抱拳作揖，权作陪罪，然后才居中坐下。

他的神态悠闲，全然不似众人想象中的恶人形象。在座之人只有饶空不曾领教过纪空手的手段，见得纪空手如此亲和的表情，心中暗道：“所谓眼见为实，耳听为虚，见到其本人，才知道这些人全是胡说八道。”

众人纷纷起身还礼，连称“不敢”，毕竟此刻生命尚系于纪空手的手中，哪里敢有怨恨之色？倒是拼命挤出笑脸相迎。

“大家不必客气，也无需拘礼。我请各位前来，并无他意，只是有几句话想劝在座的诸位。”纪空手让众人坐下，缓缓接着道，“你我都是武道中人，学武不过是强身健体。有志者可以保家卫国，行侠仗义；无志者可以明哲保身，安抚乡邻。但切切谨记，若是仗着自己有一点功夫便要为非作歹，为祸乡邻，这与匪盗有何不同？当真是可杀该杀，不用留情！”

他的声音平淡，但用词严厉，平和之中隐带杀气，听得众人无不心惊。

“我自小生于市井，孤寒贫苦，受人欺凌，每每遇上恶人，事后总会在心中暗暗发誓，但凡我有遭一日学得武艺，必将这些害群之马斩尽杀绝！可是等到我真正学了几手三脚猫的功夫之后，步入江湖，才知道天下之大，像这等武林败类简直数不胜数，又岂是凭我一人之力可以杀得完的？”纪空手说到这里，缓缓站起，目光横扫全场，沉声道，“但是我转念又想，如果人人都以此为念，袖手不管，那么这武林败类只会越来越多，天下只会越来越乱，百姓也只会越来越苦。我不敢要求人人都像我这般铲除奸恶，因为我不知道这恶人是否能够杀得干净，也不知道杀掉恶人是否就真的能止住恶源。但我知道，只要我每杀一个恶人，这恶人就会在这世上少一个，天下也会少乱一点，百姓也会越活越好，这就已经足够了。”

他的这一番话全系肺腑之言，显然是藏在心中早就想说的话，是以慷慨激昂，充满真情，从头到尾都洋溢出一股浩然正气，凛然而不敢侵犯，听得在场许多人都不由自主地低下了头，满脸羞愧，大有感触。

“是以今日座上诸君，我有言在先，从今日起，以往各位做过的事情，我不再追究，但从你们走出此门的那一刻起，只要有人还敢胡作非为，恃强凌弱，只要我还有一口气在，纵是追到天涯海角，也不轻饶！”纪空手说完这话时，目光又从众人脸上一一扫过，这才落座。

这时邢无月壮着胆子站将起来，抱拳道：“公子的一席话，句句发自肺腑，让人感动，使我等受教不浅。我想在座的诸位即使胆子再大，从今往后，只怕也不敢重操旧业了，所以邢某斗胆，便请公子赐出解药吧。想到身上还有这么一个要命的玩意，可真让人一点都不爽快。”

他这最后一句话引得众人会心一笑，纷纷起身谢罪。纪空手摆手道：“解药一事，暂且不提，难得各位能听得进纪某的这一番劝告，待我先敬各位一杯香茗！”

众人饮茶完毕，刚要坐下，便听得有人冷笑一声，极是刺耳，众人循声望去，正是汪别离。

“我倒想请教公子，你口口声声要我们不要恃强凌弱，而你召集我们前来，这种行为不知算不算恃强凌弱？”汪别离一反先前的唯唯诺诺之态，抢先发难。

事实上纪空手一上楼来，便对汪别离的一举一动悉数掌握。虽然长街一战已经结束，但纪空手绝不认为卫三公子就会从此罢手，他知道，真正的决战还没有开始，司氏兄弟的出现只是大戏之前的锣鼓，仅能用于铺垫气氛罢了。

是以汪别离的跳出本就在他的意料之中，不慌不忙间，他站起来道：“算，对于你，我本来就想恃强凌弱！”语气中自有一股强横之气，其回答显然也在众人的意料之外。就在众人纷纷惊愕之际，纪空手踏前一步，接着道：“汪先生为了问天楼敢不惜自己的生命，这份高义，纪某实在佩服得紧，可惜你我是道不同不相为谋，我只有成全你了！”

他自上楼以来，还是第一次动怒，楼上顿时显得气氛沉重，一股若有若无的杀气渗入虚空中，任何人都感到了一触即发的紧张态势。

“哈哈哈……”汪别离似乎并未被纪空手的声势所震慑，竟似胸有成竹一般，狂笑一阵道，“你就算杀得了我，只怕今日也难逃一死！何况战都未战，你怎就一定有把握叫我死在你的前头?”

他曾败于纪空手的手下，这本来就是事实，但此刻听他言下之意，竟然并不惧怕纪空手，难道说一月不见，他的武功大有精进，还是他另有依凭?

纪空手丝毫不显诧异之色，微微笑道：“哦，我倒忘了，你还有卫三公子撑腰，其实我一直在恭候他老人家的大驾，只是久候不至，让我有些烦了。我记得一句俗话，叫作‘杀尽小鬼，阎王必现’，说不得我只有拿你开刀，或许卫三公子会现出真身来。”

他话音一落，大手微张，已经按在了刀柄之上。

汪别离不由微微有些动容，因为只用了一个动作，纪空手的整个人仿佛都变了一般，融入了未出鞘的刀中，那自然流露出来的气势极度张扬，更有一种傲视一切的王者气势。

谁都感觉到了纪空手这惊人的变化，但令人吃惊的是，汪别离的表现并非如众人想象中的那么害怕，倒是被纪空手的气势所激，也生出了一股无比强烈的斗志。

“如果就只有你一个人在楼上的话，我不想让我们之间的决战变得恃强凌弱，毫无公平可言，是以可以先让你三招；如果你还有同伙，就让他们一起上吧！我绝不介意你们以多欺少！”纪空手的眼神从众人的脸上一扫而过，声音深沉地道。

汪别离并不认为这是纪空手的狂妄之言，事实上他倒认为纪空手先让三招的约定不可能给自己带来太多的便宜。因为他们之间的实力悬殊有目共睹，纵有三招之让，他也绝对没有把握可以赢得一招半式。

不过他是问天战士，这个称号是一种荣誉，也是一种勇气的体现，他没有理由堕落成一个懦夫，尽管敌人是如此强大。

是以他显得十分冷静，冷静得几乎让纪空手都感到了一丝诧异，因为纪空手毫无理由的动手，本就是为了杀鸡儆猴。

他不明白卫三公子与韩信是否就在附近，也不能确定对方的真正实力究竟如何，但他可以肯定，无论是汪别离，还是司氏兄弟那一班人，这些人都只是游在浅滩之上的小虾米，真正潜藏于深水中的大鱼还在观望，还在等待，只要自己一不小心，就完全可能成为葬身鱼腹的钓鱼人。

钓鱼的人反被大鱼吞噬，这岂非一个笑话，至少在此时此刻，在纪空手的眼里，这更像是一个残酷的现实。

“你何以就一定认为我会输给你？虽然我曾经败给了你，但是你从来就不想一想，这也许是我故意为之，只是为了让你小视于我，从而趁机行事！”汪别离不怒反笑，缓缓地道。

纪空手只是平静地望着汪别离，投以不屑的一声冷哼和一个悠然慵懒的笑意，道：“你不是那种人，你也不配是那种人！你之所以故意这么说，其实只是在拖延时间！”

他话一出口，离别刀已蓦然在手，整个人犹如一杆迎风而立的标枪，喝道：“动手吧！”

汪别离只有拔剑，面对纪空手这样的高手，他丝毫不敢大意。但在他的心中，却想到了纪空手的三招之让，不免生出一种侥幸的念头。

他的披风剑法重攻不重守，倘若真让他先行出手，他觉得这是一个千载难逢的机会。只要自己全力以赴，未必就没有能力将纪空手击杀。

他决定试一试，若试都不试一下，他或许会后悔。

这是他们之间的第二次交手，唯一的不同，是汪别离可以将自己的攻击发挥至极致，而不必作任何的防守。

“锵……”的一声，剑已在手，在最短的时间内汪别离完成了全身功力的提聚，整个人充满了一种高手的自信。

然后他的人便动了，仿若猎豹出击，浑身上下充满动感，更有一种惊人的爆炸力，剑锋漫过虚空，照准纪空手的咽喉直刺而至。

纪空手微微一愣，似乎没有想到汪别离的出手会如此快捷。他的眼芒一扫之下，至少看到了汪别离这一剑中的七八处破绽，只是苦于有言在先，他没有攻击，只能躲闪。

汪别离心中不由有一丝得意，对于自己的披风剑法，他实在是太熟悉了，这套剑法的攻击力放之江湖，至少应该排名在前五名之列。之所以他不能跻身于第一流高手的行列，却是因为它在攻击的同时，自身实在有不少难以弥补的破绽。

任何形式的决战，都不可能只攻不守。只要有人攻击到这套剑法的破绽处，就很难发挥它攻击力强大的优势，这也是汪别离一直只能是二流角色的原因。

但是此刻却不同，因为纪空手给了他这个机会，他觉得自己大有一试的必要。

剑弧幻出，隐挟风雷之声，眼见剑锋及喉，纪空手毫不犹豫地将头一斜，整个人横移两尺，让过剑锋。

虽然没有奏效，但汪别离对自己刺出的第一剑依然满意，他并不指望自己一出手就能重创对方，只是想试探一下，看一看纪空手是否能遵守他们之间的约定。

他回剑之后，整个人已有了底气，退后一步道："这是第一剑，如果你害怕了，不妨废去承让三招的约定，我们还可公平决斗！"

他以退为进，希望能用言语激将纪空手不能反悔。果然，纪空手冷哼一声："我说过了，你不配！"

汪别离装出一脸的恼怒，其实心里却有一种狡计得逞的得意，暗笑道："既然如此，那你可别怪我心狠手辣，等到你走上黄泉路时，才晓得老子配不配了！"

他深深地吸了一口气，力求自己处于临战时的最佳状态，然后才笑了笑道："是的，我的确不配。"

他只说了一句七个字的话，但在说到第五个字的时候，他就出手了。一般的人稍微大意一下，就很可能防不到这一手偷袭。

不过幸好纪空手不是一般的人，他的眼睛一直就注意着汪别离的双肩。肩动，他就有了警觉，是以当汪别离将这句话说完时，他已让过其极为狠毒的剑锋，同时又向右横移了一步。

他虽然已经避过了汪别离的两剑，但对这两剑表现出来的慑人杀机依然心有余悸。若非他仗着见空步的精妙，只怕很难躲得了这两剑的攻击。

汪别离显然也看到了这一点，是以这最后的机会，他决定用来攻击纪空手的下盘。他甚至在想象，一个人如果没有了腿，是否还能踏得出如此玄妙的步法？

“哧……”他想到什么就做什么，这是他一贯的行事风格，是以毫不犹豫地攻出了这肆无忌惮的最后一击。

毋庸置疑，这一剑必定是汪别离的精华所在，而且劲力飞溢，毫无保留，整座茶楼之上一片肃杀，任何人似乎都感受到了这一剑带来的无限压力，顿感呼吸不畅。

可以这么说，汪别离的前两剑加在一起，所形成的威胁也抵不上这一剑的一半。这固然有他自己的打算，也有一种置之死地而后生的想法，因为平心而论，只要纪空手还手，他能赢的机率实在小得可怜。

与其如此，倒不如一搏，这既是三招之让的最后一次出手，无论如何，他都不想无功而返。

是以他的劲力全部凝集于自己的掌心，算到了纪空手最有可能闪躲的方位，蓦然爆发，剑若游龙般横扫向纪空手的下盘。

这一剑的速度之快，宛若流星飞逝。

快尚且不算可怕，可怕的是这一剑的剑锋指向，并不是针对纪空手的腿，而是纪空手的腿最有可能踏入的方位。

谋定而后动，算无遗漏，这才是汪别离最为可怕的地方。

当汪别离刺出这一剑时，楼上众人无不大吃一惊，虽然他们都曾经领略过纪空手的武功，但还是认为纪空手有些凶多吉少。

甚至有些人在心中总结：“做人切不可过于自信，轻视别人，否则有的时候就等于是在轻视自己的生命。”

这很像是一句极富哲理的名言，得出这种结论的人，如果不是自己身上还有毒丸之虞，定会摇头晃脑，为自己的聪明才智大感得意。

就在这时，一道耀眼的白光突然闪跃虚空，就像是夜幕下的闪电，一闪即没……

没有人知道这是怎么一回事，更有人将之疑为自己太过紧张而产生的一种幻觉，但是汪别离却真实地感受到了这道白光的存在。

剑气陡然消失，剑锋也陡然停在了纪空手喉头的七寸之外。一切都处于相对静止的状态中，然后汪别离便看到了纪空手那一双深邃若苍穹的眼睛。

这是一双略带忧郁的眼睛，它的出现，给人带来的是心痛伤感的情绪。不知为什么，当汪别离看到它时，他真真切切地感觉到了自己的心正一点一点地飞出自己的身体之外……

“你是一个言而无信的小人!”汪别离的眼中只有愤怒，近乎歇斯底里地迸出了这么一句话。

“你说对了。”纪空手却笑了，笑得有些得意，“自大王庄一役后，我彻底地对自己的一切作了一个深刻的反省，然后得出了一个结论：对待小人，你大可不必用君子的手段来对付他，甚至可以用比他更小人的手段。只有这样，你才可以让他得到作为小人应该得到的报应。”

“你很得意，是不是?”汪别离的心似乎在滴血，眉头紧皱，近乎挣扎地道。

“难道我不该得意吗?”纪空手反问了一句。

“但是你别得意得太早了，只有我知道，与卫三公子和问天楼为敌，是一件多么可怕的事情!”汪别离突然间挤出了一丝淡淡的笑意，“我……先走……了……但……是你……记住……黄……泉路……上……我……在等……你!”

他咬牙切齿地说完了他人生中的最后一句话，然后就倒下了，“锵……”的一声，长剑落地，发出了一种慑人的声响，像极了恶鬼的厉啸，众人无不对这惊人的突变感到骇然。

是的，正如汪别离所言，纪空手并没有遵守他们之间的约定。当汪别离刺出了他有攻无守、势在必得的一剑时，他没有想到纪空手会在这个时候出刀，而且绝对是足以致命的一刀。

也许汪别离有十分的理由去指责别人，但是他没有想过自己的所作所为其实才真的是言而无信。不过，这个世上的事情大多如此，就像一个夜夜偷情的荡妇看到了一个妓女，总要义正言辞地去训斥她不守妇道，放弃了一个女人的贞节与尊严一样。可是待她回过头来一想，这才发现原来自己并不比她好多少。这看上去十分可笑，其实是人性的劣根，笑过之后，却令人反省、深思。

但汪别离是不能反省自己的一生了，因为死人是没有意识的，不过他临死前的一句话，至少让纪空手的心紧了一紧。

“与卫三公子与问天楼为敌，是一件多么可怕的事情！”这绝对不是一句大话，至少纪空手是这么认为的，是以他此刻唯一可做的，就是等待，等待卫三公子的出现。

汪别离的死使得楼上的气氛愈发沉重，每一个人都将目光投射在纪空手的身上，惶惶然不知命运如何。

但是这种沉寂很快就被一阵闷鼓般的脚步声打破，这声音听似来自于长街的远处，又似来自于自己的身旁，或远或近，在听觉上给人一种玄之又玄的感觉。

纪空手眉头微微一皱，他已听出，来人的脚步沉浑有力，凝重中带出一股轻灵，是一个实力不凡的高手。

此人的功力显然达到了一种可怕的地步，在纪空手的记忆中，除了五大阀主那一级别的高手之外，当世之中，能拥有这般实力的人物实在不多。

“这是谁呢？是卫三公子，还是韩信？”纪空手只觉自己的心里蓦生一股压力，禁不住问着自己。他的内息流动仿佛加剧，气血汹涌，随着脚步声的迫近而有所感应。

这无疑是对方迄今为止出现的最强手，纪空手虽然还不知道来者是谁，但他已知道来者的实力不容他有任何小视之心。等到脚步声响至身后，纪空手这才蓦然转身，抬眼望去，不由大吃一惊。

来人既非卫三公子，也不是韩信，他甚至不是问天楼的人。但纪空手一看到他，心惊之下，知道来人只能是强敌，而非朋友。

因为他就是入世阁暗杀团的瓦尔！

# 第二十九章　笑战群敌

瓦尔的出现，显然出乎纪空手的意料之外，但他并不诧异瓦尔眼中充满着的无限敌意，因为在相府花园里，是他结束了格里的性命。

在瓦尔的心中，他尊敬格里，爱戴格里，就像对待自己的父亲一样。当他看到格里悬挂在树上的尸体时，便觉心头轰然一声，立时昏了过去。清醒过来的第一个念头，就是不管付出多大的代价，他都要为格里报仇！

所以他找上纪空手，本就是天经地义的事，但纪空手却在心中暗道：“他怎么知道杀死格里的人一定是我？他又怎么知道我一定会出现在这里？”

他沉吟片刻，便知道了问题的答案：这一切当然是因为韩信。

他的心不由沉了一沉，感觉到今日霸上之行并非如自己想象中那么简单。虽然自己早有准备，但卫三公子与韩信的心计并不在自己之下，只要稍有不慎，就有可能导致全军覆灭的结局。

更可怕的是，这里本来就是刘邦的地盘，纪空手最初将这场决战选择于此地，一是为了让卫三公子尽去疑心，诱其上钩；二是采用置之死地而后生的办法，放手一搏。现在看来，这难道是一个错误的决策？

他没有时间再去想这个问题，因为瓦尔已经步入了三丈范围之内。他的脚步依然保持着一成不变的步率，每一步的间距似乎都是相等的，就在众人以为他会一直这样走下去时，他却在一丈七寸处戛然而止，整个人就像一座即将爆发的火山般屹立，动中有静。

纪空手的脸上丝毫不见讶异，只是冷冷地看着对方，两人站立相对。

“你就是纪空手?”瓦尔开口了，他的声音就像是一串千年凝聚的寒冰，冷得让人心悸。

“你既然来了，就不必问，既然要问，又何须来?”纪空手笑了笑，说了一句近似禅理的话。

“我之所以问，是不想错杀，杀人是一件很累的事情，一旦错杀，只怕自己的心灵会承受不起。”瓦尔冷冷地看了纪空手一眼，不知为什么，面对仇敌，他并没有愤怒得乱了方寸。他深知要对付像纪空手这样的人，单凭意气用事是远远不够的。最佳的办法，是冷静，在冷静中寻找机会才是真正的制敌之道。

“我明白你的意思。”纪空手耸了耸肩，做了个表示“遗憾”的动作，道，“我没有杀错人，虽然格里的确是死在我的刀下，但我至今还是认为这不是一个错误。”

“你没有资格来评论你自己的行为!”瓦尔眼芒一寒，直射向纪空手的眼眸，如果这是利刃，必将从纪空手的头上插过!

“我赞同你的这种说法，不过，我还认为你也同样没有资格来评论我的一切行为。”纪空手双目一亮，两道眼芒在虚空中悍然相交，虽然一闪即没，但那瞬间中的针锋相对让双方都感受到了一股浓浓的敌意。

纪空手接着道:“何为正?何为邪?何为对?何为错?没有人知道它真正的答案。同样的一件事情，在你的眼中也许是对的，可到了我的眼中，也许我就认为它是错的，这是为什么呢?其实道理很简单，只是因为我们所站的角度不同，观察事物的视点也不同，自然就会得出截然相反的结论。”

“这么说来，这世上岂不是没有正邪之分，没有对错可言?”瓦尔冷冷地一笑，笑中似有几分不屑，显然是对纪空手的妙论不敢苟同。

“你说对了。这个世上本就没有正邪之分，本就没有对错可言，有的只是利益之争。你杀人也好，你被人杀也罢，这是因果，也是因为你们的立场不同，才会导致这种结果。在你的眼中，格里的死当然是我的错，死者逝矣，再去追究功过得失，未免残酷。但若是我不杀格里，只怕格里就不会放过我，该死的人也就是我了。”纪空手淡淡一笑，似乎是在与瓦尔谈经论道，极为悠然，但他的手已经悄悄按在了刀柄上，随时等待着瓦尔那惊人的一击。

“你的辩才不错，所言很有说服力，却不是我想听的，你可听过这么一句话，杀人者，人必杀之！也就是说，一个喜欢杀人的人，他的下场通常都是被人杀，这很有因果报应的味道，所以我非常喜欢。”瓦尔的手缓缓抬起，握住了腰间的弯刀。

“不过我也听过另一句话，人生于天地，只求问心无愧。我相信自己所做的一切对得住天地良心。”纪空手凛然道。

“那就让我挖出来看看，你的心到底是红是黑!”瓦尔说完这句话，整个人陡然爆发，弯刀漫出，就像高挂天上的初弦之月，带着慑人的劲力席卷而出。

他的身形之快，犹如苍狼疾驰，弯刀卷起的劲风，更似漫漫黄沙飞掠，迫得众人纷纷退避，只有纪空手丝毫不动。

纪空手之所以不动，是在等待，等待着瓦尔弯刀挤入自己布下的气场之中。他早在说话之际，就催出了自己的内力，似有若无地在周身数尺内布下了一堵坚实的气墙。

瓦尔感受到了这堵气墙的存在，但并不惊惧，他相信自己的实力，也相信自己弯刀的锋锐，甫一接触到气墙的反撞之力，他毫不犹豫地强行挤入。

本无一物的虚空，发出了惊人的“哧哧……”之响，就好像一把利刃从一块巨大的帛布中穿过，气流向两边纷涌。

纪空手微微皱眉，似乎没有想到对方的弯刀竟有如斯霸烈的劲力，他不再迟疑，身体前倾，离别刀横跃空中。

离别刀的凛寒杀气完全充斥了每一寸空间，刀锋划过的轨迹，形如游龙升腾于云天之中。

“轰……”巨大的气流撞出一个弧形的旋涡，双刀迸击之下，爆出火星无数，纪空手与瓦尔身形一晃，各自分开。

只交手一个回合，双方都对彼此的实力有所了解。对纪空手来说，瓦尔的身份地位虽在格里之下，但他拥有的实力却不可小觑。如果说自己全力以赴，未必没有胜算，但是他却不能没有保留。

“哧……”一道如烈焰般的刀影划破虚空，纪空手既已动手，已不留情，他选择了主动进攻。

“好霸烈的刀势！”瓦尔心中暗惊。对于纪空手的实力，他不敢有半点低估，虽然他不知道格里确切的死因，但一个能将入世阁三大高手之一的格里击杀之人，这本身就说明了问题。但饶是如此，他仍然被纪空手的刀风逼退了一步。

只有一步，却说明了他们之间的差距。瓦尔心惊之下，弯刀再起，双刀又在空中相击。

“哗……”劲气狂涌间，如乍起的秋风扫落叶，将满楼的桌椅悉数卷至角落，有的人似乎已经不能承受这种劲气的压力，悄然下楼。若非解药尚未到手，只怕他们早已逃之夭夭了。

瓦尔又退一步，但脸色狰狞，依然不失凶悍。他的发髻已乱，长发飘扬，形如野狼，双目圆睁下，隐现赤光，可见胸中的战意已提升到了极限。

他生于大漠草原，艰苦的生存环境培养了他永不低头的性格，遇强愈强，战意不灭，是他手中弯刀与他的人格完全结合的最真实的一面。当他的弯刀破空而出时，空气中甚至传来漫漫黄沙飞舞大漠的厉叫。

“龙卷风刀法！”纪空手心中一动，惊惧之下，仿佛看到了一股飓风凭空生起于沙漠深处，爆发出一场骇人的沙尘暴。

楼层狭窄的空间，几乎承受不了这刀中带出的狂猛压力，柱动梁摇，发出“咯吱，咯吱……”的惊响，就在众人担心它会在瞬息之间坍塌时，虚空中寒光一现，蓦升一道山梁，正好阻住了这股飓风的去路。

这是一道无形的山梁，却比山岩坚石更密不透风。离别刀现身空中的刹那，幻变成一个巨大的黑洞，深邃莫测，似乎可以包容这虚空中的一切气息。

如此强大的吸力，使得瓦尔握刀的手都有些颤抖，但他咬牙坚持着，希望自己的劲力不断地对这黑洞般的气场形成连绵不绝的挤压，直到它爆裂的那一刻。

不过他很快就发现，自己的决定也许是一个错误。当他催力迫出的时候，一股强大的吸力正透过刀身引泻着他体内的气劲，大有一泻不可收拾之势。

他唯有收手，“蹬蹬……”退后两步。

纪空手却长啸一声，刀锋如箭矢射出，以迅雷不及掩耳之势紧逼而上。

瓦尔吃了一惊，他感到纪空手这一刀的劲力远比先前的刀招更猛、更烈，那锐利无匹的刀气以无坚不摧的气势奔涌而来，直截了当，毫无花巧，简直可以撼天动地，毁灭天地间的一切。

更惊人的是，纪空手利用了自己的真力与他本身的内力积聚一起，在骤然间爆发，形成了一个强大刚烈的气场，将瓦尔的整个人紧紧罩住，使他不得不与之硬撼。

“嘶……轰……”纪空手的刀风过处，强行撕开了瓦尔布下的气墙防线，气流挤压变形，承受不了这莫大的压力，突然迸裂。

瓦尔急退之下，身上的衣衫裂成条状，风乍起，浑如蛮夷人的草裙舞。

这让他感到了一种前所未有的愤怒，一让之下，运聚全身力量挥刀倒迎而上。

纪空手似是胜券在握，脸上闪过一丝淡淡的笑意。高手之间，切忌动气，唯有克制怒火，才是克敌的根本，是以无论怎样瓦尔似乎都难逃必败之局。

“轰……”瓦尔一击出手，闷哼一声，暴退了七步之遥。

纪空手的身子也倒掠了三步，稳住身形，刀气四射之下，楼上的杯盏茶碗尽碎尽裂，飞向四空。

蓦地，在楼顶的瓦面上突然冲开一个大洞，阳光明晃间，瓦砾激射，尘土飞扬，一条人影挟着无匹的剑气，以惊雷之势直取纪空手。

如此惊人的一变，出现于瞬息之间，出现于纪空手气血翻涌之际，无论是突然性还是在攻击的时机上，来人都把握得近乎完美，显示了一流高手的境界。

纪空手大为惊骇，没有想到对方致命的一杀会突然出现在自己头上，而更让他吃惊的是，瓦尔一退之下，重新扑前，刀锋凛凛间，构成一个绝妙的夹击之势……

在上楼之前，纪空手就曾经想过："如果我是卫三公子，会在何处布下绝杀?"他为卫三公子设计了不下于五个方案，其中既有从楼顶而下的扑杀，亦有如瓦尔这般的叫阵，却没有料到卫三公子会派出两大高手来同时完成这个杀局。

虽然瓦尔不是问天楼的人，但他要置纪空手于死地的决心丝毫不下于韩信与卫三公子，当这种夹击之势形成时，纪空手似乎唯有死路一途。

空气中的肃杀之气已经充盈到了极致，有人惊呼，有人尖叫，情绪紧张得几乎失控。无论是瓦尔，还是从楼顶而下的天外来客，他们对这一切都是视而不见，充耳不闻，而是异常冷静地把握着这稍纵即逝的良机，驾驭着各自的利刃攻向同一个目标。

这个目标当然是纪空手，谁也没有料到，即使是遭遇到这样的惊变，纪空手依然不慌不忙，方寸不乱，脸上竟然还泛现出笑意。

他为什么笑？他笑什么？他凭什么笑？这一连串的问题在瓦尔的脑中一闪而过，他已没有时间去考虑，也不想让任何事情分了他的心神，必须全力以赴，将眼前的仇人毁灭！

而从纪空手头上扑下的人影显然没有看到纪空手脸上的笑，否则他一定会有所警觉。不过，他虽然没有看到纪空手的表情，却看到了纪空手的刀。

刀在纪空手头顶的一尺之上，似是随意地出手，却封锁了对方每一条攻击的线路。刀锋虽然未动，但一旦启动，却有三百七十六种变化，无论是哪一种变化，都足以让对方吃不了兜着走。

那人影大吃一惊，绝对没有想到纪空手会用这种方式来化解自己的偷袭，是以他只有硬提一口真力，将自己的身形侧移数尺，与此同时，他心中却想："纪空手能破掉我的袭击，他又拿什么来招架瓦尔的正面攻击？"

这本就是一件不能两全其美的事情，面对两大高手的攻击，纪空手只能挡击一人，却防不住另一人的袭击。在这事前就经过了多次演练才证实的事实，根本就不会有错，是以这人影一点都不担心，他认为纪空手这一次除非有两条命，否则就一定非死不可。

瓦尔也是这么想的，所以他这一会儿几乎使出了全力，根本就没有给自己留下任何退路，可是当他挤入纪空手三尺范围内的刹那，他的心却陡然一沉。

他从来就没有感觉到自己的心情会如这一刻般的失落，就像是一个行走夜路的人，一脚踏空，却发现脚下竟然是万丈深渊。而他此刻，正好有一脚踏空的感觉。

他的脚的确踏到了虚处，凭空向下直落了一尺左右，等到他惊醒时，突然感到了一股钻心般的剧痛。

脚下有剑！这楼板竟然有一个夹层，夹层不大，却正好可以藏住一个人。

这个人当然是土行，土行不仅可以挖洞钻土，而且还能巧布机关。说到藏身遁形，当然是他的拿手好戏，而更让人心惊的是，土行的剑法还极有实效，一剑斜劈，竟然削去了瓦尔的两只脚板。

瓦尔又惊又怒，忍痛挥刀，向夹层狂劈下去，"咔嚓……"楼板适时裂开，木屑飞扬间，一道杀气如闪电般射出，土行的剑锋正好穿过了瓦尔的咽喉。

一剑断喉，绝不留情，土行的剑之所以有效，就在于他的剑下从无活口。

瓦尔也不能幸免，是以只有带着难以置信的表情倒下。他临死之际，也没有想明白这楼板之下为何有人！

纪空手面对发生在眼皮底下的事情，恍若无睹，他的目光紧紧地锁定在那条飘忽的人影上，待他站定，纪空手这才微微一愣，道："原来是你。"

他早就应该想到，能够让瓦尔来到霸上的人实在不多，而乐白应该是其中的一位。

只要乐白不暴露自己的身份，瓦尔肯定会相信于他。无论他们之间曾经有过什么过节，毕竟他们都是入世阁的人，但是瓦尔临死都没有想到，乐白虽是入世阁的三大高手之一，却同时也是问天楼安插于入世阁中的卧底。

"大王庄一役，你与我有过交手，应该可以从剑路上认识到是我。那一战想必是你经历过的少有的失败，相信你不会忘记。"乐白笑了笑，似乎有意想激怒眼前的这个年轻人。

"我当然不会忘记，而且至今刻骨铭心，否则今天我就不会在这霸上寻求决一死战的机会了。"纪空手笑道，悠然而冷静，并不为此所动。他有一种直觉，那就是当日在大王庄中的乐白并不是一个真实的乐白，那个时候，为了杀局的完美，他故意示弱，有所保留，只有此刻的乐白，才是真正可以体现整个实力的乐白。

这是一种直觉，只有在高手相对的时候才会产生的直觉。虽然在瓦尔惨死的那一刻间，乐白也有过瞬间的心悸，但一旦面对高手的挑战，他的心立时静如止水，以自己的感官去感触着这虚空中的一切。

土行悄悄退去，就像他陡然现身一般，一动一静，形成了一种强烈的反差。这种反差给了乐白最直接的印象，那就是眼前的纪空手实在高深莫测，谁也猜不到他真正的杀机锋芒潜藏在何方。

"决一死战？这恐怕是你一厢情愿的想法，无论你决战的对象是谁，他只怕都不会来了。"乐白意味深长地说了一句，却让纪空手心中一惊。

"你的意思是……"纪空手试探性地问了一句。

"我没有别的意思，我只是想说，在今天，在霸上，你都很难见到卫三公子，或者韩信，因为他们压根就不会出现。"乐白得意地一笑，目光凝视着纪空手，观察着他应有的反应。

纪空手的脸色不变，但他心中的第一个反应就是：“不可能！这不可能是事实！对于卫三公子和韩信来说，自己无疑是他们最大的敌人！在如此有利于他们的环境下，他们不可能放弃这个击杀自己的最好机会！”

他的第二个反应则是：“如果乐白所说的一切都是事实，那么卫三公子与韩信现在又在哪里？在干什么？难道说他们要做的事情比毁灭自己还要重要？让自己这个大敌从这个世上消失难道不是他们的当务之急？”

他的思维在这一刻间陷入了迷乱之中，仿佛多了一层淡淡的失落。今日的一战对他来说至关重要，他策划已久，苦心经营，就为了在今天报仇雪恨，让登龙图重新回到自己的手上。假若乐白所说真的是事实，那么自己忙活数月，到头来得到的却是不能接受的一场空。

事实上这个计划几乎耗尽了纪空手的全部心血，他花费了不少的时间，将关中一带有劣迹的武林败类一一制服，既有惩恶扬善之心，而更重要的一点是想在不引人注意的情况下，让汪别离给卫三公子带一个口信，证实他会在今天出现于霸上的这间茶楼。霸上已在刘邦的势力范围之内，就算卫三公子看出了自己设下的圈套，他也会毫无忌惮地赶来，将自己置于死地。而且以卫三公子的性格，他是绝对不会轻易放过一个随时对他有威胁的敌人的，即使自己并非如想象中的容易对付，但却更对坚定卫三公子除掉自己的决心。

无论从哪个角度来看，纪空手都算定卫三公子今日必将出现于霸上，可是乐白何以会给了他这么一个截然不同的信息呢？

纪空手一怔之下，乐白就在此刻动了，而且动得很快！纪空手的触觉感到了虚空中的异动，本能地架刀一格。

可是这一格竟然格了个空！

没有刀剑迸击的声音，没有气流涌动的现象，一条如鬼魅般的人影竟然掠过这数丈楼面，向窗外窜去。

纪空手这一惊非同小可，因为乐白的身形虽然动了，却不是冲前，而是直退，竟然是打着逃跑的主意，是以他迎刀一格，只能架空。

不过纪空手认为这一惊还是值得的，这至少证明了乐白是在撒谎！他故意扯一个幌子引开纪空手的注意力，然后趁机而逃，是为了避开与纪空手这等强手强强对抗的局面。

既然乐白是在撒谎，那么也就证明了卫三公子与韩信都已经来到了霸上，而且就在这附近。

纪空手想明白了这一点，脸上禁不住露出一丝笑意。他的笑不仅为自己准确的判断感到欣慰，似乎还有另外一层意思……

乐白没有看到纪空手脸上的笑，也没有时间来看纪空手这高深莫测的一笑，他早在与纪空手说话的空隙，就选择了一条最利于自己逃跑的路线。

一个近乎完美的杀局竟然在纪空手的谈笑之间就已告破，这个残酷的事实在乐白的心中引起了强大的震撼，并且不可避免地让他心生三分恐惧。假若他放手一搏，未尝没有机会，但这突然的惊变已经摧毁了他心中的战意，压根就没有想到与纪空手全力一拼。

他既然下了决心要逃，当然对周边的环境做到了心中有数，并且在短时间内作出了他自认为是最正确的决定，向南突围!

在茶楼之上，纪空手占了东面的方位，按理来说，向西逃窜是距纪空手最远，最具有希望成功的一条路线，但乐白深谙纪空手用兵之诡异，从一开始就没有这样去考虑，而是选择了向南的路线。

他之所以选择这条实际上是最长的路线，是因为站在这条路线上观战的人是最少的，而且看上去也是最弱的，除了三四个一脸隐忧的江湖汉子之外，居然还有那个看似女人一般的花蝴蝶花云。

所以一经决定，乐白便毫不犹豫地起动身形，整个人就像一支劲箭，以超乎寻常的速度飞退而去……

他在飞退的同时，还不时地注意着纪空手的一举一动，看到纪空手挥刀架空的一幕，他甚至在心中禁不住想笑，不由为自己超常的应变能力感到一丝得意。

眼看他就要越过人群，向窗口纵去之际，就在这一刻间，他突然感到自己的身体挤入了一个压力奇大的空间。

这段空间不大，只是到窗口七尺之内的距离。乐白观察的时候并没有发现有什么异样，可是现在，他至少感到了有三道杀气在瞬间爆发，直迫自己的要害部位而来。

他的心蓦然一沉，感到自己正掉入一个事先设计好的陷阱中。这种感觉就像是一条毒蛇吞噬着心灵，让他有一种极端的悔恨与恐惧。他做梦也没有想到，正是自己看不上眼的这几个江湖汉子，发动了一个让他足以遗憾一生的杀局。

这几个人绝对不像他们外表所表现出来的迟钝，攻势一旦起动，不仅速度奇快，而且杀气十足。每一个人似乎都有非常丰富的临场经验，出手无不极具威胁。他们的剑锋划过虚空，形迹不仅诡异，而且剑锋透发的压力充斥了周遭每一寸空间，就像是一张张开的巨网，正等待着猎物的出现。

乐白掩饰不住自己心中的惊骇，唯有出剑！他的剑如灵蛇般在虚空扭曲，极度的恐惧激发了他极致的潜能，一剑划过，竟然格挡住了三件自不同角度、不同路线挥出的兵刃，同时曲身一弓，斜弹三尺，与对方分开了一定的距离。

“好！不愧是乐白！”这三人顿感手臂一麻，没有想到乐白这一剑竟然如此精妙而霸烈，不由得同时喝了声彩。

乐白并不因此而得意，听到喝彩声，他的心情仿佛比先前更绝望了，因为他已看出这三人都是经过易容打扮而成的，同时更听出这三人就是知音亭的“乐道三友”！

执琴者、弹筝女、弄箫书生，这三人无疑是当世之中少有的高手，放在平时，以乐白的身手，也许可以与他们中间的任何一人一较高下，但若是这三人联手，就算是最乐观的估计，只怕乐白也毫无胜出的概率。

所以乐白想都没想，毫不犹豫地纵身疾退，一扭身，又向楼梯口飞扑过去。

这楼梯口上却站了一个老者，以及两个十五六岁的少年，这三人很早就上了茶楼，只是一直都不引人注目，显得有些多余，但在这一刻，乐白感到自他们身上透发而出的凛冽杀气。

这个老者不是别人，正是吹笛翁，而两个少年乃是他精心培养的笛童。一老二少并肩而立，沉稳凝重，战意勃发，似乎已经算到了乐白会以他们作为突破口。

乐白在空中扭动了一下腰肢，只扭动了一下，随即他的整个人立刻刹住身形，稳稳当当地站在了吹笛翁面前。

他不得不如此，因为他已经看到了这一老二少手中的铜笛。

“乐爷的眼力真是不错，一眼就看出我们爷仨是不中用的家伙，所以就毫无敬老爱幼之心，直杀过来。嘿嘿……说不得我这个老头子也要拼死一搏了，万万不可堕了我知音亭的名头。”吹笛翁故意装出一副老态龙钟之相，慢条斯理地唠叨着，似是对乐白说，又似是对身边的两个笛童说，可是双眼一翻，抬头望天，又装出一副目中无人的样子，倒像是一场有趣的表演。

“如果有谁敢说吹笛翁是个不中用的家伙，那么这个人也实在是狂妄至极了，乐某自问还没有狂妄到这种地步。不过，你既然挡了乐某的去路，那乐某纵然技不如人，亦只有拼死请教了！”乐白的目光扫视了一下楼上的动静，看到自己孤身一人置于众敌之中，形势之凶险，已到了无以复加的地步。

他此刻的心态近乎绝望，不知为什么，在他入楼之前，还以为卫三公子的计划十分完美，一旦行动，纪空手无疑是九死一生，难有作为。可是当他进入得胜茶楼时，却发现自己每走一步，都异乎寻常的艰难，受制于人，有一种捉襟见肘的感觉。

此刻的楼上，无论是纪空手，“乐道三友”，还是眼前这一老二少，假若是单打独斗，对乐白来说都有一定的把握，可是在众敌环伺之下，他很难做到心如止水，全力以赴，是以他想以言语套住别人，然后再与吹笛翁一搏。

“所谓无利不起早，难得乐爷这么夸赞，想必是想与我们爷仨干上一仗吧？”吹笛翁识破了他的用意，笑嘻嘻地道。

“若你们定要以众凌寡，那乐某也只好认了。”乐白脸色微红，硬着头皮道。

“好！就凭你这句话，老夫倒想见识见识乐爷的高招！”吹笛翁的目光似是征询地望了纪空手一眼，见他微笑着点头，当下接受了乐白的挑战。

乐白心中一喜，知道这是自己最后一次机会。

他缓缓地深吸了一口气，将全身功力提聚于手臂之上，剑身轻颤，发出“嗡嗡”龙吟之声，杀气渐向虚空弥漫……

他能被卫三公子看重，担负入世阁卧底的重要使命，又号称入世阁三大高手之一，这本身就说明了他的实力，何况这一战关系到自己的生死，他没有理由不全力以赴。

不过他没有轻敌，虽然眼前一老二少并不起眼，但吹笛翁的笛技，无论在音律上，还是在武道上，都是当世一绝。

随着杀气一点一点地向虚空渗透，吹笛翁的脸色亦变得愈发凝重。他没有动，只是缓缓地抬起了自己的铜笛，而身边的两个笛童相互交错换位，身形由慢至快，极有默契地走出了一套玄奥神妙的步法。

乐白吃了一惊，他还是第一次看到这种三人连体式的阵法，那两个笛童就像是一个巨人的手臂，而吹笛翁却是这巨人的心，心静而手动，用心驭手，在动静的对比下，简直将攻防之道演绎至了一个极致。

他这才知道自己的目力又欺骗了自己，至少来说，这一老二少远非自己想象中那么容易对付。这三人之间似乎非常默契，单是这份默契，便足以让任何人心惊，而在这默契之下形成的攻防，无疑是惊人而有效的。

但乐白已无退路，唯有出手！

他的身形迅速趋前，剑锋刺出半空，突然脚力一收，往后疾退。

他这一进一退，看似有些神经质，但在众人的眼中，却无不惊叹，因为明眼人一看便知，乐白不愧是剑道高手，他的举动意在打乱对方攻防的节奏。

无论是多么熟练的阵式，无论是多么精妙的配合，它最大的弱点就在于攻防节奏的多变，毕竟多人配合远不及一人那般自如，而且心境不同，身手高低不同，意识不同……诸如此类的东西，决定了每一个人读解搏战内容的能力，是以乐白此举无疑找准了对方的命门。

但吹笛翁显然有自己的攻防节奏，根本就不为乐白的行动而动，他只是按照自己的步点，一步一步地向乐白挺进，三笛横空，压力密布，无形的杀气笼罩了整个空间。

乐白一退之后，随即毫不犹豫地反身疾进，剑锋如一道划破长空的幻痕，星光点点，攻向了靠左的那个笛童。

“叮叮……”一连串的爆响，剑与笛在空中不断地点击，劲气四散激射，像是一道道升腾于夜幕苍穹的烟花，沉寂的虚空似在刹那之间被一股无穷的力量打破、撕裂。

乐白没有达到打乱对方节奏的目的，却认准了自己剑锋所向正是对方最弱的一环，他发出了疯狂而凌厉的攻势，希望能突破一点，然后再控制全局。

两道暗劲从他的身体两侧涌到，笛影重重，更带出没有规则的音调，乐白虽惊而不乱，将之捕捉得清晰至极。其实在他决定动手的那一刻，便已经把全身所有的感官功能调至最佳的状态，让自己的每一根神经绷紧，渗透入虚空，去感受这空气中的每一丝异动。只是对方的动作实在太快，而且攻击的都是自己必救的要害部位，围魏救赵，在很大程度上体现了吹笛翁三人对配合战术的深刻理解。

乐白似乎找到了一点感觉，心动人动，身体突然如陀螺般旋转，单足立地，脚与剑同时发出了攻击。只是他手中的剑攻向了吹笛翁与右边的笛童，而腿依然不依不饶地直攻左边的笛童。他绝不容对方有喘息之机，唯有如此，他才有活命的机会。

乐白的这一招有些出乎吹笛翁的意料之外，对吹笛翁来说，首尾衔接流畅，攻守天衣无缝，是他创立这种阵式追求的境界。为了这个阵式，他花费了十年心力，最终得以完成，并且演示给五音先生鉴看，可是五音先生看后却不以为然，点评道：“阵式已近完美，几无缺憾，但既为三人阵，武功却各有高下，倘若是我，只攻一点，当可破之。”

吹笛翁对五音先生自然是有着高山仰止般的崇敬之情，当然对他的点评心悦诚服。不过他又想到："世上能如五音先生这等大见识的人毕竟不多，用之于次一流的高手，未必就全然无效。"他这想法也是人之常情，毕竟这是他的心血所凝，倘若就此舍弃，实在心有不甘。

是以此阵用于乐白身上，原想乐白纵有识破此阵的见识，也无破阵的能力，却不料乐白用如此一式怪招紧追不放，迫得自己身边的笛童顿有手忙脚乱之感。

这不得不让吹笛翁有放弃新阵的想法，身为一流高手的他，其本身的实力绝不在乐白之下，此番多了两人，倒有了画蛇添足的感觉，反而间接限制了他功力的发挥，这是吹笛翁始料不及的。

"孩儿们，退下吧！"吹笛翁大喝一声，长袖卷起，向乐白脸上拂去。

衣帛之物，本十分柔软，但在吹笛翁的劲力吹鼓下，恰如游龙飞奔，风势猎猎，由不得乐白不理。

乐白只有退，但只退了一步，手腕一振，剑锋宛如一阵骤风中的暴雨，密密地划过虚空，在空中布下了一层紧密得不能透风的罗网。

如雨点般的剑芒，在这一刻振荡出千万条很有弧度的幻影。幻影的中心，构成了一个高深莫测的黑洞，就像是幻兽张开的大嘴，吞噬着即将入网的猎物。

"叮……叮……"一连串爆裂如山崩地裂般的闷响传出，其声之大，恨不得让人捂住耳朵。但虚空之中只见剑舞笛飞，杀气如流水般倾泻一地，带出几欲窒息的压力。

这无疑是五大阀主之下的次一流高手之间的决战，对于乐白来说，他也许在出剑之前还是为了自己的生死而战，但与吹笛翁交手数十招后，他已置生死于不顾，而是以一个真正的剑手身份，为了自己的荣誉而搏杀。

死可以重于泰山，亦可轻如鸿毛，作为剑手，作为武者，他们追求武道的境界。当在生命与荣誉面前需要作出两难的抉择时，他们会义无反顾，以献出自己的生命来捍卫自己曾经拥有过的荣誉。

乐白无疑是这一类人，而吹笛翁正好也是，所以他们之间的决战，已远非“生死”二字可以比拟。恰当地说，这是一场比生死决斗更为残酷十倍的战斗。

连纪空手也不由得皱了皱眉头，眉间生出一丝担忧之色。直到此时，他才真正认识到乐白的实力，知道这是一场谁也输不起的决战，因为这场决战不分胜负，只分生死。

吹笛翁苦斗良久，嘴角处陡然生出一丝生涩却又难得的笑意。在杀气漫天的空间里，乐白没有看到，但“乐道三友”却捕捉到了，都轻舒了一口气，缓缓地放下了一直悬空的心。

因为他们实在是对吹笛翁再熟悉不过了，从无知的小儿到双鬓俱白的老翁，他们共同走过了五十载风风雨雨，所以“乐道三友”一看到吹笛翁嘴角上的这一笑，就知道他已有了取胜的把握。

的确，当吹笛翁接下乐白第七十四剑时，他以异常敏锐的触觉感觉到了乐白密不透风的剑势中竟然出现了一丝小小的缝隙，这绝对是一丝足以致命的缝隙。

吹笛翁将这一瞬即逝的现象归于乐白此刻并不平静的心态，谁都懂得，高手相争，冷静是必不可少的，但若在众敌环伺的情况下仍保持这种静如止水的心态，实在是难上加难。是以吹笛翁开始耐心地等待，等待这个机会的再一次出现。

吹笛翁从来认为，所谓的高手就是要比常人更懂得把握机会，如果没有这种把握机会的能力，纵算是天纵奇才，最终亦会成为武道中的沉沦者。他虽不敢自夸自己是一代高手，却相信自己有把握机会的能力。

耐心的等待终于有了结果，当乐白刺出第一百三十八剑时，剑锋划过，幻生出一道长长的暗影，暗影中有一道如丝亮线，正是乐白剑势中的缝隙。

吹笛翁再不犹豫，全身劲力蓦然在掌中爆发，而他的笛锋一寒，似乎多了一根凌厉无匹的尖刺，以迅雷不及掩耳之势强行挤入了那道缝隙。

他的眼力很准，手也异常稳定，所选的角度与方位绝对不会出现偏差，而所选择的时机也非常准确。他想要的，是利用这个稍纵即逝的机会，给对方致命的一击。

“叮……”但是当吹笛翁的长笛挤入时，却发出了一声金属般的脆响，他大惊之下，便要收手，却感到一股大力顺着自己的笛身反弹而回，几欲让他的长笛脱手。

惊骇之下，吹笛翁以更快的速度向后疾退。他虽然不知道那缝隙之中究竟暗藏了什么，但却可以肯定，缝隙只是一段空间，长笛插入，绝对不会传出金属的脆响。

那只有一种解释，就是缝隙之中暗藏有刀！

刀从缝隙一处破出，看似是最弱的一点，但瞬间却成了最强大的攻击点。

吹笛翁没有想到这一点，很多人都没有想到这一点，因为他们只听说过乐白的剑，从来就不知道乐白还会用刀，而且是一种绝对可以跻身一流的刀法。

刀在长笛挤入缝隙的瞬间爆发，没有迎击，却是顺着笛身滑向吹笛翁握笛的手腕。虽然吹笛翁在第一时间内作出反应，但刀芒依然如影随形般威胁着他的手腕。

唯一的办法，只有弃笛，但吹笛翁与乐白的功力本在伯仲之间，若是空手对白刃，只怕凶多吉少。

纵是如此，吹笛翁还是选择了弃笛。不过他弃笛的同时，长袖如匹练般扬起，卷向了乐白的刀身。

“呼……”长袖若游龙般卷裹住了刀锋，吹笛翁心中一喜，便要纵前。

“快退！”纪空手的声音适时响起，带着一股浓烈的焦虑，他显然看到了危机的存在。

吹笛翁相信纪空手的能力，所以毫不犹豫地飞退，刚退得一步，只见一股强大的劲力爆裂开来，长袖尽碎，飞扬于空，凛凛刀锋趁势而出，端的是十分霸烈的一击。

吹笛翁大骇之下，接过笛童抛来的两根铜笛，扭身斜上，成功地闪过乐白刀剑合璧的夹击，同时双笛横空而出，爆出一团暗淡的云团。

乐白一击得手，已占先机，根本不容对方有任何喘息之机，但暗云浮动，倍显诡异，他不得不理，刀剑向浮云中段劈去。

“当当……”两声脆响，刀剑荡开，乐白只觉气血翻涌，只得退了一步。

吹笛翁也觉手臂酸麻，却知道这是自己抢回先机的机会，根本不顾如潮般袭来的气流，逆风而行。

他的双笛再次升空，像两道流星划过的轨迹，刺破虚空，朝乐白的咽喉飙射而去。经过了刚才的突变，已激发了他潜藏胸中的无限杀机。

乐白的眼中闪过一丝惊骇，似乎没有料到吹笛翁的反应是如此迅捷，更让他吃惊的，还有吹笛翁似乎变了一个人般，眼神中泛起浓浓的血色杀机，似要毁灭眼前的一切。

“轰……”无奈之下，乐白选择了硬抗，他不想再退，也不能再退，否则气势一失，败局便定。

乐白只觉得有一股电流般的物质自刀剑传入手心，再透入心底，有一种说不出的难受和痛苦。但当他看到吹笛翁几欲变形扭曲的脸时，心里又平衡了不少。

然后他就得出了一个结论：这是一场势均力敌的决战，无论是谁想分出胜负，恐怕都在千招以上。

他不想这样无休止地厮缠下去，因为此刻他只想逃离这家酒楼，是以他不想本末倒置。

等到他的刀剑抢攻又逼得吹笛翁退了一步时，突然将手中的刀脱手，飙射向吹笛翁的脸部，同时脚步一滑，向楼梯口窜去。

这一切都在他的算计之中，也是按着他预想的计划进行。在这个时刻用这种手段逃走，不仅避开了吹笛翁的贴身厮缠，而且可以在时间上抢得先机。

纪空手与“乐道三友”发现异样时，已经迟了，乐白的身形太快，眼看就要从楼梯口消失时，一条比他更快的身影突然挡在了他的面前。

“哧……”乐白的身形倏地刹止，抬头一看，怎么也没有料到此人竟然是花蝴蝶花云。

花云不过是江湖的二三流角色，虽然他以轻功提纵术见长，但其身形再快也绝对快不过乐白这等高手，这不由得让乐白狐疑起来。

“你不是花云!”乐白突然惊叫道，同时他也意识到自己丧失了最后一个逃生的机会。因为就这么稍稍一缓，纪空手与“乐道三友”、吹笛翁已经围了上来，虽未动手，但那股肃杀之气已是沉重得让人窒息。

“你是怎么看出来的?”这个花云脸上不动声色，但眼神中生出一丝诧异，“咦”了一声，问道。

她一开口，就立刻证实了乐白的判断，因为男人是说不出这一口又甜又糯的女腔的。

“这其实很简单，因为男人的咽喉上有喉结，而你没有，再说以花云的身手，绝对使不出如此上乘的轻功步法，所以我可以断定，你就是知音亭的小公主!”乐白口中说来，殊无得色，心知自己再也无力突破对方的包围，顿时有些心灰意冷。

“哦，你若不说，我倒忘了。”红颜取下面具，露出盈盈笑脸，“乐爷可不愧是老江湖了，目光犀利，一眼就看穿了我的小伎俩。”

“不敢。乐某若真是老江湖，又怎会落得今日这个下场?”乐白摇了摇头，轻叹一声。

“什么下场?乐爷不是活得好好的吗?而且我可以保证，乐爷只要能回答我一个问题，你就可以自由地从这里走出去。”红颜笑了，笑得很甜，就像邻家的女孩站在你的窗前与你聊天一般，倍感亲切。

“红颜姑娘的好意，乐某心领了，但你这个问题还是不问为好，因为我是绝对不会背叛问天楼的。”乐白断然喝道，言下自有一股凛然正气。

“啪啪啪……”几声掌声响起，便见纪空手踱步而来，走到乐白身前道：“敢问一句，乐爷是姓成还是姓宁?”

纪空手的这一问古怪至极，乐白当然姓乐，还能姓什么?这就像一个人跑到一头驴的面前，偏偏问它究竟是马还是骡子一般愚蠢。

可是乐白的脸上丝毫不见嘲弄之色，肃然道：“在下姓成，乐白之名，只是我在人世阁中的化名。”

“果不其然，乐爷不愧是大忠大孝之人，请!”纪空手大手一挥，竟要手下让出一条路来。

他本就一心想置乐白于死地，毕竟两军对垒，能够除掉对方的一个生力军，既可灭敌气焰，又可助己威风，正是两全其美的事情。可是他听了乐白的一番话后，却改变了主意，众人闻言，无不吃惊。

“这，这……”乐白明知要死，心存绝望，陡然听得又现生机，大悲大喜之下，竟然说不出话来，只是将疑惑的眼光盯在纪空手的脸上。

纪空手微微一笑，道：“你是卫三公子的家臣，又是卫国遗民，所以能置生死于不顾，一心为国为主尽忠尽义，这等人物，是我一直都心仪的，是以我不杀你，至少这次要放你一马!”

乐白这才明白纪空手并非玩笑，而是真心要网开一面，不由迟疑道：“你若真这么做了，只怕会后悔的!”

纪空手淡淡笑道：“做便做了，何须后悔?”

“可是我生是问天楼的人，死是问天楼的鬼，倘若今日走出这里，他日相见，只怕你我还是敌人，我可不会为了你今日网开一面而手下留情!”乐白大声说道，浑不将生死放在眼里。

“就为了你这句话，我更要放你离去。”纪空手大手一挥，众人的刀剑尽皆归鞘。

乐白不再言语，大步而去，走得几步，突然转身道：“你是我这一生中见过的最可怕的敌人，你的可怕之处就在于有情有义，不过我还是想奉劝一句，倘若你能走出此地，还是早些离开为妙，卫三公子绝不是别人想象中的那么容易对付!”

“我明白了。但是我可以告诉你，无论卫三公子有多么厉害，他绝对保护不了韩信，因为我可以为了你的有情有义放你一条生路，也可以为了一个人无情无义的背叛而绝不姑息，惩恶扬善，恩怨分明，这就是我做人的原则!”纪空手的声音缓慢而低沉，极有力度，听到每一个人的耳中，都不由怦然心动，没有人会相信纪空手会做不到言出必行。

“可惜，实在可惜！”乐白心存感激地看了纪空手一眼，然后长叹一声，摇头而去，谁也不知道他这一声叹息是因谁而起。

茶楼又复平静，过了良久，才听得红颜轻声道：“乐白是一个高手。”

她这句话无头无尾，可是纪空手却听明白了其中的意思，笑了笑道：“我不能杀他，因为他不仅是个高手，而且还算得上一条好汉。”

红颜眼中的柔光射在纪空手的脸上，道：“此人忠义两全，才是我们最可怕的敌人。”

“有义之人，必定有情，相信我吧！终有一天，善有善报，即使不报，就凭他孤身一人卧底入世阁二十余载，这份耐心，这份胆识，已足以让我交了这个朋友。”纪空手眼睛一亮，眸子里闪动着一种激情，似乎入目所见是人性中可贵的一面。

“我相信你。”红颜柔顺地一笑，忽然像是想到了什么似的，“你不觉得奇怪吗？决战已经开始了，卫三公子和韩信怎么还不出现？既然他们都有必胜你的决心，就不该放过今天这样的机会。”

“自大王庄一役之后，我对卫三公子与韩信又有了重新认识。在五大阀主中，你父亲的潇洒，赵高的阴沉，项羽的自大，各有各的特色与风格。但说到心计之深与忍耐心，无人可与卫三公子相比。”纪空手肃然道，“所以我在想，这两人不出则已，一出必是石破天惊、立判生死的杀招，我们虽然早有准备，但要想在今日全身而退，只怕是非常艰难。”

“公子不必有太多的忌讳，我们这些老家伙归隐了数十年，难得有这么一个舒动筋骨、扬眉吐气的机会，正想一展身手呢！”吹笛翁与“乐道三友”笑了起来，以他们的见识，当然知道今日一战必是凶险至极，但在他们心中，自有一股豪情，还有无畏的气概，不失江湖大豪的傲世风范。

“多谢各位，今日一战，本是在下与韩信一了个人恩怨，想不到还得有劳你们。”纪空手心存感激地道，不由自主地望了一眼红颜。他知道这些人之所以甘心受己调遣，其实只是为了红颜，爱屋及乌，惠及自己而已。

吹笛翁看出纪空手的心思，微微笑道：“我们甘愿受公子驱使，固然有小公主的情面，亦是有我们对公子发自内心的佩服之意。像你这样重情重义之人，在如今这个世道上亦是越来越少了，而且难得你个性张扬，不畏强权，两只空手敢于争霸天下，单是这一份豪气，已足以让人心仪。正如我们前来之前先生所说，知音亭早晚都是你的，我们这些老家伙迟早都是你的属下。所以你但有差遣，尽管吩咐便是。”

红颜听得，小脸一红，跺脚道：“吹笛翁，就你话多，只顾乱嚼什么舌头！”

吹笛翁舌头一吐，做个鬼脸，哈哈笑道：“女儿家就是脸薄，敢爱敢恨，才是江湖儿女的作风嘛！”

众人无不会心一笑，红颜斜了纪空手一眼，却见他笑意之中另有一丝忧愁。

“纪大哥，你又在想什么？”红颜顾不得女孩儿的娇羞，关切地问道。

“你还记得我们初到霸上时，听人说起刘邦驻军霸上的原因吗？”纪空手若有所思地道。

“记得，听说他是为了一个叫虞姬的女子，这等酒色之徒，竟让他成就了一番大业，老天可真是无眼！”红颜俏脸上一副不屑的样子，似是压根就瞧不上刘邦此人。

“刘邦绝非酒色之徒。他此次入关，从不以人主自居，反而处处奉项羽为主，如此反常，只能说明他还没有具备完全与项羽抗衡的实力，而且他新得登龙图，需要一定的时间来开发挖掘，所以就想投项羽之好，献上虞姬，以期赢得积蓄力量的时间。”纪空手缓缓地道，他不得不为刘邦惊人的忍耐力而叹服。一个人为了自己的目的，敢于放弃属于自己的一切，甚至放弃自己，这种无情，绝对不是纪空手可以学来的。

“那我们何不杀了虞姬，以促刘、项交恶，我们就可从中渔翁得利。”吹笛翁眼睛一亮。

“这不是我纪空手行事的风格，无论如何，我都不会向一个手无缚鸡之力的女人亮出我的刀锋，这不是能不能为之的问题，而是敢不敢为之，头上三尺有青天，我怕遭天谴。”纪空手摇了摇头，“何况，她的确是一个可以让任何男人倾心的女子。”

红颜小脸肃然，无论她是如何大度的名门之女，听到自己的心上人当着自己的面夸赞另一个女人，能不吃醋已是怪事。

“这其中包括你吧?”她似笑非笑，咬着嘴唇道。

纪空手似乎没有注意到红颜的反应，微笑道：“当然，我又怎能例外?若非我心中早有了你，已容不下任何女人，只怕也会为她的绝色而倾倒。”

他这一番表白无疑是向红颜表明了自己一腔至诚真情，虽在大庭广众之下，但红颜仍能感受到他话中的绵绵情意，盈盈秋波，凝视着纪空手温情的脸庞，只恨时光不能在这一刻永远停顿，让他们融化于这一片柔情之中。

就在这时，一连串惊人的巨响轰然传来，似有什么东西撞击在茶楼之上，引起茶楼不停震荡，来回摇晃，瓦砾尘土一时弥漫，众人俱都色变。听到楼外马嘶声起，纪空手探头窗外一看，叫道：“不好!”脸色已变。

他之所以吃惊，是因为茶楼四方已经列下马队，每队足有百骑之多，每十骑连成一股，每股系着一条儿臂粗壮的缆绳，而绳头处套上一个大铁锥，以内力深厚者运力抛掷，将铁锥钉入茶楼借以支撑的木梁木柱上，只要一声令下，这得胜茶楼顷刻间便会变为一片废墟。

而更让人吃惊的是十丈之外，无论是街头巷尾，窗门房顶，虽然只见暗影涌动，但在阳光的映射下，无数寒光凛凛的箭矢密布四周，任何人见了都会为之胆寒。

这一切虽然都在纪空手的意料之中，但绝对不是他想象中的来得如此快，也不似他想象中的对己方构成如此巨大的威胁。惊变来得如此突然，任何应变都只能在瞬息之间作出，否则就太迟了。

敌人显然对纪空手的实力不敢小视，就在这时，纪空手听到了很多轻微的脚步声和气息悠长的呼吸声出现在茶楼附近的十丈范围之内，略一估计，其中至少有二三十名以上的高手，正迅速快捷地抢占有利地形，以作最有效的拦截与击杀。

其中不乏有几个似乐白这般的高手，脚步声若有若无，气息收敛，若非纪空手耳目几达通灵，根本就不可能发现他们的存在。

但在这令人心悸的一刻间，纪空手却出奇地冷静，甚至有一丝笑意出现在他的脸上。

如果对方一上来就摧毁茶楼，然后以箭矢拒敌，那纪空手等人就是武功再高，也只有处于被动挨打的份儿。但卫三公子心中的确对纪空手的实力有所忌惮，担心茶楼摧毁之后，纪空手会以另一种身份逃脱。所以他为了使整个围杀行动更加完美，派出精锐缠住纪空手，趁乱袭杀，以求达到三管齐下，一战功成。

这看上去是一着妙棋，但在纪空手的眼中，却看到了一线生机。只有在近身相搏的情况下，敌我混在一处，才能使敌人的行动有所顾忌。卫三公子的这一着棋，既有画蛇添足之嫌，更有成人之美之功，是以形势虽然险峻，但纪空手反而丝毫不乱，只是凝神屏气，静观其变。

“轰……砰……”巨响传出，最先的攻击来自于脚下。等到众人惊觉时，楼板木块迸裂，碎木激飞，数道寒芒直插而上，不仅隔开了纪空手与属下之间的联系，而且展开了最迅猛的击杀。

“来得好！”纪空手大喝一声，离别刀如幻影闪现，蓦然出手。刀迹似重若轻，若有若无，刀过虚空，全走偏锋，一出手便演绎出了刀的玄境，让任何人都感受到了他心中的战意和无限的杀机。

敌方从楼板裂开处涌上，袭击纪空手的是申帅与三名高手。他们显然对楼上各人的位置了若指掌，人一出现，并不显乱，而是各取目标。

在申帅的心里，显然没有将纪空手放在眼中，虽然纪空手曾成功地在他手中脱逃，但他所佩服的，是纪空手的智计而非武功，此刻又有三名帮手，他原以为必稳操胜券，但此刻见纪空手的第一刀使出，已让他刮目相看，甚至不敢相信自己眼中所见。

申帅与纪空手再次交手，相距时间不过一年。一年的时光实在短暂，对于一个武道中人来说，要想在武道上有所精进，绝非易事。而纪空手此刻的表现，已是远远超出了常人可以想象的范畴，绝不是用天赋与努力可以解释的。至少来说，纪空手在这段时间内有过奇遇，申帅几乎可以肯定。

他的判断丝毫不差，纪空手对武道的彻悟源于洞殿武学，没有在洞殿中对心道的理解，就没有现在的纪空手，这是毫不夸张的说辞。

所以申帅不敢有一点小视之心，在刀挥来的同时，他已拔剑。

“呼……”剑影重叠，幻生万千，申帅的剑也许并不好看，但它总是出现在最需要出现的地方。

“砰……”刀剑相迎，杀气如流水倾泻，申帅只感手臂一麻，长剑几欲脱手，惊骇之下，强行撑住，却不得不硬退了一步。

只退了一步，却足以让申帅的自信在顷刻间受到无情打击。因为相较之下，纪空手不仅身形只晃了一晃，而且脸上带出的依然是闲散惬意的表情。

但申帅的剑只是一个攻击的信号，在他的长剑出手的同时，与他一路的三名高手几乎不分先后地发起了他们的攻势。

这三人一个使鞭，一个使矛，一个使枪，毫无疑问，这三人都是不可小觑的好手，所以他们一旦攻击，不仅攻向对方最具威胁的方位，而且掌握了最佳时机。

当然，如果按照这样的方式计算，纪空手纵然能逼退申帅，也不能闪过这三人的击杀，但是这世上的很多事情并不是永恒不变的，至少对纪空手来说便是如此。因为当这三人自以为纪空手处于绝对的劣势之时，纪空手突然动了。

他以精妙绝伦的见空步起动，一动之下，这三人所攻击的时机与方位在瞬息之间生变，成了根本就对纪空手毫无威胁的无用之功。而纪空手的刀光一闪，却将他们悉数笼罩在离别刀迫出的杀气之中。

“当……当……”纪空手一刀出手，先与长矛、长枪在空中一触即分，同时刀锋一撩，劲气飞泻，又将软鞭震出半尺，然后一步抢进，向申帅攻出了势不可挡的一击。

他在刹那之间连攻四刀，如行云流水一般流畅轻快，层次分明，脉络清晰。难得的是他的刀迹在人人可见的情况下，却有一种高深莫测的感觉，看似有迹可寻，实则无从挡起。众人惊骇之下，各自后退。

“呼……”纪空手料到对方必然会退，也懂得这是他唯一可以把握的机会，因为申帅的武功并不逊色他多少，又有强助在侧，他唯有先声夺人，才有可能在乱中取胜，是以他毫不犹豫地长刀一振，锋芒一闪一灭，直追申帅而去。

纪空手如此快速的反应的确让申帅感到心惊，但这还不是让申帅感到可怕的，真正可怕之处，还在于纪空手人刀合一所产生的一种霸烈气势，如风云般席卷了整个空间。

“轰……”申帅的长剑迎向了幻灭无形的刀锋，火花溅处，气流疾卷。这一次申帅早有准备，不退反进，剑锋沿着刀身划出一溜“刺刺……”的火星，刺向纪空手握刀的手腕。

他的这一变化是心态调整的结果，当他发觉纪空手绝非以前所见的那个纪空手时，他便不再轻敌，而是全力以赴。

# 第三十章　无怨无悔

纪空手却不觉得这是一个意外，事实上他从来都尊重自己的对手，无论是谁，他都不敢小视。只有这样，他才觉得这是尊重自己的一种表现，是以申帅的这一变已在他的意料之中，脚步一滑，退了七尺。

他是在与申帅力拼之下而退，疾退之下，由不得申帅的身形不大胆跟进。等到申帅的剑锋追得最急之时，纪空手突然立定，刀在空中升起了一道暗淡无光的浮云。

浮云升起，占据了大半空间，如幻如雾的气息让任何人都为之心悸。

申帅看出了纪空手这一刀的厉害，因为虽只一刀，却封锁住了他长剑的任何去路，随便他攻向哪一个方位，都有可能遭到对方最无情的封杀。

可是他已别无选择，在纪空手的气势带动下，他已经根本刹不住自己的身形，不过他选择了一个最有效的应变方式，将剑刺向了那浮云的中心。

"哧……"剑从气流中心穿过，感到了那呈螺旋状的吸力，却没有刺中任何实体，仿佛那浮云背后，本就是一片虚空，申帅的心陡然一沉。

这几乎是不可能发生的事情，却真真切切地发生在了自己的身上，申帅心中的震骇简直达到了无以复加的地步。任何兵器所产生的杀气，虽然无形，却应有质，应有杀气的来源所在。但纪空手的杀气却有形而无质，这说明了他对武道的领悟已达到了一个高度，绝非是自己可以企及的高度。

"啸……"等到刀声再起时，离别刀的刀锋已经迫入了申帅的三尺之内，寒气袭人，直侵肌肤。申帅仓促之间，从一个不可思议的角度出剑，硬格了一击。

“噗……”一声闷响传出，随之而出的，是一口鲜红的血。申帅只觉一股强大的劲力随剑而上，渗入自己的身体，震得胸中气血飞窜，不过他凭着直觉与本能退出一步，正好等来了强援相助。

纪空手眼神一变，肃杀无限，冷若冰雪，听到周身外的打斗声与叫骂声，他深知己方此刻的形势凶险万分，稍有不慎，不仅难杀卫三公子与韩信，反而自己倒有性命不保之虞，是以决定在短时间内结束这场战局。

不过这种决定看上去就像是一厢情愿，至少他的对手是这样认为的。这三人的兵器各有不同，但他们的兵器刺破虚空，就像是三道致命而快捷无比的寒星，直射向纪空手的咽喉。

此刻的纪空手，却显得无比冷静，就像是一座不动的冰山，尽现寒意与杀机。

这三大高手看到了纪空手这种异乎寻常的镇定，眼中闪过一丝惊骇，这种惊骇是因为纪空手的整个人虽然不动，却像一尊凛凛生威的战神，眼神中泛起一股令人心悸的杀意。更因为纪空手手中的离别刀从一个平平无奇的角度而出，却封锁了前面的一片虚空。

无论这三人中的任何一位先行进入到纪空手刀锋所向的范围，都有可能会成为离别刀下的亡灵。正因为如此，所以这三人无一例外地都怔了一怔，这才同时发力，爆发了他们三人联手的一击。

就只有一怔，但对纪空手来说已是足够，他将劲力提聚到刀锋的一点，就在刀锋与敌之兵刃相交的刹那，陡然释放，形成一股强猛的爆炸力。

“哧……哧……”一种冰入火中引起汽化般的声响响彻了整个虚空，谁也说不清楚这究竟发生了什么事，但都有一种让人心惊的恐惧。

这三人只觉得自己的兵刃出现了一股莫名的颤动，一道电流仿佛从掌心而入，沿经脉直透心里，有种说不出来的苦痛与难受。手臂疾抽，却无法摆脱这种感觉，使得他们的心中平生一种无奈的惊惧。

其实他们没有想到纪空手对体内玄阳真气的驾驭已到了收发由心的地步，这种将玄阳真气注入刀身以求拒敌的方式，在一流高手中会者不少，但真正将之运用到临场上，却实在不多，因为这绝对是一种拼命的打法。

纪空手只有拼命，在这个关键时刻，不是敌死，就是我亡，根本没有退路可言。一般的高手，对这种拼命的方式不屑为之，也没有能力可以使自己的真气长久地持续倾注，只要遇上真正的高手，往往会徒劳无功，甚至反受其害，是以这种打法在江湖上很少出现。但不可否认，这种打法是最可怕的，一个人若是已经决定拼命的话，这就至少说明他已不怕死。一个不怕死的人，完全可以只攻不守，这足以让任何高手都为之胆战心惊。

“呀……”闷哼响起，三名高手不由自主地斜滑半步，从纪空手的身边擦肩而过，但纪空手没有回头，也没有停步，只是反手一刀，大范围地斜劈身后。

他这一刀怪异至极，手臂仿若风车疾旋，说到即到，快如闪电般划向了那三人的背心，那里无疑是三人的弱点所在，要想避让这一刀的攻击，极有难度。

虽然纪空手的这一刀出乎这三人意料之外，但刀气及体的刹那，他们出于本能，就地一滚，向前冲出数尺。

这种应变的方式虽然有失高手风范，也比较狼狈，却是非常有效。换作他人，也许他们就可转危为安了，可惜的是，这一次他们遇上了纪空手。

纪空手新近崛起于江湖，其势之盛，本就与众不同，所以他的武功也是凭心所悟，随心所欲，从来就不按常理出招。是以这三人曲身一滚的同时，他突然双膝跪地，身躯后仰，倒滑着杀出了极为惊人的一刀。

他的速度绝对不快，力道也并不大，但是却极为突然，充满了无穷的想像力。等到三人感到杀气迫体时，已经没有任何抗拒的余地。

“呀……”三声惨呼几乎是同时响起，凄厉无比，惊破了数间楼层，申帅心惊之下，便看到了楼板上犹自蠕动的六只脚板，血肉模糊，已与它的主人彻底分离。

然后他就看到了纪空手的眼睛，那眼神空洞而深邃，似乎看不到任何东西，但申帅却感到对方眼中拥有的强大自信。他本可以在纪空手倒滑之时跟进，然后出手，但不知为什么，他却没有动。

他之所以未动，是因为他没有绝对的把握，从他上楼开始，就发现此刻的纪空手对武道的领悟远远超出了他想象的范围，一旦妄动，反会自陷危局。可是他却没有想到，对付纪空手这样的人，要想有绝对的把握，无异于痴人说梦。

此刻楼上的战斗依然激烈，但胜利的天平已经正向纪空手这一方人倾斜。问天楼的精英不仅身手出众，而且亡命，可惜他们遇上了真正的强手，所以伤亡不小，付出的代价实在惨重。

无论是“乐道三友”与吹笛翁，还是红颜，他们由最初的以一敌几渐渐变成了一对一的单打独斗。这倒不是因为敌人觉得以众凌寡有违武道精义，而是死人绝对不会再对他人有任何的威胁。

申帅没有想到己方会败得如此之快，更没料到纪空手身边的人物个个都是身手不凡，不仅是他，就连卫三公子与韩信，也意识到了派出申帅这一拨人出击，是一种错误。

卫三公子一早就出现在相距得胜茶楼不远的城楼上，在他的身后，除了韩信之外，还有统军十万的沛公刘邦。

认识刘邦的人，印象最深的是他的笑容，这个人的五官如何，一眼看过去，未必能尽知端详，但他的笑容却很难忘记，甚至有人打赌说，刘邦即使睡着了，也一定是带着笑意的。

笑不仅让人感觉到平易近人，还能使人感觉到和善可亲，而以刘邦此时的身份地位，笑能使他放下架子，与手下的谋臣将领亲如兄弟，形成有效的合力。

不过百利总有一弊，有人会说，笑使人看上去懦弱，没有威信，这似乎很有道理，但这种现象不适合用在刘邦的身上，对于刘邦来说，笑其实是一种武器。

始终保持一种表情的人，远比脸上没有表情的人更为高深莫测，即使你是在笑！而刘邦正是这一类人。

项羽之所以让刘邦独当一面，统军西进，不仅是因为刘邦有这个能力，而且相信刘邦对自己的忠心。虽然江湖上传闻刘邦是问天楼所扶持的一支力量，但项羽总是一笑置之。因为他在重用刘邦之前，曾经对刘邦作了非常详细的调查，确定刘邦与问天楼并无渊源。

假若项羽此刻来到霸上，他一定会大吃一惊，因为此刻的刘邦的的确确是与卫三公子在一起。

谁也不清楚刘邦与卫三公子究竟是什么关系，更猜不透卫三公子何以会倾问天楼所有力量，鼎力襄助刘邦成就王者大业。韩信虽然就在他们的身边，却也看不出这二者之间的必然联系，但他知道，刘邦就是他在冥冥之中一直追求的明主，是一个可以让他享尽荣华富贵的贵人。他之所以背叛纪空手而投靠刘邦，就是因为凤舞山庄地牢中的蚁战让他坚信刘邦最终是这个天下的拥有者，而与纪空手联手争霸，虽然很有诱惑力，但韩信却相信那是一个注定会失败的结局。

这三月来，韩信一直与卫三公子相处一地，对卫三公子的智慧与活动能力有了更深层次的认识。在他的心中，无论是纪空手，还是卫三公子，他们都是这个时代难得的精英，几乎不分轩轾。从感情上来说，他不想背叛纪空手，但理智却告诉他，争霸天下并不是完全依靠实力，有的时候，运气远比实力重要。

所以他决定死心塌地地追随卫三公子，追随刘邦。当汪别离传来纪空手人在霸上的消息时，他明知这是纪空手设下的诱局，却还是力谏前往，因为他知道，纪空手无疑是刘邦夺取天下的最大障碍，其威胁甚至大于项羽，唯有将之除去，才可高枕无忧，否则一切都存在不可预知的变数。

“纪空手肯定没有想到，他自己精心设下的杀局，竟然是为他自己准备的，这世上的事情有时候就是这么可笑。”韩信观望着卫三公子布下的整个战局，不由有所感慨地道。

“此时说这种话，未免太早。”卫三公子淡淡一笑，“我相信你的判断，纪空手的确是我所遇见的最难对付的大敌，所以我对今日的一战并非太过乐观。”

韩信一怔，道：“先生只怕过虑了，纪空手虽然厉害，但终究也是人，我们以三千神射手设伏外围，以上百名精英入局围杀，在实力对比上已是占有决定性的优势，何况有先生与沛公居高指挥，把握全局，岂有不胜之理？”他既有心追随，便不敢与刘邦兄弟相称，而是以属下身份称其沛公，以示尊敬之意。

“你说的未必没有道理，但只是以常理度之。”卫三公子看了一眼刘邦，然后说道，“纪空手在登高厅一役，已经充分展示了驾驭战局的能力与智无遗策的神机妙算，如果他没有一定的把握，就绝不会在这个时候来到霸上设下这一诱局。他之所以敢来，就说明了他已有把握全身而退。”

“阀主所言极是，本公尚在沛县之时，对此子就十分关注。”刘邦的眉头皱了一皱，依然保持了他脸上原有的笑容，缓缓接着道，“此次霸上之行，纪空手除了本身拥有的神风一党之外，还有知音亭一门豪阀的精英全力襄助，其实力不可低估。况且他将这个诱局设到霸上，明知这里已是本公的地盘，却依然为之，这不得不让人佩服他的胆识与卓见。”

他之所以提出这样的问题，是因为他已几经思量，始终找不到纪空手敢于如此大胆行事的原因。虽然他也想到这是纪空手为了引卫三公子与韩信不起疑心，毫无顾忌地前来赴会，但却赞同卫三公子的观点，就是以纪空手的为人，没有一定把握的事情绝不轻易为之。

可是此刻的霸上，得胜茶楼周围方圆一里之内，已经调入了他的三千精锐人马，不仅封锁了全部的进出通道，将这段街道与其他街市彻底隔离，而且在这城楼之上，登临高处能俯瞰其中的一切动态，随时可以针对对方的行动而采取有效的防范与攻击。在如此高明的布置下，纪空手何以还有把握可以突围而去？

这令刘邦感到了些许疑惑。

“也许这是因为纪空手失了登龙图之后，复仇心切，是以一时不察罢了，而不是因为他还另有图谋吧？”韩信小心翼翼地说出了自己的看法，虽然他已取得了卫、刘二人的完全信任，却懂得韬光养晦的道理。

“这未尝没有可能。”卫三公子想起纪空手人在大王庄时那空洞而不可揣度的眼神，微微笑道，“可是临阵对敌，我们却不能心存侥幸。宁可将对手看得更厉害一些，也千万不要小视了对手，只有这样，成功的希望才会越来越大。”

“阀主这样说话，莫非已有了安排？”刘邦的目光与卫三公子的眼芒一触即分，但韩信却隐约地看出了他们之间的关系非同一般，只是这两人既是刻意掩饰，他也只有闷在心里，暗道：“卫三公子如此提携于他，究竟是出于什么原因？难道说刘邦的身世并非如世人所传，而是另有背景？”

他觉得这是一个谜，是一个只有卫三公子与刘邦才能解答的谜。既然如此，他身为属下，就没有理由再去刨根问底。

卫三公子听得刘邦所问，脸显得色：“是的，我已经安排好了一切。自从得到登龙图之后，五音先生放言江湖，意欲鼓动天下人与我为敌，孰不知我早就算到了他有此一招，于是在大王庄附近隐居下来，借这段时间，不仅看破了登龙图所载的真正地点，而且利用我们问天楼独有的联络手段，调集了本楼所有人手进入关中，准备为你开启这个宝库。”

刘邦并不因此而感到万分激动，而是微微点头，好像卫三公子此举原是理所当然应该如此，平静得有些出奇，只是沉吟片刻：“此时动手，只怕时机未到。项羽的大部人马已抵达新丰鸿门，距离霸上不过一日路程，倘若让他得知在本公背后有你这位阀主的支持，只怕便要兴师而来，一场恶战在所难免了。”

“以你测算，倘若此刻与项羽翻脸，有几成胜算？”卫三公子神色一凛，问道。

“毫无胜算。这就是本公隐忍不发，甘居人下的原因。”顿了一顿，刘邦缓缓接着道，“但是只要再给本公三年时间，又暗中获取宝库的兵器财物，到了那时，项羽虽勇，却又何足道哉？”

他的声音很轻很柔，但听在别人耳中，只觉得这话中带有一股傲视一切的自信，更有一种让人无以辩驳的说服力。纵是韩信之流，亦对刘邦生出高山仰止之心，足见其王者风范不同凡响。

卫三公子深深地看了刘邦一眼，眼中掺杂了太多复杂的神采，以至于无法让人猜透其心。但他的浓眉中几根长长的白眉却在此刻微微颤动，显示出他并不平静的心态。

“还要再忍三年时间，这委实辛苦你了。”卫三公子轻叹一声，不由自主地流露出几分爱怜的情绪。

“要做人上人，须吃苦中苦。本公对此无怨亦无悔，倒是你一路奔波，还需多多保重才是。”刘邦的眼中似乎起了一层雾气，语声略带颤音，韩信看在眼中，只觉得心头惆怅，凭空多了几分伤感。

“项羽即至，你打算如何应付他？”卫三公子默然无语，一阵秋风袭来，他不由打了个冷战，蓦然问道。

“项羽为人自负，刚愎自用，虽有绝世武技，却少有容人之量，本公并不惧他。他此刻挟四十万大军之威，以楚怀王之令，号召天下诸侯，看似声势到了鼎盛时期，但盈满即亏，这是万物至理，本公只消取得他的信任，暂避其锋芒，休养生息，养兵蓄锐，一旦时机到来，自然可以与之一决高下。”刘邦侃侃道来，显得胸有成竹，其时项羽之名，已是名震天下，敢于如此小视于他者，唯有刘邦。卫三公子与韩信听了他这一番剖析，也为刘邦的这番豪气所感。

“可是如今江湖传言，说到你与我之间联手之事，想必项羽定有所闻，而且他驻军鸿门，按兵不动，既不领军前来与你会合，亦不派使者来此安抚，只怕会对你不利。”卫三公子眉间隐现忧色。

“项羽此举，只怕不是出于本心，而是他身边的辅臣范增从中作怪。在项羽的心中，他一直以为本公虽有统军打仗之才，但喜好酒色，非成大事之人，是以从来不曾将本公放在眼中，而且此次本公进入关中，事事奉他为主，封仓闭库，不取分毫，想必他也有所耳闻，更不会对本公心生疑虑，所以暂时他还不会下手。至于江湖传闻，这是毫无实据的东西，纵然他要问起，本公也有办法应付。”刘邦略一沉吟，缓缓而道。

“但若是范增力谏，只怕项羽会改变主意，不若这样，此间事了，我立即派人前往鸿门，刺杀范增，以绝后患。”卫三公子道。

刘邦摇了摇头，道："万万不可。范增其人，乃项梁故交，项羽拜为亚父，对他极为尊崇，若是此刻你派人杀之，无异于向世人表明本公心中另有图谋，反而坏了大计。"

"不杀范增，你岂非人陷危局？"卫三公子眼中闪过一丝焦虑。

刘邦却微微一笑，道："本公原也以为这是两难之事，几乎已是无计可施，但天助我也，却让本公在这霸上小城见到了一个救星，只要此人出面，当可使我逢凶化吉。"

卫三公子与韩信相视一眼，心生疑惑，同时问道："有这等事？此人是谁？"

"此人姓虞名姬，虽无持刀握剑之力，却可征服百万男儿之心，艳名之盛，与知音亭的小公主红颜齐名。"刘邦脸上带笑，心中却一阵刺痛，仿佛有一种别样的难受哽在胸口，久久不能释怀。

他人在沛县之时，受吕公赏识，将爱女嫁于他为妻，虽生儿女，却并非是他所爱。后来起兵造反，征城掠地，也曾识得美女无数，但只限于逢场作戏，从来不曾动过真心。只有半月之前，当他驻军霸上，偶遇虞姬时，他才发现，只有这样的女子，才是他的良缘佳配，爱慕之心油然而升，再也不能忘怀。

他一生受命于人，为大计着想，从来不计个人恩怨，对个人的感情亦是更加不能兼顾。可是当他真的遇上了自己倾慕的女人时，却深深地陷入其中而不能自拔。

就在他准备向虞家提亲之时，项羽率部攻入函谷关，正向霸上挺进，随之而来的，是项羽的一封书信，刘邦拆阅之后，不由大惊。

原来项羽也是久仰虞姬之名，人在途中，听闻刘邦已进占霸上，是以修书一封，要求刘邦代为提亲。

项羽此举显然大出刘邦意料之外，在他的记忆中，项羽不近女色，唯一倾慕的异性，就是红颜。为了博得红颜一笑，他曾经在两军交战期间，列兵十万相迎佳人，可见他对红颜确是痴情。

但是不管项羽的心思究竟如何，刘邦既然奉他为主，自然不敢违背其意愿。何况此时他正面临信任危机，假若能够善待虞姬，此事若成，只要虞姬替他在项羽面前美言几句，他不仅可以取得项羽的信任，而且还可以赢得时间，为日后的争霸天下奠定坚实的基础。

在事业与感情的两难抉择中，刘邦终于作出了自己的决断，那就是放弃自己所爱，将这段感情深埋内心。虽然他心里知道，今生今世，他已不可能忘记虞姬，但为了事业，他已别无选择。

刘邦脸上露出的异样神情一纵即逝，却被卫三公子犀利的目光尽收眼底。他没有劝慰刘邦，是因为他认为刘邦无疑作出了他这一生中最正确的决断。但是从个人感情来说，他理解刘邦此刻心中的苦痛，轻拍了一下他的肩，道：“你做得不错，英雄难过美人关，项羽若得虞姬，自然会对你信任有加，只是你是否向虞姬说起项羽提亲一事？”

“本公已向她提过几次，但都被她拒绝。自古佳人爱英雄，以项羽的声势，天下谁人不知？又有哪个女人不心生爱慕？也不知这位虞姬是怎样的一种心思！”刘邦话中有一股酸溜溜的味道，似是难以释怀。

卫三公子冷冷地盯了他一眼，摇摇头道：“你错了。女人心，海底针，谁也琢磨不透女人到底是怎样的心思，前有红颜为例，你应该想办法促成此事才对，毕竟虞姬之事事关重大，岂能有半点疏忽？”

卫三公子的话显然有一份严厉的责备，刘邦听在耳中，并不觉得有半分的刺耳，而是缓缓地点头道：“本公知道了。”轻抬手臂，在空中划了一下，便见十数步外有人应命而来。

“再准备一份厚礼，天黑时分，替本公送往虞府，就说酉时正，本公专程拜会虞公，有要事相求。”刘邦一字一句地发布着命令。他为人虽然随和，却只限于平时，一旦涉及正事，从不随意，真正做到了文武之道，一张一弛，他的属下们无不深谙此理，是以肃手恭听，领命而去。

刘邦轻舒了一口气，转眼望着脚下的街市，只见人流如织，丝毫没有大战将临的气息，不由叹道：“如果此刻不是乱世，该有多好啊！”

卫三公子道：“无人不是这般想法，但是想归想，事情却要有人来做。如果人人都不出头，这暴秦依旧还是暴秦，这乱世依旧还是乱世！”

刘邦点头道："如此说来，我们的所作所为，一切都是顺应民意、顺应天意？"

"是的，对于这一点，你毋庸置疑。"卫三公子坚定地道。

刘邦的目光落到百步之外的得胜茶楼上，道："那么今日一战，我们没有理由输，因为我们是为了天下百姓而战！"可是他在心里问着自己："如果我是对的，那么纪空手就错了，可是纪空手又错在哪里呢？"

他不知道这个问题的答案，正如每一个问题都有它的两面性，只因角度不同，答案自然也就不同。对与错之间，本就是一念之差。

"我呢？我所做的一切是对还是错？"韩信在心中禁不住自问道。他却知道这个问题的答案，那就是在卫三公子与刘邦眼中，他是对的，但在纪空手的眼中，他却大错特错。

三人相对无言，都在沉默中等待，就在这一刻间，刘邦眼前陡然一亮，惊呼道："不好，她怎么来到了这里？"

卫三公子与韩信闻声遥看，便见长街的尽头，走来了一队女人，花枝招展，衣裙鲜艳，行在人流中，极为醒目。刘邦三人都是内家高手，目力惊人，虽然距离不近，但却对居中的那名女子认得十分清楚。

"果然是国色天香。"卫三公子与韩信都在心中道。

"她就是本公所说的虞姬。"刘邦缓缓道，他相信自己的这句话有些多余，因为卫三公子与韩信的表情已经告诉了他这一点。

此刻已近午时，一个大家闺秀在不经意间闯入了问天楼设下的伏击圈中，这是一种偶然的巧合，还是另有原因？

无论是卫三公子，还是刘邦，他们都意识到了这个问题的严重性，因为不管是巧合还是有意，他们都绝对不能让虞姬受到半点伤害，否则他们的一切努力都将白费。

"传令下去，无论纪空手是否出现，没有我的命令，不准动手！"卫三公子一挥手，召来自己的属下，迅速作出了决断。

只要不战，就绝对不会有误伤虞姬的可能，卫三公子显然很满意自己的决断，可是他话一说完，眼中便已经出现了纪空手的身影。

按照原定计划，只要纪空手一出现，问天楼精英将发动第一轮袭击。卫三公子一想到这里，背上已是冷汗迭出，因为他心里清楚，无论他再发多少道命令，都已迟了。

虞姬只是一个女人，换作平时，她至多算得上一个倾国倾城的大美女，如此而已，但到了这一刻，对于刘邦来说，虞姬却成了掌握他命运的重要人物，只要她有任何的不测，都将影响到天下大势未来的走向。

卫三公子与刘邦相视一眼，已是霍然色变，正要采取应急措施，却听到韩信缓缓道："沛公与阀主不用着急，照我来看，他们不可能对纪空手形成任何威胁，所以虞姬可确保无恙。"

所谓当局者迷，旁观者清，卫三公子闻言，一拍脑门道："你所言极是，我一时心急，倒忘了这一茬了。"

刘邦也舒了一口气，赶忙吩咐属下道："一旦虞姬离开这条长街，马上派重兵加以保护，不容有半点闪失！"

等到问天楼的精英向纪空手发动攻击之后，卫三公子看到纪空手如鬼魅般的身影，忍不住开口赞道："此子敢于向我叫板，的确有不同凡响的实力，假以时日，此子成就必在我之上！"

刘邦微微一笑，道："可惜的是，我们看不到他日后的成就了，因为明年的今天，应该就是他的忌日！"

"我好像记得，他曾经与你是结拜兄弟。"卫三公子像是想到了什么似的，问道。

"不仅有他，还有樊哙与韩兄弟，偏偏他要与本公作对，本公只好大义灭亲，不敢留情了。"刘邦淡淡笑道，好像是纪空手背叛了他一般，浑然记不得自己利用他在前，又夺其登龙图于后这些不顾兄弟情谊的行径。

"正所谓识时务者为俊杰，这么说来，他是自取其辱了！"卫三公子说完，与刘邦、韩信同时大笑起来。在他们的眼中，似乎已经把纪空手当作了一个死人。

他们之所以如此自负，是因为问天楼的确有超乎寻常的实力，除了凤舞山庄的人马之外，问天楼的精英悉数出动，全部参与了今日的行动，再加上刘邦派来的三千神射手，已经足以毁灭任何一个对手。

长街上的战事迅速结束，正如韩信所料，问天楼的精英根本就对纪空手构不成任何威胁。而虞姬的出现，只是一个小插曲而已，一切进程都按照卫三公子事先设定的程序发展下去。

他们站在城楼上，当然没有听到纪空手与张良之间的对话。如果他们听到了，虽然觉得张良的话有些难听，有些刺耳，却会将张良引为知己，因为如此精妙的论断无疑是难得的人生真谛，正所谓英雄所见略同，他们都有同感。

可是等到汪别离的死讯传来，瓦尔与乐白联手失败的消息又传入他们的耳中时，不由得他们不紧张起来，虽然卫三公子在得胜茶楼外设下了重重埋伏，但若是让纪空手逃到了人口密集、屋宇相连处，以他的武功与智计，无异于纵虎归山。

“看来那茶楼之中，还有纪空手的同党，否则我们的人不会那么快就失手。”刘邦眼见乐白退出茶楼，微微一愕。

“这是肯定的，纪空手的计划就是要引我与韩信上钩，然后再置我们于死地，他当然懂得凭他一人之力，是不可能完成这个任务的。”卫三公子道。

“可是他似乎没有料到，我们会将计就计，反而针对他的行动实施了反包围的战术，无论如何，他今日都是插翅难飞！”刘邦望着这片街市上四周潜伏的将士，不由自信地道。

“我却不这样认为。”卫三公子若有所思，提出了不同的意见，“纪空手自出道以来，所历的凶险之大之多，实属罕见，而且对手无一不是江湖上顶尖级的高手，可是他依然能够从容面对，化险为夷，一直活到现在，这本身就很能说明问题。就拿今天发生的事情来说，迄今为止，我还没有看到我们有必胜的把握，更看不透纪空手约我们决战于此的真正用心。”

“难道他不是想杀了我吗？”韩信有些诧异，他先弃兄弟情义于不顾，自然不敢责怪纪空手心存杀机。人在江湖，身不由己，快意恩仇，本就是江湖上永恒的真理。

“他肯定有杀你之心，但是绝对不会花费如此之大的心血与精力。我隐隐觉得，这其中似乎有些不对劲，可是一时半会，却又说不上来。”卫三公子皱了皱眉，心中隐升不祥之兆。

“这只怕是先生过虑了，本公虽然十分佩服纪空手的实力，但他毕竟是人，而非神，是人就难免不犯错误，也许今日一战，正是他这一生中最错误的决定!”刘邦轻描淡写地道。

卫三公子眼芒一闪，肃然正色道：“我自小浪迹江湖，深知江湖险恶，是以在我的这一生中，从来没有‘也许’这两个字眼。高手相争，只争一线，一就是一，二就是二，如果用‘也许’这种模棱两可的词句来评估对手，那么很可能就是在与你自己的生命开玩笑。”

“先生所言甚是，本公知罪了。”刘邦似乎从来没有见过卫三公子如此严肃的表情，赶忙认错道。

“你能知错就改，并非是不可教化之人，但你一定要记住，此刻的你，不仅是十万大军的统帅，亦是我问天楼数千子弟的希望所在。重担在肩，行事当以如履薄冰的心态对之，方能慎之又慎，不易出错。须知这世间的事情，有的错可以弥补，而有的错却无可挽回，还有一种错，只要你错了，它的代价就是付出生命!”卫三公子语重心长地道。

刘邦点头道：“本公铭记于心，依先生所言，纪空手战于霸上，是另有图谋。但不管他究竟想干什么，最终都难逃一死，那么他的用心又还有什么意义呢?”

“如果他的确是另有图谋，就必然有全身而退的办法，依目前的形势来看，只能走一步看一步了。”卫三公子一挥手，按照特定的方式舞动了几下，发出了向得胜茶楼全面攻击的信号。

韩信居高而望，只见脚下的这片街市已经全部被封锁，数千人马迅速移动，井井有条，行动有效而快捷，端的是一支训练有素的精锐之师。

“沛公的军队确有王者之师的风范，这证明了我的选择并没有错。”他心中这样想着。

看着身边的战士一个接着一个地倒下，申帅的瞳孔正一点一点地向内收缩，双眉紧皱，任何人都感受到了他那如弓弦紧绷的紧张情绪。

他绝对没有想到自己所带来的精锐人手竟然是如此不堪一击，也许这不是他们太差，而是对手太强，几十条生命换来的代价，只是让对方出现了一些小伤亡。

他这才知道自己这群人的行动是何等愚蠢，本来他们完全可以避免与敌近距离接触的，只要让沛公属下的神箭手在远距离实施强猛的攻击，首先让对手疲于奔命，然后他们再瞅准机会出击，这样的行动才近乎完美。但是程序一变，自己这一帮人倒成了送上门的冤鬼。

可是他别无选择，这是卫三公子的命令，他只能不折不扣地执行。

他的思绪很乱，实在搞不懂卫三公子如此聪明之人，怎会发出这等愚蠢的命令。但他不知卫三公子怕纪空手一有空闲，就会趁隙脱身。而对卫三公子来说，以几十条人命作为代价留住纪空手，或许沉重了一些，但他认为值得。

刀锋出鞘，乍现虚空，刀是离别刀，握刀的人是纪空手。但申帅惊异地发现，在这一瞬间，自己竟然感觉不到这二者之间的区别，也许刀即是人，人即是刀，人的心境已完全融入到刀的意境当中，构成了人刀合璧的武学极境。

申帅心下大骇，握剑的手已是冷汗涔涔，因为他已经深切地感受到纪空手的刀中逼射而出的凌厉刀芒，以及那种让他几乎崩溃的如山压力。可是就在他准备放手一搏的刹那，刀有了变化，带动着场上的形势也发生了些微变化。

离别刀的变化是因为刀在动，由极静的状态中骤然而动，刀锋一点一点地延伸至虚空的极处，眼见无路可去时，刀锋却发出了龙吟之声，引起一阵让人心悸的颤动，便见刀锋幻化成漫天飞舞的刀之雨，织成一帘雨幕。无孔不入的杀气随之挤入申帅所在空间的空气里，将里面的空气绞裂成逸散的微风，淡淡而去，而空间里只有满是杀机与压力的重重刀影。

申帅绝对没有料到纪空手这一次的出手竟然如此霸烈，这种似幻似灭如梦魇般的刀法，在他戎马一生之中，从未见过。

对于纪空手来说，面对楼外的重重伏兵，形势之严峻，随时都有可能发生不可预知的变数，他绝对不可能再给申帅任何反抗的机会，唯一要做的，就是速战速决，杀一儆百，在大面积的混战来临之前形成先声夺人的声势。

是以他的刀不仅充满了霸杀之气，更以一种可怕的速度与角度杀出，气势惊人，足以让任何强手畏惧。

申帅只有出剑，以他个人独特的方式出剑。他的剑本是倒提在手，突然手腕一振，剑柄一横，如一根长棍般向刀锋点击而去。

这种倒悬剑的出手方式，天下唯有申帅使用。这种出手方式胜在奇诡，剑柄亦成了攻击武器，与人对敌，随时可以让剑柄与剑锋互换攻击，达到防不胜防的效果。

纪空手听得剑柄破空的"哧哧"之声，不由心中暗惊，他所惊惧的，不是这剑迹的怪异，而是申帅的内力实在惊人。剑过虚空，漫出无数道肃杀的剑气，与刀影重叠在一起。

"当……当……"连连两声爆响，在刻不容缓之际，纪空手的刀锋与申帅的长剑互击两下，纪空手身形飘然落地，而申帅闷哼一声，不由自主地连退两步，眼中闪现出近乎绝望的神情。

纪空手冷笑一声，如影随形般振刀而出，整个身体几乎融入刀中，像云天之外的一阵清风掠过虚空，快得让人难以想象。手中的刀更是如一道电芒闪过，杀气四溢间，将楼上空间的压力增至极限，那种霸杀天下的气势，便若是从天而落的巨石突然间从楼顶挤压而下，根本让人无从抗拒。

"呀……"申帅的心中如千年寒冰般凄寒，发出了一声近似受伤的野兽在荒原之上的狂号，剑光突然暴闪，直接而有效地刺向了纪空手的手腕。

申帅知道，无论用什么招式与纪空手一拼，都是得不偿失，因为纪空手的刀招从来都是意念之招，根本没有一定之规，也没有任何格式，却总能出现在对方最具威胁的地方。与其如此，倒不如全力用在剑气的发挥上，更能奏效。

他的剑极快，剑锋所向，是纪空手握刀之手的经脉。纪空手的眼中闪出一丝诧异之色，手腕一沉，却从一个出刀的死角中劈出了一刀。

每一个人都有出手的死角，而每一个人的死角都各有不同。武功高强的人，往往可以利用自身的其他优势来弥补，使得死角并不显眼，甚至难寻，但这死角并不因此而消失，而是客观存在着。可是纪空手的这一刀杀出，申帅知道，这是纪空手的死角，可是他却无从挡起。

正因为申帅知道这是纪空手出刀的死角，所以他的注意力根本就在这里，等到他感觉到有一股杀气迫来之时，已是迟了。

其实出刀的方式有很多种，但从死角出刀，这样的方式只有一种，而且是绝对致命的一种。它给人的感觉，与其说是出刀角度的方式，倒不如说更像一种气势，一种压迫得让任何人都为之窒息的气势。

纪空手之所以能做到这一点，是因为他明白这种气势的存在，也明白这个死角的存在。只要你心中没有死角，这个死角便不复存在，这无疑是对心道武学一种精辟的理解。

“轰……”申帅根本就没有任何办法来阻止纪空手刀锋的直进，剑身虽然回格，却被刀身中一股莫大的劲力震得寸断粉碎，然后刀锋颤了一颤，毫不留情地刺入了申帅的心窝。

在纪空手近乎无情的眼芒之下，申帅带着一脸的惊愕，缓缓地瘫倒在地，鲜血随之涌出，其状惨烈。

“你既然是跑来送死，我不敢不成全你！”纪空手的脸上现出一丝落寞的神情，回过头来，整个楼上的战斗已经结束。

除了少数几人受伤之外，纪空手他们几乎全胜。看着楼上满地的尸首，红颜心存疑惑：“这是不是太容易了一些？事情进展得如此顺利，反而让人害怕。”

她此话一出，立时引起了众人的同感。从纪空手现身开始，一切都近乎反常的顺利，这让他们都感到了一种莫名的惊惧，因为他们知道问天楼的真实实力绝非这些高手，对方之所以如此反常，只可能是别有用心。

纪空手似乎并没有意识到这一点，而是缓缓拱起手来，向四周作了个长揖，道："各位可以去了，你们虽然犯有恶行，却还罪不至死，趁此空暇快快离开此地吧！"

那些等候解药的江湖人士目睹这一番激战，早已吓得魂不附体，哆哆嗦嗦地从角落中站起，恨不得两臂长上翅膀快快离去。

"可是……"有胆大之人刚要开口，却被纪空手止住，"你们所要的解药，其实已在茶水中，只要你们喝了茶，便可无事。"

这些人听了，心头一块大石终于落下，纷纷下楼而去，只盼快些离开这个是非之地。

就在这时，楼外陡然响起一阵如急雨般的弦响，千百支劲箭破空射来，有人躲闪不及，惨呼声立起，顿成刺猬，剩下的人又一窝蜂般抢入楼内，惊怒交加，骂声四起。

而更让人心惊的是，楼外突然有人大喝一声，鞭声阵阵，嘚嘚马蹄声如战鼓般响起，纷纷向四方直冲，眼看得胜茶楼就要在顷刻间四分五裂，化为废墟。

"动手吧！"纪空手再不犹豫，破壁而出，同时"乐道三友"各持兵刃，纵出楼外。

他们的目标是连接马群与铁锥之间的缆绳，只有将之分断，才可确保得胜茶楼不遭毁灭。若换在平日，这并不难，只要稍有力气之人都可做到，但在这一刻，却是极为凶险，只要身形一现，必将成为千百箭矢攻击的靶心。

"呼……"纪空手扑向的是茶楼正面的那根缆绳，他的身形极快，由上而下跃出，企图借一刀之势断开缆绳。可是他的人一出现在空中，便听到无数箭矢如流星雨般带着锐啸飙射而来，其中不乏挟有内力的箭矢直奔向他的要害部位。

"呀……"纪空手大喝一声，到了此刻，任何听力与目力都已无用，他唯一可做的，就是用刀在自己周身三尺之内布下一道密不透风的罡气，以阻挡任何箭矢的进入。

他的身形不断地直进，耳边风声呼呼，眼中却看着缆绳在马群的飞奔带动下迅速绷紧，只要缆绳一直，以木质为结构的得胜茶楼根本就承受不起巨大的拉扯之力，一旦坍塌，纪空手他们就没有了藏身之地，只能任由箭矢攻击。

时间是如此的紧迫，大有火烧眉毛之势，此刻的纪空手不仅是与时间赛跑，而且还必须在高速运动中防范箭矢的攻击。

劲箭如雨般飞扑而至，抢进纪空手三尺范围时，来势陡然一减，仿佛撞到了一堵气墙之上，勉强挤入尺余，便纷纷坠落。眼见距缆绳还有丈余距离，纪空手从箭矢声中听得一声弦响，心中顿生警兆。

便见虚空之中，一支劲箭从无数箭芒中脱颖而出，挟着惊人的锐啸，以超乎寻常的速度飙射而来，这一箭劲力奇大，显是真正的高手所为，而且所攻方向并非人，而是纪空手前行的必经之路，其意自是为了拖延时间，以阻缓纪空手前行的速度。

这一箭顿让纪空手陷入两难之境，若是忌惮这一箭的攻击而减缓速度，在烈马牵引下，茶楼必然坍塌，而他们将毫无屏障地暴露在敌箭之下，成为众矢之的；但若是不减速度，他的身体必将受到来箭的袭击，单看箭势，便知自己的护体真气绝难挡住此箭的进入。

红颜在窗前看到这惊险一幕，忍不住发出了一声惊呼，长袖挥出，虽然卷落十余支劲箭，但鞭长莫及，根本就无济于事。

纪空手没有慌乱，纵是面临如此险峻的形势，他依然保持了冷静的心态。他的目光电闪，在最短的时间内对来箭的速度与方位作出了精确的判断，然后身形没有半分减速，以最快的速度扬起了刀。

他扬刀，并不是针对来箭，而是冲向那几乎绷紧的缆绳。若是他意在来箭，相信这箭并不能对他构成太大的威胁，但如果他这样做了，就没有时间斩断缆绳。

难道说他拼着自己硬挨上一箭也要斩断缆绳？如果他是这样想的，那就错了！因为只要明眼人都可看出这是一支满带劲力的快箭，无论你的武功有多高，一中此箭，必定非死即伤，付出的代价实在不小。

“呼……”离别刀划出一道亮丽的轨迹，斩在了缆绳之上，如儿臂般粗大的缆绳已经受到了极大的牵引力，自断裂处弹起，如两条巨蛇般向两边的空中狂舞而去。

就在纪空手挥出此刀的同时，那支劲箭挟带着强大的劲力强行挤入了他的护体气罩，向他的身体迫入。两边的人群同时发出了一声叫喊，只是一边的人是欢喜，一边的人是担忧，但是他们都没有看到箭头最终的落点。

只见纪空手稳稳地落在地上，然后缓缓地抬起头来……

在这一刻间，箭矢停止了运动。众人无不将目光投向了纪空手，因为每一个人都想知道纪空手中箭之后，是死是伤?

难得有瞬间的宁静，一阵清风徐来，却没有吹散这无限的肃杀之气，反而更加重了这段空间中的压力。

纪空手的长发狂乱地披于肩上，眼眸中依然是深邃而空洞的表情，脸上泛出一丝淡淡的笑意，依然是那么自信。唯有他的嘴上咬住了一支箭矢，赫然醒目，任谁都知道它就是几乎可以威胁纪空手生命的那支夺命劲箭。

他没有中箭！他只是用钢牙咬住了那惊人的一箭，虽然箭矢之猛震得他的牙根出血，满嘴发麻，却让他以这种简单而有效的方式摆脱了两难之境。

“纪空手就是纪空手!”知音亭的精英们无不由衷地赞道，自信心大增，更添无数战意。

“纪空手就是纪空手!”问天楼的高手与数千将士无不目瞪口呆，无奈地在心中发出感慨。

纪空手却在众人目光的聚焦之下回到了茶楼中，然后发现“乐道三友”虽然也完成了使命，但身上无不遭到劲箭的重创。尽管红颜让他们服下了五音先生秘制的治伤妙药，性命无忧，却失去了再战的能力。

“现在我们该怎么办?”红颜看着纪空手，如果他们选择留在楼中，绝非长久之计；假若突围，又必遭对方箭矢的攻击，这实在让人难以决断。

“此刻是什么时辰?”纪空手仔细地看了看“乐道三友”的伤势，安慰几句，这才站起来道。

吹笛翁透过窗户望了望天色，道：“应该是午末未初。”

“这么说来，距天黑还有两三个时辰。”纪空手嘀咕了一句，缓缓地来到窗前。

此刻楼外已是一片静寂，既无马嘶，又无人声，但这平静的背后，谁都看得出内中暗涌的杀机。

“如果我所料不差，他应该到了霸上才对，难道说我估计错了?”纪空手眉头一皱，心中隐生忧虑。

谁也不知他口中所说的“他”指的是谁，也不知这个“他”为何会值得纪空手如此期待，难道“他”一出现，就可以让纪空手摆脱目前的困境吗？如果是，那么“他”是谁？而谁又有如此神通的本事?

这是一个谜，除了纪空手之外，谁能知晓谜底?

“纪空手能在这样的情况下化险为夷，的确有其过人之处，看来在无法可想之下，只有我亲自出马了。”卫三公子将这一切尽收眼底，沉默半晌，方才说道。

对于纪空手在武道求索中的精进，卫三公子将之称为是一种奇迹。他自小涉足江湖，迄今已有数十载，阅人无数，还从来没有见过如纪空手这等天分奇佳的学武奇才。当日他装扮成聋哑老人考察韩信时，就觉得韩信已经是一个难得一求的人才了，可是到了大王庄，当他第一次看到纪空手时，他就为这个年轻人身上表现出来的强大自信和独特的个人魅力所深深震撼，认为以纪空手的天赋与资质，只需十年的努力，将是这百年以来的江湖第一人，这也是他一心想要除掉纪空手的真正原因。

可是当他在今日又见纪空手时，发现自己的断言似乎错了，虽然相距大王庄一别不过三四个月的时间，但纪空手对武道的理解又进入了一个全新的境界。别人也许要花上十年努力才有可能得到的悟性，到了他的身上，也许只需百日，这种速度不由得让卫三公子感到了一种恐惧与强烈的压迫感，迫使他再也不能等待下去，生出了“今日一战，必将对手斩于马下”的念头。

“何必有劳先生呢？决战才刚刚开始，局面尚未发展到不可控制的地步，我们不妨再耐下性子等下去。”刘邦看了看脚下这片静寂的街市，从街市中的每一幢楼中看到了伺机而动的杀机。

“从纪空手现身以来，连杀司氏兄弟、申帅等数十人，便是乐白也栽到了他的手上，这些人都是我问天楼中难得的精英，忠心可嘉，我不能让他们就这样白白地死去。况且纪空手此次寻仇本意在我，若是我不出去，他会一直耗在得胜茶楼，若等到天黑，到时再要寻之一战便难上加难了。”卫三公子心中有自己的想法，所以一力主战。在他看来，纪空手纵是了得，火候上仍有欠缺，未必就是自己的对手。

“诚如先生所言，纪空手智计多端，假若让他意识到今日一战已毫无胜算，必会想方设法寻机突围，一旦被他逃脱，只怕日后必成大患。”韩信附和道，于公于私，他都对纪空手颇为忌惮，引为自己平生的第一强敌，如果说能够在今日结束纪空手的性命，至少在今晚他可以不必再提心吊胆地小心防范，而是高枕无忧，一觉睡到大天亮了。

他一生信神信佛，知道世间之事讲究因果报应。是以自大王庄一役之后，他始终觉得良心不安，愧对朋友，不过每当他忆起凤影的笑靥之时，又觉得男子汉大丈夫就该轰轰烈烈地干一番事业，虽然愧对朋友，但总算不负佳人，世间事本就极难两全其美，又何必对自己如此苛刻？

正因为他始终觉得对不起纪空手，是以在内心深处巴不得与纪空手有重逢之时，所谓一死百了，自己也好求个心安。

“可是纪空手的武功不弱，所谓不怕一万，只怕万一……”刘邦眉头一皱，说出了他心中的担忧。虽然卫三公子身为武林豪阀，功力之高，自不待言，可是对手既是纪空手，那就意味着任何事情都充满了变数。

“对我来说，但凡要做成一件事情，就没有万一，因为我从来不做没有把握的事情！”卫三公子非常自信地笑了笑，接着道，“我相信在这个世上还有很多的能人，在武学方面的造诣远胜于我。俗话说得好，天外有天，人外有人，跳出江湖这个圈子，又是另外的一个天地，所以我一生谨慎，不敢以高手自居，但是我也相信，纪空手绝对不在这些人之列，至少说现在他还没有达到这种高度，因此我没有必要对他估计太高。更何况今日一战，我既然势在必得，就必须不择手段，所以我想请韩信与我联手，共同来制造一个天衣无缝的杀局！”

“这……”韩信几乎跳了起来，简直不敢相信自己的耳朵。以卫三公子的身份地位，就算是与纪空手单挑，也有以强凌弱之嫌，假若自己与之联手，此事传将出去，于自己的声名尚且无碍，但是对卫三公子与问天楼的名声却大有影响，无异于自毁招牌。

“你不愿意？”卫三公子眼芒一闪，冷哼一声。

“不敢！在下既然投效先生，当然誓死效忠，绝无二心。”韩信心中一凛，肃然正色道。

“这样就好。”卫三公子的脸色一缓，淡淡笑道，“其实我知道你心中的想法，也知道你是为了我好，但是做人切记不可拘泥于形式，冥顽不化。按照今日之形势，纪空手既是我们的强敌，就应该毫不犹豫地将之除去，如果只是顾及一点虚名而纵虎归山，那后悔的只可能是你！”

卫三公子的眼芒掠过眼前的风景，看到了天上那悠悠的白云，缓缓接着道：“声名是什么？其实它就像是这天上的白云，说过就过，不留痕迹；声名是什么？它更像是狗屁，无论是香是臭，只要你不去闻它，它就是一缕空气。人生苦短，满打满算只有百年，如果顾忌太多，只能是一事无成，这是我的想法，也是一个老人在暮年时的彻悟，希望你们都能听得进去。”

韩信心中一动：“是呀，我又何必为自己所做的一切去忏悔？只要我求得了一世的荣华富贵，百年之后，别人只会记得风光时候的我，谁会去计较我曾经出卖过兄弟？”